Arto Paasilinna wurde 1942 in Lappland geboren, ist Journalist und einer der populärsten Schriftsteller Finnlands. Er gilt als „Meister des skurrilen Humors“ (Der Spiegel). Für seine Bücher wurde er mit zahlreichen internationalen Literaturpreisen ausgezeichnet. Paasilinna schreibt seit vielen Jahren mit großem Erfolg einen Roman pro Jahr. „Der jährliche Paasilinna gehört zum finnischen Herbst wie die sich färbenden Birkenblätter“, so sein Verleger in Helsinki.

Weitere Titel des Autors:

Das Jahr des Hasen
Die Giftköchin
Der Sohn des Donnergottes
Im Wald der gehängten Füchse
Die Rache des glücklichen Mannes
Der Sommer der lachenden Kühe
Vorstandssitzung im Paradies
Der wunderbare Massenselbstmord
Nördlich des Weltuntergangs
Im Jenseits ist die Hölle los
Ein Bär im Betstuhl
Ein Elefant im Mückenland
Zehn zärtliche Kratzbürsten
Adams Pech, die Welt zu retten
Der liebe Gott macht blau
Vom Himmel in die Traufe

Arto Paasilinna

DER LIEBE GOTT MACHT BLAU

Roman

Aus dem Finnischen von Regine Pirschel

BASTEI LÜBBE
TASCHENBUCH

BASTEI LÜBBE TASCHENBUCH
Band 16472

1. Auflage: September 2010

Vollständige Taschenbuchausgabe
der in Lübbe Ehrenwirth erschienenen Hardcoverausgabe

Bastei Lübbe Taschenbuch und Lübbe Ehrenwirth in der Bastei Lübbe GmbH & Co. KG

Titel der finnischen Originalausgabe: „Auta armias“
Originalverlag: WSOY, Helsinki

Titelillustration: © Fotolia.com / dann
Umschlaggestaltung: Gisela Kullowatz
Autorenfoto: Basso Cannarsa
Satz: Kremerdruck GmbH, Lindlar
Gesetzt aus der DTL Documenta
Druck und Verarbeitung: Norhaven A/S
Printed in Denmark
ISBN 978-3-404-16472-1
Gesetzt aus der Goudy

Sie finden uns im Internet unter
www.luebbe.de
Bitte beachten Sie auch: www.lesejury.de

Der Preis dieses Bandes versteht sich einschlieflich
der gesetzlichen Mehrwertsteuer.

1

Gott ist ein gutaussehender Mann. Er ist 178 Zentimeter groß, ein wenig stämmig, aber wohlproportioniert und von aufrechter Haltung. Seine Gesichtszüge sind ebenmäßig, mit gerader Nase und hoher Stirn, der Blick ist von sanfter Bestimmtheit, wenn auch recht müde. Gottes Ohren stehen nicht ab, und sie sind frei von Ohrenschmalz. Er hat weder Kinn- noch Oberlippenbart. Sein Haar ist brünett, er trägt es glatt und gescheitelt, auf der rechten Seite – von ihm aus betrachtet –, es ist kurz, und an den Schläfen schimmert es grau. Trotzdem wirkt Gott noch nicht sehr alt.

Seine Finger sind lang, schmal und unberingt. Gott hat keinen Adamsapfel.

Er trägt einen grauen, gut sitzenden Flanellanzug, dessen Schnitt verrät, dass er aus den 50er Jahren stammt. Das Jackett ist zweireihig und hat schwarze Knöpfe, die Hosen sind mit Aufschlägen gearbeitet. Dazu trägt er schwarze Halbschuhe zum Schnüren aus weichem Leder, Größe 42. Gott bevorzugt kurze Unterhosen. Unter dem Jackett trägt er eine Weste und unter der Weste Hosenträger. Sein Hemd ist aus Baumwolle von guter Qualität, und es hat kein Herstelleretikett, dasselbe gilt auch für seine übrige Kleidung.

Gott benutzt kein Parfüm, und er riecht nicht nach Schweiß.

Der Duft, der ihn umgibt, ist sanft männlich, seine Stimmlage ein klangvoller Bariton.
Er strahlt ein selbstverständliches Charisma aus und wirkt sehr kultiviert. An seinen Augen sieht man, dass er außerordentlich intelligent ist. Auf seiner edlen Stirn haben sich Furchen gebildet, die von Anstrengung und Müdigkeit zeugen.
Er ist der Gott der Christenheit, Schöpfer des Himmels und der Erde, der allmächtige Vater, unser Herr, der allerhöchste, gnädige Gott ... unter vielen Namen bekannt. Er entspricht nicht ganz dem Bild, das sich die Menschheit von ihm gemacht hat – er ist kein graubärtiger Alter, trägt keinen Umhang und keinen Hirtenstab, und über seinem Kopf schwebt kein Heiligenschein. Er sieht wie ein Mensch und nicht wie der Gott in unserer Phantasie aus, was nicht verwundern darf, denn er hat ja den Menschen nach seinem Ebenbild geschaffen.
Zwischen Gott und seinem Sohn gibt es eine gewisse Ähnlichkeit – Jesus Christus kommt eindeutig nach seinem Vater, wenngleich er auch Züge seiner Mutter Maria trägt. Man kann sagen, dass er die Nase seiner Mutter, jedoch die Augen seines Vaters geerbt hat.
Der Allmächtige wohnt sowohl im Himmel als auch auf Erden und ist durch seine Engel überall anwesend. Er besitzt die göttliche Gabe, sich durch die Kraft des bloßen Gedankens jederzeit überallhin begeben zu können, und wohin er auch geht, folgen ihm seine Gehilfen mit allem notwendigen Zubehör.
So ist das Erscheinungsbild des lieben Gottes, Herrscher über Himmel und Erde.

Gott saß in seinem geliebten ledernen Ohrensessel, und dieser stand in einem runden Turm, der zu einem alten Schloss in Bulgarien gehörte. Dieses Ungetüm von Schloss war vor langer Zeit im Sjutkja-Gebirge nahe der Stadt Dospati und des kleinen Dorfes Hjornakurdzali errichtet worden. Einst hatte es ein Nonnenkloster beherbergt, doch jetzt stand es leer. In Bulgarien gab es nicht mehr viele Nonnen, und die Adelsgeschlechter waren ausgestorben, die Revolution hatte die letzten Reste ausgetilgt. Das Schloss stand auf einem Berg, und Gott liebte den weiten Ausblick. Es war ein wolkiger Herbsttag. Ein paar Krähen flogen zwischen dem Schloss und dem nahen Berghang umher, sie kreischten laut, denn oben in den Wolken kreiste mit finsterem Blick ein hungriger Adler.

Vor hunderten Millionen Jahren, in der Morgendämmerung der Zeiten, war es Gott in den Sinn gekommen, einen netten neuen Planeten zu schaffen, eine Art Versuchsballon, bestens geeignet, allerlei glückliches Leben darauf anzusiedeln. Gott war damals noch jung und experimentierfreudig gewesen. Das Material für den Erdball konnte er mühelos aus dem kosmischen Müll der Umgebung gewinnen, hauptsächlich von einem kleinen Stern namens Sonne. Nachdem Gott die Anziehungskraft und die Umlaufbahn und die übrigen Grundlagen des neuen Planeten geregelt hatte, konzentrierte er sich darauf, ihn mit Leben zu bevölkern.
Die Aufgabe war anfangs äußerst interessant und dankbar. Gott schuf verschiedene Zellen und primitive Wesen, die munter zu leben begannen. Er bevölkerte den neuen Planeten mit allerlei Krebsen und Schnecken, ließ seiner Phantasie freien Lauf, während er die verschiedensten Körper-

strukturen, genetischen Zusammensetzungen, Farben und Lebensweisen ausprobierte. Er überließ es den Organismen, sich zu teilen und vor sich hin zu wachsen. Nach Verlauf mehrerer Jahrhunderte beschloss er, es mit ein paar höher entwickelten Arten zu probieren, zunächst mit Fischen und Echsen. Dadurch angeregt, schuf er danach eine Vielzahl von Vögeln, später Säugetiere, und am Ende, aus einer Laune heraus, formte er aus den intelligentesten Säugetieren zunächst den Affen und schließlich ein Wesen, das ihm selbst ähnelte, den Menschen. Dies war Gottes allerletzter Schöpfungsakt, und er sollte ihn noch bereuen.

Gott hat einen guten Charakter, und einen solchen wollte er auch dem Menschen geben. Im Trubel des Schöpfungsaktes hatte er jedoch offenbar nicht aufgepasst, es war ein echtes Missgeschick gewesen. Während Gott arbeitete, war es offenbar dem Satan höchstpersönlich gelungen, seine teuflischen Gene unter die an sich guten Erbanlagen des neuen Wesens zu mischen, und seither hat Gott nichts als Ärger mit der Menschheit. Vielleicht hatte der Satan auch bereits bei der Erschaffung der entwickelteren Säugetierarten seine Finger im Spiel gehabt? Denn als Gott den Wolf plante, schwebte ihm ein nettes pelziges Tier vor, das gut in den kalten Regionen des Erdballs zurechtkäme. Der Wolf sollte nach Gottes Vorstellungen von sanftem und friedlichem Wesen sein, er sollte Gras fressen und in fröhlichen Rudeln durch die verschneite Steppe traben. Als der Wolf aber fertig war, musste Gott feststellen, dass da etwas gründlich danebengegangen war. Der Wolf versuchte ihn in die Ferse zu beißen und musste getötet werden. Zuvor hatte sich das Raubtier aber bereits über die ganze nördliche Halbkugel ausgebreitet. Auf gleiche Weise tauchten

überall auf der Erde andere Raubtiere auf, bis sich schließlich der Mensch als das grausamste aller Wesen erwies, das manchmal eben einfach teuflisch sein konnte.
Gott wünschte sich den Menschen als Retter seiner Schöpfung, gab ihm einen Verstand und verschiedene Gefühle. Sein Ziel war es, dass der Mensch die Welt von den blutrünstigen Raubtieren befreien sollte. Ab und zu tauchten auch tatsächlich ein paar anständige Exemplare auf. Die allermeisten Menschen waren jedoch so streitsüchtig, gierig, gemein und machthungrig, dass Gott ihrem Treiben nur noch traurig zuschauen konnte.
Je kultivierter der Mensch wurde, desto schurkischer wurde er. Im Laufe der Geschichte lernte er, Völker zu bilden, und er eignete sich Kriegstechniken an. Unaufhörlich führte er grausame Kriege, sodass auf der Welt in nie gekanntem Ausmaß Leid und Schmerz gesät wurden.
Vor zweitausend Jahren versuchte Gott, das Geschehen auf der Welt zum Besseren zu wenden, indem er seinen einzigen Sohn Jesus Christus aussandte, die Menschen zu beruhigen. Es handelte sich um eine Notlösung.
Das Vorhaben scheiterte. Die Menschen verhielten sich ihrem Wesen entsprechend, sie machten dem Gottessohn das Leben zur Hölle, verspotteten ihn, kaum jemand nahm ihn ernst. Schließlich gingen die Menschen so weit, dass sie den arglosen und gutgläubigen Burschen töteten, dazu noch auf grausamste Weise. In der ihnen eigenen mitleidlosen Art nagelten sie den armen, unschuldigen Jesus lebend mit Händen und Füßen an ein Kreuz. Gott blieb nichts weiter übrig, als seinen Sohn von den Toten zu erwecken und in den Himmel zu rufen, damit er dort seine Wunden lecken konnte.

Heute ist Jesus irgendwo im Weltall in Begleitung eines gewissen Rutja unterwegs. Soweit sich Gott erinnern konnte, war das der Sohn des finnischen Donnergottes, eine Art Kollege von Jesus, stammte zumindest aus der gleichen göttlichen Kaste. So viel zu diesem Thema, dachte Gott müde. Er hatte getan, was er konnte, um die Welt vor dem Verderben zu retten, aber die Menschheit hatte keine Besserung erkennen lassen.
Gott war enttäuscht und verbittert. Sein gutes Herz war müde von all dem Leid, das die Menschen verursachten. Ihm kam der finstere Gedanke, den ganzen erbärmlichen Planeten aus seiner Bahn zu stoßen. Einfach kurzen Prozess machen! Die Erdkugel würde um ihre Achse kreisen, würde in die Kälte des Außenkosmos stürzen und in tausend Stücke zerspringen, wenn sie in das alles verschlingende schwarze Loch fiele.
Gott setzte diesen verzweifelten Gedanken allerdings nicht in die Tat um. Er hatte in Jahrmillionen währender Arbeit immerhin so viel herrliches und schönes Leben auf der Erde geschaffen, dass es schade gewesen wäre, all das nur wegen der Bösartigkeit der Menschen zu zerstören.
Vielleicht bestand ja noch Hoffnung? Sollte er ein weiteres Mal den harten Kampf aufnehmen, alle himmlischen Heerscharen versammeln und dem Menschen das Böse austreiben? Es würde enorme Kraft kosten, darüber war sich Gott im Klaren. Er fühlte sich zu müde für diesen Kampf, war die Welt und ihre Angelegenheiten leid; wenn es so weiterginge, wäre er bald gänzlich ausgebrannt. Gott litt wie kein anderer an mentaler Erschöpfung. Er stand unter schwerem Stress.
Der Allmächtige seufzte erschöpft. Wenn er wenigstens

mal ein Jahr lang Urlaub machen und, frei von den Sünden der Welt, ausruhen könnte! Das wäre herrlich. Er könnte beispielsweise auf die Kehrtkugel reisen, den nächstgelegenen Planeten im Universum. Dort führten Wesen, die einen höheren Entwicklungsstand als die Menschen hatten, in aller Stille ein anständiges und frommes Leben. Gott fühlte sich wirklich reif für ein Sabbatjahr, er erinnerte sich, dass er bereits seit dem Ersten Weltkrieg unter Depressionen litt.

Der Allmächtige hatte zwei enge Gehilfen, so etwas wie himmlische Kanzleichefs, den heiligen Petrus und den Erzengel Gabriel. Beide waren fähige und erfahrene Beamte. Petrus war seinerzeit ein tüchtiger Fischer, später dann ein Jünger Jesu und schließlich Apostel gewesen. Der Erzengel Gabriel hatte über lange Zeit himmlisch-administrative Erfahrungen gesammelt, er kannte die Angelegenheiten der Welt fast ebenso gut wie Gott selbst.

Petrus und Gabriel hatten energisch gegen Gottes düsteren Plan zur Vernichtung der Welt protestiert. Immerhin hätte das für sie den Verlust ihrer Stellung bedeutet, da ihre Fähigkeiten nach dem Weltuntergang wohl kaum auf einem anderen Planeten gefragt sein würden. Sie waren Spezialisten für die Angelegenheiten der Menschheit, Gefangene der Erde. Die fremden Bedingungen auf einem anderen Planeten hätten das Ende ihrer Karriere bedeutet. So hatten sie denn Gott gegenüber versichert, dass die Vernichtung der Erde eine äußerst unüberlegte Tat, eine große Sünde wäre, und sie hatten erreicht, dass er sein schreckliches Vorhaben aufgab. Also durfte die Erdkugel, zumindest vorerst, auf ihrer Bahn bleiben, der Weltuntergang würde zunächst einmal ausfallen.

Ein Sabbatjahr wollte Gott aber dennoch einlegen, darauf bestand er. Er war so müde und hatte die Welt so gründlich satt, er konnte die schrecklichen Taten der Menschen einfach nicht mehr ertragen. Petrus und Gabriel fanden den Gedanken verständlich, wenngleich auch ungewöhnlich. Ein »urlaubender Gott«, allein schon der Begriff wirkte irgendwie radikal. Auf jeden Fall musste ein Vertreter für Gott her, der sich um die Angelegenheiten der Welt kümmerte, während Gott selbst seinen verdienten Urlaub machte und für die Zukunft Kräfte sammelte.
Gott war der Ansicht, dass sich Petrus oder Gabriel gleichermaßen als seine Urlaubsvertretung eigneten. Er vertraute ihnen. Ein Jahr war schließlich nur eine kurze Zeitspanne in der Geschichte der Menschheit, in der ohne Weiteres die Kanzleichefs das Amt ausüben konnten.
Der Gedanke entsetzte sowohl Petrus als auch Gabriel. Kaum jemand kannte so gut wie sie den elenden Zustand der Welt, unter keinen Umständen wollten sie die Verantwortung für die Geschicke der Menschheit tragen, nicht mal einen Monat, geschweige denn ein ganzes Jahr lang. Zwar war das Angebot, Gott zu spielen, an sich schmeichelhaft, aber trotzdem war die Aufgabe einfach zu undankbar. Gottes Gehilfen lehnten das verlockende Angebot ab. Ja, es wäre zweifellos eine Ehre, das Amt zu übernehmen, doch alles hat seine Grenzen. Außerdem waren beide schon jetzt mehr als genug mit ihren eigenen Pflichten ausgelastet; zusätzlich noch Gott zu sein, überforderte sie.
Gabriel schlug einen Kompromiss vor. Wenn man nun einen frommen und fähigen Menschen mit der Vertretung betrauen würde? Vor allem Petrus unterstützte den Gedanken. Letzten Endes hatten ja die Menschen ihre Proble-

me selbst verursacht, es wäre also nur gerecht, wenn einer von ihnen eingesetzt würde, wenigstens ein Jahr lang die schmutzige Wäsche zu waschen, die sie mit ihrem schlimmen Treiben angehäuft hatten.
Gott dachte darüber nach. Der Vorschlag erschien ihm auf einmal recht plausibel.
»Außerdem«, sagte Erzengel Gabriel, »sollte es doch nicht schwer sein, interessierte Menschen für das höchste Amt der Welt zu finden.«
»Der Mensch muss endlich die Verantwortung für seine Taten übernehmen«, fügte Petrus nachdrücklich hinzu.
»Ja, vielleicht«, äußerte Gott zögernd.
Nachdem er den Vorschlag gründlich bedacht hatte, stimmte er seinen Ratgebern zu. Der Beschluss stand fest, und Gott erklärte:
»Ich, der müde und rechtmäßige Gott, beauftrage euch: Sucht auf Erden nach einem frommen Menschen, der zu meinem Stellvertreter taugt!«
Sie beschlossen, die Stelle des amtierenden Gottes öffentlich auszuschreiben. In Kenntnis der menschlichen Natur konnten sie davon ausgehen, dass sich der größte Teil der Menschheit bewerben würde, auf jeden Fall aber alle Deutschen und alle Savolaxer.
Gott schaute hinauf in die Berge. Zufällig schoss gerade in diesem Moment ein Adler aus den Wolken herab und packte mit seinen Krallen eine kreischende Krähe. Gott erschauerte.
»Jener Adler hat recht viel vom Menschen«, äußerte er. Dann dachte er an das Opfer, die Krähe.
»Und auch die Krähe ist nicht gerade ein Glanzstück ... Besser wäre, ich hätte sie nicht geschaffen.«

2

Birger Ryynänen, genannt Pirjeri, war ein vierzigjähriger Kranfahrer. Er verdiente sich seine Brötchen auf einer Baustelle der Firma *Haka* mitten im Zentrum von Helsinki, in der Kluuvikatu, wo er vierzig Meter über der Straße zwischen Himmel und Erde schwebte. Pirjeri hatte eine akzeptable, leicht stämmige Figur und war brünett. Seine Haare kämmte er sich zur selben Seite wie der liebe Gott. Pirjeri roch werktags nach Schweiß, denn er musste mehrmals am Tag in die luftigen Höhen seiner Kabine hinaufklettern. Er hatte weder Bart noch Schnauzer.

Pirjeris Hände waren sehnig, und an den Fingern steckte kein Ring, zumindest nicht mehr seit seiner Scheidung.

Pirjeri trug einen lose sitzenden Overall, auf dem Rücken stand in Großbuchstaben HAKA. Seine Füße steckten in blauen Turnschuhen. Pirjeri benutzte auf der Arbeit kein Parfüm und trank kein Bier, in der Freizeit schon.

Pirjeri Ryynänen war ein tüchtiger und gebildeter Mensch. Er war auch intelligent und humorvoll, aber kein eigentlicher Witzbold. Nach dem Abitur hatte er begonnen, Staatswissenschaften zu studieren, doch nachdem er eine Studentin der Zahnmedizin geheiratet hatte, hatte er sein Studium abgebrochen und gejobbt, damit sich seine Frau frei von finanziellen Sorgen ihrem Studium zur Pflege der menschlichen Kauleiste widmen konnte. Er war Verkäufer in einem *Alko*-Geschäft gewesen und dabei ein recht guter Weinkenner geworden. Später hatte er vorübergehend als Bibliothekar, zweimal während des Winters als Aushilfslehrer in der Grundschule von Kuusamo, danach als Stauer im Helsinkier Osthafen und als Fahrer eines Tanklasters gearbeitet, und mit zunehmender beruflicher Erfahrung war er schließlich Bauarbeiter in der Hauptstadt geworden.

Neben seinen Gelegenheitsjobs hatte Pirjeri Ryynänen sein Studium der Staatswissenschaften so lange fortgesetzt, bis er den Abschluss des Kandidaten in der Tasche hatte. Das Papier hätte ihn berechtigt, sich in dieser oder jener Behörde zu bewerben, doch die Laufbahn eines kleinen Beamten interessierte ihn in dieser Phase seines Lebens nicht mehr: Die Beamten leisteten wenig, in den Dienststellen wurde intrigiert, und die Bezahlung war schlecht.

Die letzten Jahre hatte Pirjeri Ryynänen in luftiger Höhe auf seinem Turmdrehkran gesessen und sowohl die weite Sicht als auch das recht ansehnliche Gehalt genossen. Pirjeri war ein Mann, dem das Leben und die Arbeit kein Kopfweh bereiteten. Er verschwendete schon seit Jahren keinen Gedanken mehr an eine Fortsetzung des Studiums der Staatswissenschaften, auch nicht an eine Lizentiatarbeit oder eine Dissertation. Zwar wäre er in der Lage dazu gewesen, aber es interessierte ihn nicht mehr: Pirjeri hatte eine befriedigende, einsame und ruhige Arbeit hoch über der quirligen Baustelle und der ganzen Stadt gefunden. Er wollte allein arbeiten, ohne dass ihn jemand störte, über den Köpfen der anderen thronen, ohne freilich jemanden zu erniedrigen. Er war ein Mann mit Weitblick.

Pirjeris Frau Jaana hatte sich bald nach Abschluss ihres

Studiums von ihm scheiden lassen, sie hatte ihn auf der gesellschaftlichen Erfolgsleiter überholt. Es war ein Unding, dass die Ehefrau in der Wohnung in Töölö eine einträgliche Zahnarztpraxis betrieb und im selben Haushalt ein geschasster Hilfslehrer lebte, der sich sein Geld als gewöhnlicher Hafenarbeiter verdiente. Das gemeinsame Kind Mirkka wurde bei der Scheidung der Mutter zugesprochen, für den Unterhalt hatte der Vater aufzukommen. Pirjeri zahlte achtzehn Jahre lang Alimente.

Pirjeri stammte ursprünglich aus dem Stadtteil Alppila in Helsinki, seine Eltern waren nach dem Krieg aus der Provinz dorthin gezogen. Sein Vater, Gutsverwalter Johannes Ryynänen, war durch das Landbeschaffungsgesetz arbeitslos geworden, seine Dienststelle, ein großes Landgut in Myrskylä, hatte einen beträchtlichen Teil des Grund und Bodens an Umsiedler aus Karelien abtreten müssen. Johannes Ryynänen war nach Helsinki gezogen, wo er Arbeit als Straßenbahnfahrer gefunden hatte.

Pirjeris Mutter war vornehmerer Herkunft, sie war die Tochter eines Pfarrers der Landkirchengemeinde von Lohja. Nach ihrer Kenntnis stammte ihre Familie ursprünglich aus Frankreich, die Vorfahren waren Wallonen gewesen, die zur Zeit Gustavs II. als Metall- und Bergarbeiter nach Schweden geholt worden waren. Pirjeris Mutter behauptete gern, dass jene Familie namens Ventuerée, die im achtzehnten Jahrhundert ins finnische Mustio umgezogen war, sogar dem niederen Adel angehört hatte. Ihr Vater, Pfarrer Kristo Ventturoinen, hatte in der Dreißigerjahren im großen Stil Ahnenforschung betrieben und die Geschichte der Ventuerées untersucht, aber als sich herausgestellt hatte, dass es in der Familie, außer dem wallonischen Stammvater, auch eine ganze Reihe von Pferdedieben, Mördern und Gottesleugnern gegeben hatte, hatte er die Sache auf sich beruhen lassen. Pirjeris Mutter war also eine geborene Ventturoinen. In ihrer Familie hatte es mehrere Pfarrer gegeben, der bedeutendste von ihnen war Anatoli Ventturius, Probst von Yli-Kiiminki, gewesen.

Pirjeris Mutter benutzte nur selten eine Straßenbahn, die von ihrem Gatten gelenkt wurde. Das war auch besser so, denn sie hatte einen hitzigen Charakter und konnte es sich nicht verkneifen, den Fahrstil ihres Mannes zu kritisieren. Zu Zeiten des Generalstreiks passierte es einmal versehentlich, dass die Eheleute im selben Wagen auf der Hauptlinie saßen. Da war der Streit vorprogrammiert. Pirjeris Mutter konnte es wieder einmal nicht lassen, an ihrem Mann herumzumäkeln, und sie rief ihm von ihrem Sitz aus giftige Bemerkungen zu, unter anderem über seine Art, zu bremsen und zu beschleunigen.

Die Fahrt ging von Kallio nach Hakaniemi. Die Gattin schimpfte wie gewöhnlich über die zu hohe Geschwindigkeit. Ryynänen mochte sich von seiner Frau nicht belehren lassen und fuhr allzu hastig die abschüssige Strecke zum Hakaniemi-Markt hinunter. Wenn man auf den Markt einbiegt, fährt man durch eine Kurve. Die hohe Geschwindigkeit ließ die Bahn aus den Schienen springen, und sie kippte um. Auf der Seite liegend, rutschte sie bis auf den Markt, alle Fensterscheiben, die mit dem Straßenpflaster Kontakt hatten, zerbrachen. Ein Fahrgast wurde leicht verletzt, das zweite Opfer war ausgerechnet Frau Ryynänen. Sie schlug mit dem Kopf gegen die Haltestange im Wagen und handelte sich eine schlimme Verletzung ein, die ihr Sprachzentrum dauerhaft lähmte. Von da an herrschte wieder Eintracht in der Wohnung der Ryynänens in Alppila.

Der Vater hätte seinen Sohn gern Kauko genannt, aber die Mutter wollte es vornehm; »Birger« hörte sich in ihren Ohren sowohl adelig als auch hübsch an. Vor dem Krieg in Myrskylä war ihre erste Liebe ein Student namens Birger gewesen, Sohn eines gewissen Ingenieurs Lönström.

Der Bursche hatte auf den Feldern der Pfarrei im Heu gearbeitet, und die Mutter erinnerte sich ihr Leben lang, wie schmuck jener Birger ausgesehen hatte, als er, mit der Studentenmütze auf dem Kopf, durch das raschelnde Heu zu ihr gekrochen war. Die Mutter rief ihren Sohn nie Pirjeri, so wie alle anderen, sondern stets: »Birger, Liebling.«

Nach dem Unfall in der Straßenbahn sprach Pirjeris Mutter kein Wort mehr. Und so geriet auch der offizielle Namen des Sohnes in Vergessenheit, denn niemand benutzte ihn mehr. Inzwischen war Pirjeris Mutter bereits tot, der Vater seit Jahren pensioniert. Er wohnte immer noch in der kleinen Zweizimmerwohnung in Alppila. Auf seiner Kommode stand das Modell einer Straßenbahn der damaligen Hauptlinie. Er hatte es kurz vor seiner Pensionierung bei einem Eisangelwettbewerb des Personals der Verkehrsbetriebe gewonnen.

Der zweite Gegenstand mit Erinnerungswert in seiner Wohnung war ein verrosteter Eggenzahn aus seinen Verwalterjahren in Myrskylä.

Pirjeri hatte neuerdings eine Freundin, bei der er wohnen durfte, eine geschiedene Frau namens Eija Solehmainen, sie war gut dreißig Jahre alt und arbeitete in der staatlichen Druckerei. Eine anständige Person, gutaussehend und tüchtig, allerdings ungeheuer eifersüchtig. Die beiden wohnten in der Runeberginkatu in Töölö, in der dritten Etage und zur Straße hinaus. Sie hatten sich an den Verkehrslärm gewöhnt, und die Nachbarn offenbar auch an den Lärm in der Wohnung, denn Eija machte Pirjeri von Zeit zu Zeit heftige Szenen, immer dann, wenn sie ihn im Verdacht hatte, dass er sie betrog. Dabei zerschmiss sie gern Geschirr und weinte herzzerreißend. Oft schrie sie aus vollem Hals.

Pirjeris Mutter hatte ihren Sohn zu lutherischer Frömmigkeit erzogen, hatte ihn in die Sonntagsschule geschickt, ihn Abendgebete und geistliche Lieder gelehrt. Pirjeri war konfirmiert worden, und er war nicht einmal in seiner Studentenzeit aus der Kirche ausgetreten, obwohl das damals, in den Sechzigerjahren, sehr in Mode gewesen war.

Pirjeri wuchs zu einem sanften und gutmütigen Burschen heran, zu einem Menschen, der seinen Glauben kannte. Er wurde allerdings kein frömmelnder Schlappschwanz, sondern ein robuster Mann, der notfalls auch hart reagierte. Er setzte durchaus seine großen Pranken ein, falls es die Situation erforderte.

Pirjeri war auch jetzt mit vierzig Jahren noch in gewissem Maße gläubig, auf finnisch ungläubige Art. Er praktizierte Religion nicht, indem er in die Kirche ging, ihm reichte eine persönliche Beziehung zu Gott. Er sandte im Bedarfsfalle ein frei gestaltetes, inbrünstiges Gebet zum Himmel. Wurde es erhört und seine Bitte erfüllt, war es gut, und Pirjeri fand seinen Glauben an die Existenz des Allmächtigen bestätigt. Hatte er aber umsonst gebetet, zuckte er nur die Achseln und sagte sich, dass es kein Verlust gewesen war, allem Anschein nach gab es doch keinen Gott. In kal-

ten Wintern, wenn er in seiner öden und zugigen Kranfahrerkabine saß und ihn die schneidenden Winde durchfuhren, bat er Gott zum Zeitvertreib um besseres Wetter, damit nicht der Rheumatismus seine Gelenke zuschanden machte. An sonnigen Sommertagen fielen seine Gebetsaktivitäten schwächer aus.
Die Arbeit eines Kranfahrers war einsam und manchmal auch langweilig. Unten auf der Baustelle trödelten die faulen Handlanger herum, tranken Kaffee oder rauchten, der Kran stand dann still und unbeweglich da, manchmal stundenlang. Der Fahrer hockte finster in seiner Kabine, da er nicht extra hinunterklettern mochte. Es blieb jedem Fahrer selbst überlassen, wie er seine Zeit auf solchen Baustellen verbrachte. In Pirjeris Kabine lagen immer ein paar Bücher griffbereit, Romane oder auch Sachbücher, ebenso ein Feldstecher mit scharfer Linse, mit dem er die Welt um sich herum betrachtete. Er pflegte sich vielfältige Gedanken über das Weltgeschehen zu machen.
In den letzten Jahren hatte Pirjeri begonnen, einseitige Gespräche mit Gott zu führen. Auch jetzt blickte er aus dem Kranfenster schräg nach oben zum Himmel, in die Gegend über dem Finnischen Meerbusen, wo er Gott vermutete, und sagte:
»Verehrter Herrgott, guten Tag, hier spricht wieder mal Pirjeri Ryynänen aus Finnland.«
Dann wartete er eine Weile, damit Gott seine momentane Beschäftigung unterbrechen und sich auf den tagesaktuellen Monolog des Kranfahrers konzentrieren konnte.
»An deiner Stelle würde ich mich stärker in die Schreckensregime der afrikanischen Militärdiktatoren einmischen. Denk nur an die Hutu, die viele tausend Tutsi ge-

tötet haben, ihre Soldaten sind von Dorf zu Dorf gezogen und haben die Leute einfach abgeschlachtet. Wenn ich Gott wäre, hätte dieses Morden auf der Welt ein Ende. Was treibst du eigentlich dort oben im Himmel? Gibt es dich überhaupt? Taugst du zum Gott? Und dann die Lage in Indien, von der schon vorige Woche die Rede war. Allein in Kalkutta sterben täglich hundert Menschen an Hunger und Krankheiten. Es sieht nicht gut aus!«

Pirjeri Ryynänen nahm sämtliche Krisenherde der Welt durch, zählte alle Gebiete mit Hungersnot, die Länder mit politischer Verfolgung und Folter, die schlimme Not vergewaltigter Frauen, die Unterdrückung bestimmter Rassen, Freiheitsberaubung auf... und immer in Abständen ließ er einfließen, dass all dies auf der Stelle ein Ende hätte, wenn er über göttliche Macht verfügen würde.

Manchmal steigerte sich Pirjeri so sehr in seine Monologe hinein, dass er in Rage geriet, in seiner hallenden Glaskabine die Stimme erhob und in Gottes Richtung, also zum Himmel über dem Finnischen Meerbusen, die Fäuste schwenkte, dem Allmächtigen die Leviten las. Der Kranfahrer zitterte regelrecht vor ohnmächtiger Wut, wenn er an das grenzenlose Leid der Völker der Welt dachte und daran, dass er die Dinge in keiner Weise beeinflussen konnte – abgesehen davon, dass er manchmal Weihnachtspakete an die Kinder einer Dschungelschule in Nicaragua schickte. Ein gewöhnlicher Arbeiter vermag nicht die ganze Welt zu verbessern. Ein Arbeiter ist nicht Gott.

Pirjeri verlangte von Gott Glück und alltägliches Wohl für die Menschen und Tiere. Wenn Gott Probleme hatte, die Dinge auf der Welt unmittelbar und sofort in Ordnung zu bringen, warum konnte er dann nicht zumindest den

Lebenden das kleine Quäntchen alltäglichen Glücks zugestehen? Was zwang ihn, jeweils die schlechteste der möglichen Alternativen zu wählen, zum Beispiel ein altes Mütterchen vom Lande auf Glatteis ausrutschen und sich den Oberschenkel brechen zu lassen? Warum fiel einem mageren Negermädchen eine Kokosnuss mit tödlicher Wucht auf den Kopf und nicht eine herrliche Bananenstaude vor die Füße? Alles war doch schließlich nur eine Frage der glücklichen Fügung.

Warum war den Menschen als lebenslange Belastung quälende Todesangst auferlegt worden? Wem nützte das? Warum mussten sich Mensch und Tier auch hierin unterscheiden? Pirjeri erklärte dem lieben Gott, dass der eigentliche Unterschied zwischen Mensch und Tier darin bestehe, dass das Tier nicht fähig sei, an den Tod zu denken, seinen eigenen also, und der Tod anderer Tiere bedeutete für ihn bestenfalls frische Nahrung.

Könnte er entscheiden, so wie Gott, würde er sich um den Weltfrieden kümmern, schwor Pirjeri. Glück und Weltfrieden, dafür würde er sorgen, und er würde den Menschen die unnötige Todesangst nehmen.

Pirjeri Ryynänen war ein tief empfindender humaner Mensch, dem die Not auf der Welt ein tägliches Sorgenthema war.

Pirjeri hatte nur wenig Freunde und keine unmittelbaren Arbeitskollegen, hoch oben in der einsamen Kranfahrerkabine knüpft man nun mal keine Kontakte. Einen guten Kumpel hatte er allerdings, den glücklosen kleinen Geschäftsmann Torsti Rahikainen, ein Mann in Pirjeris Alter. Die beiden machten oft gemeinsame Spaziergänge am Meer und philosophierten über den Lauf der Welt. Rahikainen steckte stets voller verrückter Ideen, sprudelte geradezu davon über. Er war ständig bereit, sich in neue Geschäfte zu stürzen, aber bisher hatte sich ihm noch nicht die Gelegenheit geboten, zu wirklichem Wohlstand zu gelangen. Rahikainen war ein unruhiger Charakter, mit einem Hang zu Risiken, und er ging sie auch ein, um dann ein ums andere Mal feststellen zu müssen, dass seine finanziellen Mittel nicht weit genug reichten. Er war ein vom Leben gebeutelter vitaler Mann, den Pirjeri auf gewisse Weise liebte. Wenn Pirjeri Vermögen besessen hätte, dann hätte er, ohne zu zögern und ohne auf Sicherheiten zu bestehen, große Summen in Rahikainens Geschäfte investiert.

Oft betete Pirjeri beim lieben Gott für Rahikainen. Er äußerte die Hoffnung, dass der Allmächtige seinem Freund wenigstens so viel Glück bescheren würde, dass dieser ohne finanzielle Sorgen die Tragfähigkeit seines Lebens erproben könnte. Pirjeri schätzte, dass hunderttausend Mark die Mindestsumme wäre, die Rahikainens Leben in Fluss bringen würde.

3

Der Erzengel Gabriel und der heilige Petrus führten in der Bibliothek des alten bulgarischen Nonnenklosters ein hektisches Krisengespräch. Auf der Tagesordnung stand nur ein einziger Punkt, aber der war umso wichtiger. Sie mussten für den Allmächtigen einen Stellvertreter finden.
Erzengel Gabriel erklärte gleich zu Beginn, dass ihm schon seit Langem Gottes Müdigkeit aufgefallen sei. Dieser brauche tatsächlich einen langen Erholungsurlaub, womöglich reiche ein Jahr nicht einmal aus. Gabriel fand, dass Gott in letzter Zeit sehr trübsinnig geworden sei, das zeige sich schon daran, dass er seine Zeit mit Vorliebe in diesem schimmeligen, heruntergekommenen Schloss hinter dem Mond, um nicht zu sagen an diesem gottverlassenen Ort, verbringe.
Petrus warf ein, dass dies kein gottverlassener Ort sei, da Gott sich ja eben hier befand, in seinem ledernen Ohrensessel im Klosterturm saß und apathisch auf die Berge starrte, wenn auch fern der Zentralgebiete.
»Ich habe vielleicht den falschen Ausdruck gewählt, aber einladend ist dieser Ort jedenfalls nicht. Die feuchten Steinwände machen auch mich über kurz oder lang depressiv«, erklärte Gabriel.
»Unser Herr ist wirklich reif für einen Urlaub«, bestätig-

te Petrus. Er erwähnte, dass Gott neuerdings zerstreut sei, die Arbeit funktioniere nicht recht. Vor einigen Wochen zum Beispiel, als er für den Rückflug der Zugvögel von der nördlichen Halbkugel in die warmen südlichen Zonen hätte sorgen müssen, habe er die alten Systeme gründlich durcheinandergebracht.

»Stell dir vor! Unser Herr schickte eines Tages einfach sechstausend Flamingos aus der Nilebene in die sibirische Tundra, ich konnte gar nicht so schnell reagieren. Nun, die Vögel flogen natürlich los, begaben sich in großen Scharen erst in die Türkei und von dort um das Kaspische Meer herum bis hinter den Ural, nach Sibirien also. Es war für die armen Tiere eine schreckliche Reise, und dort am Ziel werden sie gewiss erfrieren.«

Der Erzengel Gabriel war entsetzt. Wie war dieser Missgriff möglich gewesen? War die Sache publik geworden? Konnte man sie irgendwie korrigieren?

Petrus erklärte, dass die Flamingoschwärme größtenteils über unbewohntes Gebiet hinweggeflogen waren und dass fern in den asiatischen Steppen oder gar in der sibirischen Tundra zum Glück keine Ornithologen unterwegs waren. Einer der unglücklichen Vögel hatte sich jedoch nach Finnland verirrt. Dort waren noch nie Flamingos frei umhergeflogen. In der Gegend von Oulu, auf einer Insel namens Hailuoto, hatten Vogelkundler diesen nach Sibirien verbannten Flamingo gesichtet. Daraus hatte die finnische Presse natürlich eine Sensation gemacht und das Thema gründlich durchgehechelt. Man hatte sogar Fotos des armen Tieres veröffentlicht.

»Ich musste mir schleunigst etwas einfallen lassen, wie ich den Flamingo aus Finnland wegkriege, und beschloss, mich einer Brandgans zu bedienen, die ist ja auch von Natur aus ein Zugvogel. Ich richtete es so ein, dass die Gans und der Flamingo Freundschaft schlossen, das hat geklappt, und nun flattern die beiden zusammen dort auf Hailuoto umher. Wenn die Gans in den Süden fliegt, ist der Flamingo hoffentlich so schlau, mit ihr gemeinsam Finnland zu verlassen und dort nicht weiter für Aufsehen zu sorgen. Dies ist nur ein unerheblicher Vorfall im Vergleich mit den großen Problemen der Welt, sechstausend Flamingos fallen nicht ins Gewicht, aber es ist symptomatisch«, seufzte Petrus.

»Es wäre schlimm, wenn der Teufel sagen kann, dass das Weltenbuch durcheinandergeraten ist«, äußerte sich auch der Erzengel besorgt.

»Die Sache mit der Urlaubsvertretung müssen wir vorläufig unbedingt geheim halten. Einigen wir uns darauf, dass wir die Pläne nicht publik machen, bevor nicht der Stellvertreter seinen Dienst angetreten hat«, schlug Petrus vor.

»Schon allein wegen des Rufes der Welt sollten wir nicht darüber sprechen. Denk nur, falls zum Beispiel Allah von der Situation erfährt. Er war sowieso die ganzen letzten Jahre schon vollkommen außer Rand und Band«, konstatierte Gabriel.

»Nun, Allah ist insgesamt höchst seltsam, den muss man nicht für voll nehmen«, beruhigte Petrus ihn.

»Allah ist als Gottheit auf jeden Fall ein hitziger Mann«, warnte Gabriel. »Und er hat eine große Anhängerschaft unter den Wüstenvölkern.«

Die himmlischen Kanzleichefs widmeten sich nun der praktischen Lösung des Problems. Als Erstes erstellten sie

ein vorläufiges Berufsbild Gottes. Das fiel ihnen leicht, denn beide wussten aus Erfahrung sehr genau, welche Aufgaben Gott zustanden und welche sie wiederum selbst mithilfe ihrer Engelsscharen verantworteten.
Der Apostel und der Erzengel kamen zu dem Schluss, dass der praktikabelste Weg, die geeignete Person für die Vertretung Gottes zu finden, der Gebetskontakt wäre. Die Menschen beteten schließlich immer eifrig. Tag und Nacht wandten sie sich mit allen möglichen Anliegen an Gott. Millionen Gebete wurden heraufgeschickt, und sie alle mussten im Prinzip auch ausgewertet werden. Allerdings gab es, angesichts des hohen Bedarfs, zu wenig Arbeitskräfte im Himmel. Es war schier unmöglich, sämtliche Gebete anzuhören, geschweige denn, Stellung dazu zu nehmen und die Wünsche der Absender zu erfüllen. Die Engelsschar konnte diese Aufgabe schlicht und einfach nicht bewältigen. So hatte sich die Praxis durchgesetzt, dass nur die besonders inbrünstigen und sachlichen Gebete angehört und der Weiterbehandlung zugeführt wurden. Das waren durchschnittlich fünfzehn Prozent aller Gebete, aber immerhin mehrere Millionen jeden Tag. Aus dieser Menge stellten die niedersten Engel nach eigenem Gutdünken, manchmal auch durch das Los, eine Auswahl zusammen, etwa zwei, drei Prozent, zu denen dann Stellung genommen wurde. Letzten Endes führte vielleicht nur jedes tausendste Gebet zu entsprechenden Maßnahmen, aber immerhin. Zum Beispiel in der Kanzlei des vorhin erwähnten Allah kam laut Petrus' Informationen nur eines von zehntausend Gebeten ans Ziel, und selbst davon wurden die wenigsten in der gewünschten Art und Weise erfüllt. Dort wurde also enorm ausgesiebt, aber der Islam

war ja als Religion noch jung, man hatte noch keine Erfahrung bei der Vorgehensweise.

»Wir könnten folgendermaßen verfahren: Wir hören uns jetzt eine Woche lang die intelligentesten und inbrünstigsten Gebete an und lassen dann die Engel aus dieser Personengruppe die geeignetsten Kandidaten für die engere Auswahl vorschlagen. Wären zehntausend genug, um einen Stellvertreter für Gott zu finden?

»Das wird bestimmt eine schweißtreibende Angelegenheit«, prophezeite der Erzengel Gabriel.

»Uns bleibt keine andere Wahl. Gottes Verfassung macht es dringend notwendig, seinen Stellvertreter so schnell wie möglich zu finden.«

Nach diesem Gespräch machten sich der heilige Petrus und der Erzengel Gabriel daran, die Gebetsmühle in der Praxis zu drehen. Sie riefen einige hochrangige Vorgesetzte der Engel zusammen und delegierten die Aufgabe an sie weiter. Jetzt musste konzentriert gelauscht werden, die Heerscharen der Engel mussten diesbezüglich genaue Anweisungen bekommen. In der nächsten Woche sollten sie den Intellekt, die Erfahrung, den Bildungsstand, die Frömmigkeit, den Mut, die Phantasie und den Fleiß der Betenden bewerten. Ziel war es, den besten Christen der Welt zu finden, nicht mehr und nicht weniger. Die Engel durften nicht schludern, sie trugen jetzt eine große Verantwortung.

Zu diesem Zeitpunkt wurde den Engeln natürlich noch nicht der eigentliche Zweck der Suche mitgeteilt. Es stand zu befürchten, dass einer oder mehrere von ihnen aus Dummheit oder Naivität das Geheimnis, dass man auf der Suche nach einem neuen Gott für das Christenvolk war, preisgeben würde. Unter den Engeln, sogar unter den Heiligen, gab es allerlei Flattergeister, Frömmigkeit ging keineswegs immer mit Scharfsinn einher. Das hatten Petrus und Gabriel in der Praxis tausende Male feststellen müssen. Gabriel hatte einmal spitz bemerkt: je frommer ein Engel, desto dümmer.

In dieser Septemberwoche wurden die Gebete des Christenvolkes tatsächlich alle im Himmel angehört, sie wurden erfasst, und es wurden provisorische Statistiken angefertigt. Innerhalb der Woche gingen mehr als siebenhundert Millionen Gebete ein. Der größte Teil davon war natürlich blanker Unsinn und gab keinen Anlass, etwas zu unternehmen. Die Menschen baten Gott darum, ihre Hühneraugen zu entfernen, auf ihrer Glatze Haare wachsen zu lassen, den bösen Nachbarsjungen zu vermöbeln, Kleidung zu besorgen, die Fenster zu putzen ... lauter solchen Quatsch. Es gab unendlich viele Bitten um Geld, auch hätte sich Gott in Liebesaffären mit unterschiedlichsten Hintergründen einmischen sollen. Ein Teil der Gebete war verbittert und blutrünstig; von Gott wurde verlangt, ganze Familien, Stämme, Völker oder Völkergemeinschaften auszurotten. Die überwiegende Mehrheit der Gebete war selbstsüchtig und eigennützig. Außerdem betete ein beachtlicher Teil der Menschen im Unglauben, also ohne eigentlich auf Gottes Existenz zu vertrauen. Die meisten Gebete wurden gewohnheitsmäßig gesprochen, das betraf vor allem die Abendgebete, ferner gab es die von den Pastoren im Rahmen ihres Amtes gesprochenen Gebete. Diese bildeten natürlich eine Kategorie für sich.

Aber die Engel hörten auch viele echte, innige Bitten, die wirklicher Not und Verzweiflung entsprangen. Auch für die Angehörigen wurde gebetet, fromme Menschen wandten für die eigene Familie, das Heim, das Vaterland und die Menschheit ihre Blicke zum Himmel. Aus diesen Personen wurde die Klientel für das engere Auswahlverfahren zusammengestellt, insgesamt mehr als eine Million Menschen.

Nach Ablauf der Woche gaben Petrus und Gabriel den Engeln, die mit der Sache befasst waren, genauere Anweisungen für die Auswahl. Die gesuchte Person musste äußerst anspruchsvollen Kriterien genügen. Administrative Kompetenz war eines der Auswahlkriterien, ebenso unbeugsame Rechtschaffenheit. Intelligenz galt als Grundvoraussetzung. Humor, Mut, ein lebhafter Geist ... unzählige Eigenschaften sollten die Auswahl beeinflussen.

Inzwischen wurde nochmals Gott kontaktiert, er sollte sich dazu äußern, ob er einen Mann oder eine Frau als Stellvertreter wünschte. Falls eine Frau nicht für die Aufgabe in Frage kommen sollte, würde man sich beim Auswahlverfahren die halbe Arbeit sparen.

Gott wunderte sich über die Frage. Dann wurde er ungehalten: Die Frau sei genau wie der Mann ein Teil der Schöpfung, sie sei ebenso klug und kompetent, außerdem oft von ihrem Wesen her warmherziger und auf jeden Fall rein äußerlich weitaus hübscher anzusehen. Gott fand, dass es keinen Hinderungsgrund gebe, nicht auch eine Frau zu seiner Stellvertreterin zu wählen. In manchen rückständigen Ländern durften keine Frauen zu Priestern ernannt werden, aber diese Art von Unterdrückung würde jedenfalls im Himmel nicht geduldet werden.

Da eine Geschlechterdiskriminierung nicht in Frage kam, musste die strenge Auswahl anhand wirklicher Fakten fortgesetzt werden. Die Aufgabe war fast übermächtig, aber als die Vorgesetzten für die Engel durchgängige Dreischichtenarbeit anordneten, kamen auch Ergebnisse zustande. Tausende durchaus taugliche Anwärter wurden gnadenlos ausgemustert, und am Ende entstand ein Verzeichnis von zehntausend frommen und kompetenten Personen, das dem Erzengel Gabriel und dem heiligen Petrus vorgelegt wurde.

Die himmlischen Kanzleichefs prüften die Listen, saßen Tag und Nacht über den Papieren, holten zusätzliche Informationen ein, suchten nach neuen Beurteilungskriterien und konnten so das Verzeichnis um die Hälfte kürzen. Die höhere Bewertung des Mutes zum Beispiel sorgte dafür, dass dreitausend Namen von der Liste gestrichen wurden. Als Kriterium galt, dass der künftige Gott sich trauen musste, vom Dach eines dreistöckigen Hauses in einen Heuhaufen zu springen. Schließlich war es eine Tatsache, dass ein Mensch mit Höhenangst nicht in Frage kam, wenn es ums Besetzen von Ämtern im Himmel ging, und ganz sicher nicht, wenn es galt, den Allerhöchsten zu vertreten.

Ein gutes und ausgeprägtes Gedächtnis wurde als Vorteil gewertet, wer aber nachtragend war, wurde gnadenlos ausgemustert. Allein auf dieser Grundlage fielen sechshundert Anwärter heraus, unter ihnen viele fromme Kardinäle und Bischöfe, ganz zu schweigen von Legionen von Pastoren. Der Papst war gar nicht erst in die Endrunde gelangt, trotz seines fleißigen Betens. Neben seinem Namen stand in der Liste der schnöde Vermerk: »Betet aus Gewohnheit, glaubt nicht an Gott.« In diesem Zusammenhang sei erwähnt, dass der als Bischof von Oulu bekannt gewordene

Olavi Rimpiläinen, der mit seinen Taten sogar im Himmel Aufsehen erregt hat, überhaupt nicht unter den Anwärtern für das Gottesamt auftauchte. Ursache waren nicht Defizite in seiner Güte oder Frömmigkeit, auch nicht mangelnde Fähigkeiten oder mangelnder Mut , sondern es lag schlicht und einfach daran, dass Rimpiläinen in jener fraglichen Woche kein einziges Mal zu seinem Gott gebetet hatte, da er Wichtigeres zu tun hatte. Er kämpfte so vehement gegen eine weibliche Priesterschaft, dass er es nicht schaffte, sich an den Herrn zu wenden. Man kann nur beklagen, welchen Gott die Welt möglicherweise an ihm verloren hat.

Der Prophet gilt nichts im eigenen Land und erst recht nichts im Himmel.

Kranfahrer Pirjeri Ryynänen hingegen betete gerade in jener historischen Woche. Er wollte nichts für sich selbst, sondern bat Gott darum, seine Lebensgefährtin, Frau Solehmainen, zu einem besseren Menschen zu machen, ihrem Charakter wenigstens eine Spur von Selbstbeherrschung hinzuzufügen, ihr mehr Vernunft und Verstand in den Schädel zu trichtern, damit das Zusammenleben mit ihr in den irdischen Niederungen so funktionierte, dass es alle Seiten zufrieden stellte. Das Gebet kam direkt aus dem Herzen und war so anrührend und selbstlos, dass Pirjeri ohne Weiteres in die Endrunde gewählt wurde. In der himmlischen Konkurrenz machte er sich ausgezeichnet, war er doch, außer kompetent und intelligent, auch äußerst mutig, so wie es alle Kranfahrer generell zu sein pflegen.

4

In der Bibliothek des verfallenen bulgarischen Schlosses wurde in jenen Tagen fieberhaft gearbeitet. Der heilige Petrus und der Erzengel Gabriel mit ihrem Stab analysierten die vorgeschlagenen Kandidaten, prüften ihre Verdienste und ihre Sünden, befürworteten und verwarfen. Man war dabei, Weltgeschichte zu schreiben, für die Schöpfung einen neuen Gott auszuwählen.

Der offizielle Allmächtige saß untätig im Turm des Schlosses. Er sagte sich, dass er besser schon vor hundert Jahren in Urlaub gefahren wäre. Gott malte sich aus, was er auf der anderen Seite der Milchstraße, auf der Kehrtkugel, tun würde, wenn die Stellvertreterfrage geklärt wäre. Er würde keinen einzigen Gedanken an die Probleme der Menschheit verschwenden, sondern unter einem Obstbaum liegen, dem Plätschern eines Gebirgsbaches lauschen und in den wolkenlosen Himmel blicken, jedenfalls in den ersten Wochen. Könnte er doch nur endlich aufbrechen! Hatten denn Petrus und Gabriel immer noch keinen geeigneten Menschen für seine Vertretung gefunden?

Ungeduldig stieg Gott aus dem Turm hinab und ging in die Bibliothek, um sich zu erkundigen, wie weit die Sache gediehen war.

Der heilige Petrus und der Erzengel Gabriel waren in ihre

Papiere vertieft. Petrus erhob sich, als Gott eintrat, und erklärte, dass sie sich auf der Zielgeraden befänden. Nur noch ein paar Dutzend Kandidaten seien übrig, doch die endgültige Entscheidung sei nun mal überaus schwierig. Gott wollte wissen, was es für Leute seien, die da im Netz hängen geblieben wären, und aus welchen Ländern die Anwärter stammten.

»Verehrte Krone der Schöpfung, die Kandidaten stammen aus mehreren christlichen Ländern, zum Beispiel ist ein Russe darunter, auch ein paar Polen, einer kommt sogar aus Georgien, hier haben wir auch zwei Amerikaner, ein Brite ist dabei, ferner drei Franzosen … womöglich ist uns hier ein Fehler unterlaufen, denn die Franzosen haben im Allgemeinen eher in weltlichen Wettbewerben Erfolg.«

Gott erkundigte sich, ob es auch ein Deutscher bis in die Endrunde geschafft hätte.

»Offenbar nicht«, erklärte der Erzengel Gabriel. »Aber dafür haben wir hier zwei Iren, und dort anscheinend sogar einen Finnen.«

Gott staunte.

»Ein Finne? Das ist bemerkenswert … soweit ich mich erinnere, sind die Finnen ein eigensinniges, gewalttätiges und mürrisches Volk, irgendwie unzugängliche Menschen …«

Der heilige Petrus überreichte ihm Pirjeri Ryynänens Karteikarte. Seiner Meinung nach war dieser Mann keineswegs untauglich für das heilige Amt, nur weil er zufällig einem – ohne Frage – unleidlichen und griesgrämigen Volk angehörte.

»Auch elende Völker können durchaus großartige Indivi-

duen hervorbringen, und dieser Typ hier, dieser Ryynänen, ist in jeder Hinsicht geeignet.«
Gott las die Angaben zur Person auf der Karte, äußerte ein zustimmendes »Hm« und gab Petrus die Karteikarte zurück.
»Nun, dann holen wir uns diesen Finnen, wenn er ein so ausgezeichneter Mann ist.«
Petrus und Gabriel erhoben Einwände. Ryynänen war natürlich eine vortreffliche Person, aber konnte man nicht noch ein, zwei Tage warten? Sie würden das Auswahlverfahren beenden und dann das Ergebnis präsentieren. Sie beschäftigten sich zum Beispiel soeben mit einem vielversprechenden belgischen Kanonikus, und auf der Liste standen auch noch Dutzende anderer Leute.
Gott dachte an seinen Sohn Jesus Christus und dessen göttlichen Freund Rutja, den Sohn des Donnergottes.
»Sie haben ja auch seit jeher ihre eigenen Götter, diesen Ukko Obergott und andere, man sollte denken, dass sich ein Finne somit eher in das Amt eingewöhnt.«
Der heilige Petrus bestätigte, dass die Finnen ihre eigenen Götter hatten, mehrere Dutzend, soweit er sich erinnerte. Also was das betraf … außerdem seien die Finnen sehr fleißige, tüchtige Menschen, und sauber, da sie so eifrig saunierten. Sie vertrugen sowohl Frost als auch große Hitze.
Gott versuchte, sich die Historie der Finnen ins Gedächtnis zu rufen. Er erinnerte sich an den großen Unfrieden, und, was die neueren Kriege betraf, an den Winterkrieg. Nach Gottes Erinnerung waren die Finnen rechte Kratzbürsten, sie waren zahlenmäßig nur wenige, machten aber dafür viel Lärm um ihr Volk. Angesichts der Sünden der

Menschheit erschien es ihm recht passend, dass der nächste Gott ausgerechnet ein Finne sein könnte.
»Worauf warten wir noch? Ihr könnt euch jetzt sofort aufmachen und nachschauen, was für ein Mann der Ryynänen ist und ob er das Zeug zum Gott hat«, entschied der Allmächtige. »Falls er nicht für das Amt taugt, dann kommt zurück, und wir suchen einen besseren Kandidaten aus.«
Da half keine Widerrede, Gottes Wort war Gesetz im Himmel. Petrus und Gabriel übergaben ihre Papiere an einige der obersten Engel, Gott stieg in seinen Turm hinauf, und der Apostel und der Erzengel begaben sich auf die Reise. Sie sausten mit der Geschwindigkeit eines Gedankens und mit göttlicher Kraft nach Helsinki. Zwei, drei Sekunden dauerte es nur, von Bulgarien nach Helsinki ist es letztlich ein kurzer Weg.
Die Baustelle von *Haka* auf der Kluuvikatu im Zentrum von Helsinki war leicht zu finden. Der riesige Turmdrehkran hievte gerade ein massives Wandelement an seinen Bestimmungsort. In der Fahrerkabine saß Pirjeri Ryynänen, ohne zu ahnen, dass hoher Besuch für ihn eintraf.
Der Erzengel Gabriel flatterte unauffällig hinter den Bauzaun und ordnete sich ins Straßenbild ein. Der heilige Petrus hingegen schwebte zu den Nachbarhäusern hinauf und von dort geradewegs zur Spitze des Krans, er setzte sich auf das Dach der Fahrerkabine und klopfte an. Pirjeri Ryynänen lugte aus dem Fenster. Hatte sich etwa wieder eine Möwe aufs Dach gesetzt, um zu scheißen? Seine Verwunderung war grenzenlos, als er draußen einen alten bärtigen und sonnengegerbten Mann sah. Der Kerl sah aus wie der Weihnachtsmann oder wie ein uralter Heiliger.
Pirjeri sagte sich, dass der Alte offenbar sehr gelenkig war,

denn wie sonst war es ihm wohl gelungen, bis in diese Höhe heraufzuklettern, und wie konnte er es wagen, dort oben zu sitzen? Anscheinend war ihm nicht mal schwindelig.

»He, Alter, was machen Sie denn da?«

Pirjeri vermutete, dass der Opa nachts auf den Kran geklettert war, wahrscheinlich war er verrückt oder besoffen gewesen, oder beides zusammen. So etwas kam ja manchmal vor, besonders junge Männer erklommen im Vertrauen auf die eigene Kraft Fabrikschornsteine oder die Balkone von Hochhäusern, oder sie setzten sich aufs Dach fahrender Schnellzüge, wenn ihnen zum Beispiel ein Mädchen eine Abfuhr erteilt hatte ... aber dass dieser alte, würdevoll aussehende Mann auch so einen Unsinn veranstaltet hatte ... manche Menschen werden eben nie erwachsen.

Pirjeri öffnete die Türklappe und forderte den Alten auf, herunterzukommen. Er versprach, ihm behilflich zu sein, denn dort oben sei es nun mal lebensgefährlich.

Der Alte glitt mühelos vom Dach und ließ sich in die enge Fahrerkabine fallen, Pirjeri brauchte ihm nicht mal die Hand zu reichen. Es wirkte, als könnte der Alte durch die Luft gehen.

»Ich bin der heilige Petrus, also jener alte Apostel«, stellte er sich vor. »Sie dürften Birger Ryynänen sein, ein hiesiger Kranfahrer?«

Pirjeri geriet nicht so schnell aus der Fassung, aber jetzt saß er wie vom Donner gerührt. Das war einfach etwas, das über seinen Verstand ging. Er begnügte sich mit den Worten:

»Gewiss, Ryynänen, der bin ich ... Tag auch, und willkommen ...«

Der heilige Petrus beklagte die Enge der Kabine und schlug vor, dass man sich nach unten begeben solle. Er zeigte auf einen dunkel gekleideten Mann, der auf dem Bürgersteig hinter dem Bauzaun stand, ebenso alt wie er selbst, und der gerade in diesem Moment zu ihnen heraufschaute.
»Jener Herr dort unten ist der Erzengel Gabriel. Er ist mein engster Arbeitskollege. Treffen wir uns doch in Kürze bei ihm, einverstanden?«
»Nun ja, warum nicht ...?«
Petrus öffnete die Tür der Kabine, schaute sich kurz um und glitt mit flatternden Hosenbeinen nach unten zum dort wartenden Gabriel.
Zur selben Zeit setzte gerade ein gewisser Tero Latikainen, stellvertretender Lagerverwalter in der Eisenwarenbranche, ein zum Suff neigender Kerl, zur Bekämpfung seines Katers das Glas mit dem zweiten Schnaps des Tages an die Lippen. Er lag halb angezogen im zerwühlten Ehebett, ein Bett, das die Ehefrau bereits während seiner vorigen Saufperiode verlassen hatte. Zerstreut sah er aus dem Fenster auf den hohen, fast die Wolken streifenden Kran auf der nahen Baustelle. Latikainen beobachtete, wie sich auf dem Dach der Fahrerkabine ein unheimlich großer weißbärtiger Vogel niederließ, nein, das war gar kein Vogel, sondern ein Mensch, verflixt noch mal, ein alter Opa ... dann kletterte der Alte in die Kabine und kam bald wieder heraus, segelte wie ein Flughörnchen nach unten auf die Straße und stellte sich auf den Bürgersteig zu einem anderen alten Mann. Tero Latikainen ächzte, stand aus dem Bett auf und wankte ins Bad, wo er sein Glas ins Waschbecken leerte. Dann kehrte er wieder ins Zimmer zurück, griff mit zitternden Händen nach dem Telefon-

buch und suchte sich die Nummer der Anonymen Alkoholiker heraus.

Die beiden alten Männer, der Apostel und der Erzengel, standen auf dem Bürgersteig und gaben Pirjeri Handzeichen, dass er herunterkommen solle. Sie meinten es anscheinend ernst.

Pirjeri blieb nichts anderes übrig, als die schmale Leiter hinunterzuklettern. Es war eine schweißtreibende Angelegenheit, im Allgemeinen leidige Pflicht, aber diesmal schimpfte Pirjeri nicht über die Mühen des Abstiegs. Er machte sich ganz andere Gedanken. Die Vermutung, die sich ihm als Erstes aufdrängte, war, dass er entweder den Verstand verloren hatte oder dass etwas Übernatürliches im Gange war.

Der Meister kam aus seiner Baracke gerannt und schrie Pirjeri mit hochrotem Kopf an, warum er mitten am Arbeitstag vom Kran herunterkam. Warum ließ er ein ganzes Wandelement am Haken zwischen Himmel und Erde schweben?

Pirjeri blieb nicht stehen, um dem Meister von seinen eben gemachten Erfahrungen zu berichten, sondern marschierte schnellen Schrittes von der Baustelle und sagte nur im Gehen:

»Hör zu, ich habe Dringenderes zu tun, ich erkläre dir später alles.«

Auf der Straße fand Pirjeri die beiden Alten vor. Gabriel reichte ihm die Hand und stellte sich vor:

»Gabriel, Erzengel.«

Die alten Männer schlugen vor, einen ruhigen Ort aufzusuchen, damit man sich unterhalten könne. Sie hätten ein außerordentlich wichtiges Anliegen an Herrn Ryynänen.

Gemeinsam gingen sie zum Senatsplatz, dort setzten sich die beiden Alten auf die Umrandung des Denkmals von Alexander II. und vergewisserten sich, dass niemand in der Nähe war. Dann verkündete der Erzengel Gabriel in feierlichem Ton:

»Wir sind die Sendboten des allmächtigen Gottes, Herr Ryynänen, und Sie sind zu seinem Stellvertreter auserkoren worden.«

5

Wenn jemand mitten an einem gewöhnlichen Arbeitstag mit der Mitteilung überrascht wird, dass er zum Stellvertreter Gottes gewählt worden ist, dann ist es kein Wunder, wenn der Betreffende die Sache nicht gleich für voll nimmt.

Pirjeri betrachtete die beiden Alten, die auf der Umrandung des Zarendenkmals saßen. Einer von ihnen war Erzengel Gabriel und der andere der heilige Petrus, so hatten sie sich ihm vorgestellt. Zu allem Überfluss sprachen sie Finnisch, das erschien Pirjeri unglaublich.

»Wir beherrschen fließend alle Sprachen der Welt«, erklärte der Erzengel Gabriel, obwohl Pirjeri gar nicht dazu gekommen war, seine Verwunderung laut zu äußern.

»Sie haben hier eine wirklich prachtvolle Kirche«, sagte Petrus mit Blick auf den Dom am oberen Rand des Platzes.

Pirjeri bestätigte, dass das Bauwerk in jeder Hinsicht bemerkenswert sei. Aber meinten die fremden Herren es auch ernst, was bezweckten sie mit ihrem Gerede vom Gottesamt?

Der heilige Petrus begann zu erklären. Er sprach von den Bedingungen im Himmel und auf der Erde, beleuchtete kurz den Zustand der Menschheit und die daraus resultierende tiefe Deprimiertheit und Müdigkeit Gottes, des

Allmächtigen. Petrus verriet, dass Gott die Absicht hatte, Urlaub zu machen, er wollte ein Sabbatjahr nehmen. Und für diese Zeit müsse ein fähiger Stellvertreter gefunden werden, der sich um die Welt kümmere. Eine Woche lang hatten sich die Engel die Gebete der Menschen angehört und aus den Absendern geeignete Kandidaten ausgesucht. Die endgültige Auswahl sei noch nicht abgeschlossen, aber wenn Pirjeri einverstanden sei, könne er schon jetzt das hohe Amt übernehmen.

»Wir möchten betonen, dass die Aufgabe sehr anspruchsvoll ist, aber wir haben uns über Sie informiert, und Sie erscheinen uns wirklich als sehr kompetent und geeignet für das Amt«, sprach der Erzengel Gabriel.

In Pirjeri Ryynänens Schädel summte es, seine Gedanken überschlugen sich, ihm wurde schwarz vor Augen, und er setzte sich mit zitternden Beinen zu den Alten auf den Denkmalsockel. Er brachte kein Wort heraus.

Die beiden Alten warteten, bis sich die Aufregung des künftigen Gottes legte. Dann erzählte Petrus von seinen Erinnerungen, denn er hatte, als er noch ein Mensch gewesen war und gelebt hatte, Ähnliches erfahren, als ihm die Ehre zuteilgeworden war, ein Jünger Jesu zu werden. Er hatte Tage gebraucht, sich an den Gedanken zu gewöhnen, dass Jesus der Sohn Gottes sein sollte. Er war anfangs misstrauisch gewesen, immer wieder, so wie es die Fischer allgemein sind. Aber schließlich war er von Jesu Göttlichkeit überzeugt gewesen. Der Erzengel Gabriel wollte an dieser Stelle etwas einwerfen, aber Petrus knurrte:

»Die Geschichte mit den glühenden Kohlen lassen wir jetzt mal beiseite.«

Gabriel legte sanft seine Hand auf Pirjeri Ryynänens Schulter und sprach:
»Der Mensch ist misstrauisch, das weiß ich, und zweifellos ist diese Situation sehr ungewöhnlich. Aber überdenken Sie die Sache ganz in Ruhe. Ich versichere Ihnen, dass wir es ernst meinen, wir bieten Ihnen ganz aufrichtig die Gelegenheit, als Urlaubsvertretung des Allmächtigen tätig zu werden.«
»Wir haben die Auffassung gewonnen, dass Sie an Gott glauben«, bemerkte der heilige Petrus. »Da irren wir uns doch wohl nicht?«
Pirjeri konnte seine Gedanken so weit ordnen, dass er seinen Glauben bekannte, das war nicht das Problem, aber ansonsten überstieg diese Situation sein Fassungsvermögen. Er fürchtete, Opfer eines bösen Scherzes geworden zu sein.
»Sehen wir aus wie Scherzbolde? Hören Sie, wir wissen, dass Sie vor gut einer Woche gebetet haben, Ihre Lebensgefährtin, Frau Eija Solehmainen, möge mehr Verstand in den Schädel getrichtert bekommen. Stimmt das?«
Pirjeri gab zu, etwas in der Art gewünscht zu haben. Eija hatte tags zuvor in der gemeinsamen Wohnung eifersüchtig getobt und war gewalttätig geworden.
»Ihr Gebet wurde erhört, Herr Ryynänen, und das Problem wurde behoben. Oder bestreiten Sie, dass sich das Verhalten Ihrer Partnerin seitdem gründlich geändert hat?«
Pirjeri sah sich gezwungen zuzugeben, dass es tatsächlich so gekommen war. Eija hatte sich für ihr Misstrauen entschuldigt, hatte ein leckeres Essen gekocht, eine Flasche Jahrgangswein geöffnet und Kerzen angezündet. In den letzten Tagen war sie zärtlich und aufmerksam gewesen,

hatte sich in jeder Hinsicht ordentlich aufgeführt. Kein böses Wort, eine ganze Woche lang, das war tatsächlich wie ein Wunder.

»Und sie hat kein Geschirr zerschlagen?«, bohrte Petrus weiter nach.

»Bei uns ist in letzter Zeit kein einziger Teller zerbrochen, in der Tat. Und Eija hat auch den Schirmständer aus Keramik, der in unserem Flur steht, wieder geklebt, denn den hatte sie am ersten Mai zerschmettert«, berichtete Pirjeri. Wenn er jetzt so die Sache bedachte, bekam er das Gefühl, dass tatsächlich etwas wirklich Übernatürliches vor sich gegangen war. Eija war sozusagen ein anderer Mensch geworden.

Jetzt ergriff der Erzengel Gabriel das Wort. Er erklärte, dass Pirjeri vor dem Arbeitsangebot keine Angst zu haben brauchte, man würde ihn entsprechend einweisen, und er bekäme göttliche Kräfte zur Bewältigung der Aufgaben verliehen. Gott selbst würde ihm höchstpersönlich während einer Übergangszeit zur Seite stehen, und danach könnte sich Pirjeri jederzeit entweder an ihn, Gabriel, oder an Petrus wenden, falls Probleme bei der Regelung der Belange der Menschheit auftreten sollten. Er könne verstehen, so Gabriel, dass es einige Zeit dauern würde, all das zu verdauen, dennoch müsse sich Pirjeri bald entscheiden, am liebsten jetzt sofort, auf jeden Fall aber noch heute.

Petrus fügte hinzu:

»Für den Fall, dass Sie hinsichtlich all dessen immer noch misstrauisch sind – das wäre nur menschlich und verständlich –, sind wir bereit, zu Demonstrationszwecken irgendein geeignetes Wunder zu tun, damit Sie glauben, dass wir es in dieser Angelegenheit wirklich ernst meinen.«

»Sie könnten uns um etwas Außergewöhnliches bitten, etwas, das zu leisten dem Menschen unmöglich ist. Wir sind befugt, Ihren Wunsch zu erfüllen«, erklärte der Erzengel Gabriel. Petrus bekräftigte:
»Der Gedanke kann noch so verrückt sein, wir schreiten sofort zur Tat, Hauptsache, wir müssen Ihnen nicht gleich den Mond vom Himmel holen.«
Pirjeri überlegte. Er stand auf und sagte:
»Ich müsste mich wohl umziehen, wenn ich nun zum Gott erhoben werden soll ... gehen wir zu mir nach Hause, unterwegs werde ich mir ein geeignetes Wunder ausdenken.«
Die drei stiegen in die Straßenbahn und fuhren nach Töölö zur Wohnung von Pirjeris Lebensgefährtin. Unterwegs dachte Pirjeri über ein Wunder nach, mit dem die alten Herren ihr göttliches Amt und die Richtigkeit ihres Anliegens unter Beweis stellen könnten. Schließlich glaubte er eines gefunden zu haben.
Frau Solehmainen befand sich auf der Arbeit. Pirjeri bat die Gäste in die kleine Zweizimmerwohnung. Er zeigte auf den großen braunen Krug, der in der Ecke des Flurs stand und in dem ein paar Regenschirme steckten. Auf der Keramikoberfläche waren feine Risse zu erkennen, Pirjeri erklärte, dass ebendies der Krug war, den Eija in ihrer Wut am ersten Mai zerschlagen und erst jetzt, nach dem bewussten Gebet, wieder geklebt hatte.
Pirjeri legte seinen Arbeitsoverall ab, duschte und zog sich gerade geschnittene Hosen und ein Jackett an. Er überlegte kurz, ob ein künftiger Gott eine Krawatte tragen müsste, selbstverständlich. Also knüpfte er sich jenes blaugestreifte Exemplar um, das Eija ihm vor zwei Tagen gekauft hatte.

Sauber und ordentlich gekleidet kehrte er zu Petrus und Gabriel ins Wohnzimmer zurück.

»Vorhin war die Rede von einer Wundertat … unterwegs in der Straßenbahn fiel mir ein, dass es ein echtes Wunder wäre, wenn Sie einem alten Freund ein bisschen Geld besorgen würden.«

»Wem und wie viel?«, wollte Petrus wissen.

Pirjeri begann von seinem Freund Torsti Rahikainen zu erzählen, jenem vom Leben gebeutelten kleinen Geschäftsmann, der haufenweise tolle Ideen hatte, aber nie die finanziellen Mittel und auch sonst keine Möglichkeit, diese Ideen zu verwirklichen. Rahikainen war in den Vierzigern und hatte in seinem Leben einiges mitgemacht, hatte sich in fast jeder Branche versucht, die letzten Jahre hatte er in Huopalahti im sogenannten »Stockmann für Arme«, einem Schrottlager, gearbeitet. Als dieses abgerissen worden war, um Platz für Wohnhäuser zu schaffen, hatte Torsti in Hiekkaharju eine Schrottschweißerei gegründet. Er wohnte ganz in der Nähe, im Stadtteil Ruskeasuo, und er brauchte Geld. Waren hunderttausend Mark zu viel verlangt? Wenn Rahikainen mal zu Geld käme, wäre das ein echtes Wunder, fand Pirjeri und fügte hinzu, dass er den Mann gut kannte: Torsti war ein prima Kerl, freundlich, lebhaft, großzügig, manchmal ein wenig gutgläubig, und aus diesen Gründen waren seine Geschäfte nicht immer glücklich gelaufen.

Pirjeri malte sich aus, wie viel Auftrieb der unerwartete Geldsegen Torsti Rahikainen geben würde. Verflixt, es wäre doch echt spannend zu verfolgen, was geschah, wenn ein finnischer Habenichts überraschend hunderttausend Mark in die Hand bekam.

Der Erzengel Gabriel notierte sich die Adressen von Torsti Rahikainens Wohnung und von seiner Schweißerwerkstatt. Die beiden heiligen Männer erklärten, dass sie zwei Stunden brauchen würden, um das Wunder zu vollbringen. Inzwischen könnte sich Pirjeri einen neuen Anzug besorgen. Es wäre ratsam, dass er sich einen kompletten Anzug kaufte, ein Gott in einem zweiteiligen Ensemble würde nicht in allen Kreisen auf Vertrauen stoßen.

»Spielt die Farbe eine Rolle?«, erkundigte sich Pirjeri.

»Sie sollten Grau in Betracht ziehen, auch der jetzige Gott trägt einen grauen Anzug, zweireihig außerdem. Aber jetzt müssen wir aufbrechen, um für diesen Rahikainen das Geld zu besorgen«, sagte der Erzengel.

Der Apostel und der Erzengel verließen die Wohnung. Pirjeri seinerseits rief Eija in der staatlichen Druckerei an und erzählte ihr, dass er überraschend zwei nette ältere Herren getroffen habe. Sie hätten ihm ein wirklich interessantes Arbeitsangebot gemacht, und er müsse jetzt losgehen, um sich einen neuen Anzug zu kaufen.

»Oh, Schatz, du bist so wunderbar aktiv«, flötete sie.

Auf der Straße überlegten der Erzengel Gabriel und der heilige Petrus, wie sie die Geldsumme beschaffen sollten, die Herr Ryynänen gewünscht hatte. Petrus schlug vor, eine Bank zu überfallen, aber Gabriel wollte rücksichtsvoller vorgehen. Sie würden den Ruf des Himmels aufs Spiel setzen, wenn ausgerechnet sie beide in einen Bankraub in Finnland verwickelt wären. Er fand, dass sie das Geld friedlich in einer nahegelegenen Bank abheben und quittieren sollten, freilich unter Anwendung übernatürlicher Methoden. Wünschenswert wäre es, sich das Geld von irgendeinem sündigen und bösen Bankier auszahlen zu lassen.

Gegenüber befand sich auch gleich die Filiale einer Geschäftsbank, denn in Finnland gibt es an jeder Straßenecke eine Zweigstelle irgendeiner Bank. Der Erzengel und der Apostel marschierten hinein, warfen einen prüfenden Blick auf den Schalter und stellten zu ihrem Ärger fest, dass sämtliche Bankfräuleins nett und arm waren. Von ihnen würde nicht mal der Teufel Geld erschwindeln wollen, geschweige denn der heilige Petrus und der Erzengel Gabriel. Ihr himmlischer Instinkt sagte ihnen jedoch, dass im Hinterzimmer ein fieser Chef lauerte. Die beiden Alten äußerten den Wunsch, den Direktor zu sprechen.

»Wen darf ich melden?«, fragte die sympathische Mitarbeiterin der Kreditabteilung.

»Melden Sie doch einfach den Erzengel Gabriel und den heiligen Petrus«, sagten die beiden.

Die Angestellte musste lächeln, das waren mal zwei humorvolle alte Herren. Bestimmt irgendwelche Duzfreunde des Direktors. Sie entfernte sich und kehrte bald zurück, um mitzuteilen, dass Direktor Rönneblom die Herren gern empfange.

Sowie sie das Zimmer betraten, blickten sie den sündigen Direktor durchdringend an. Dieser spürte so etwas wie einen elektrischen Schlag, der seinen Körper durchfuhr, er fühlte sich schlaff und seltsam ängstlich. Dennoch bemühte er sich um launige Lockerheit und bat die Gäste, Platz zu nehmen.

»Wir möchten jetzt sofort zweihunderttausend Mark abheben«, erklärte der Erzengel Gabriel ruhig.

»Aha, eine ganz ausgezeichnete Idee, ich werde die Mädchen bitten, uns das Geld zu bringen«, sagte der Bankdirektor erfreut. Er gab den Auftrag über das Haustelefon an die Kasse weiter, und bald erschien im Zimmer eine hübsche junge Frau mit zwei Bündeln druckfrischer Scheine. Der Bankdirektor überreichte Petrus die Summe.

»Und hier bitte die Unterschriften«, sagte er und zog ein Formular hervor. Die beiden Alten füllten den Schuldschein aus und unterschrieben ihn. Dann schüttelte man sich herzlich die Hand, und die Sache war in jeder Weise erledigt. Gabriel und Petrus verließen freundlich lächelnd die Bank.

Eine halbe Stunde später war Direktor Rönnebloms göttlicher Rausch verflogen. Er las verdutzt den Schuldschein, mit dem er soeben dem Erzengel Gabriel und dem heiligen Petrus zweihunderttausend Mark bewilligt hatte. Seine Augen füllten sich mit Tränen der Wut. Schreckliche Flüche waren bis nach vorn in den Schalterraum zu hören.

Der Erzengel Gabriel und der heilige Petrus traten ins nahe Papiergeschäft, schrieben einen kurzen Brief an Torsti Rahikainen und steckten die Geldscheine in einen Umschlag. Dann begaben sie sich nach Ruskeasuo. Gabriel warf den Umschlag durch Rahikainens Briefschlitz, während Petrus den Mann in seiner Schweißerwerkstatt anrief und ihm sagte, dass er dringend eine wichtige Briefsendung von zu Hause abholen solle. Danach kehrten die beiden Alten in Pirjeri Ryynänens Wohnung zurück. Pirjeri war inzwischen aus dem Konfektionsgeschäft heimgekehrt. Er hatte einen grauen, zweireihigen Anzug mit Weste gekauft, der perfekt saß.

»Sie sind ja ein richtig eleganter Gentleman geworden«, lobte Petrus.

»Jetzt wirken Sie allmählich auch äußerlich wie ein Gott«, bestätigte Gabriel.

Die heiligen alten Herren berichteten, dass sie die von Pirjeri vorgeschlagene Wundertat vollbracht hätten. Sie hätten für Rahikainen das Doppelte dessen besorgt, was ursprünglich vorgesehen gewesen wäre. Gemeinsam machten sie sich auf, nach dem glücklichen Rahikainen zu sehen.

Tatsächlich! Torsti schwamm geradezu im Geld. Er hatte die Scheine in seiner Wohnung auf dem Sofa ausgebreitet, zählte sie gerade mit Tränen des Glücks in den Augen, als der Erzengel, der Apostel und der künftige Gott zu Besuch kamen.

Rahikainen erzählte, dass er vorhin eine Geldsendung mit zweihunderttausend Mark erhalten habe, sie sei zu ihm nach Hause gebracht worden. Es handle sich wohl um irgendeine alte Erbschaft, aber egal, woher das Geld auch stamme, jedenfalls sei es offenbar für ihn bestimmt.

»Menschenskind, Pirjeri! Stell dir vor, zweihunderttausend Mark steckt man dir einfach durch den Briefschlitz!«

Er erzählte, dass er umgehend eine Weltreise antreten werde, und unterwegs wolle er Geschäfte in die Wege leiten, die ihm schon lange vorschwebten, das kleine Finnland sei ihm auf einmal zu eng geworden.

»Verflucht, dass tatsächlich auch unsereiner mal Schwein hat«, jubelte der gerührte Rahikainen.

»Könntest du vielleicht mit dem Fluchen aufhören, Torsti, meine beiden Freunde sind sehr religiös«, merkte Pirjeri an.

»Klar, verdammt! Oh, Verzeihung, aber kein Arsch legt in diesem Alter noch seine Gewohnheiten ab, und, hol's der Teufel, wir Reichen haben eben seit jeher unsere eigenen Laster.«

Nach dem Gratulationsbesuch kehrten sie in Pirjeris Wohnung zurück. Sie vereinbarten, dass der Erzengel nach Bulgarien zurückkehren und Gott berichten würde, dass der Stellvertreter gefunden und bereit sei, die Aufgabe baldmöglichst zu übernehmen. Da Pirjeri noch ein Mensch war und nicht mit Gedankenschnelle in den Himmel gelangen konnte, blieb der heilige Petrus bei ihm, um ihn auf der Bulgarienreise zu begleiten. Gleich am nächsten Morgen wollten sie aufbrechen, am liebsten per Flugzeug, sowie Pirjeri seine Arbeit auf der Baustelle gekündigt und sich von seiner Lebensgefährtin Eija verabschiedet hatte.

Pirjeri Ryynänens himmlisches Abenteuer hatte begonnen.

6

Pirjeri Ryynänen und der heilige Petrus dachten sich gemeinsam eine passende Geschichte aus, die sie Eija Solehmainen auftischen wollten – im Moment erschien es ihnen nicht vernünftig, ihr zu sagen, dass ihr Partner auserwählt worden war, der Stellvertreter Gottes zu sein. Diese unglaubliche Rangerhöhung hätte ihr sonst womöglich total den Kopf verdreht. Natürlich wollten beide, sowohl Petrus als auch Pirjeri, damit zugleich absichern, dass das wichtige Vorhaben geheim blieb. Überhaupt war Petrus der Meinung, dass große Neuigkeiten, auch kleine, bei Frauen nicht lange sicher waren. Wenn man einer Frau unter dem Siegel der Verschwiegenheit den Namen des stellvertretenden Gottes anvertrauen würde, dann wäre dieser spätestens in der Woche darauf in aller Welt einschließlich der Hölle bekannt, lautete seine Vermutung. Dies sagte er nicht in böser Absicht, es basierte einfach auf seinen Erfahrungen.

Als Eija Solehmainen von der Arbeit nach Hause kam, stellte Pirjeri ihr den heiligen Petrus vor:

»Das hier ist Per Saintsson, Personalchef der europäischen Tochtergesellschaften des internationalen Turmkrankonzerns Poclain. Ich müsste mit ihm nach Bulgarien fliegen, um in einem bestimmten Projekt mitzuarbeiten … wir nehmen gleich die nächste Maschine nach Sofia. Der Einsatz dauert eventuell ein ganzes Jahr.«

Der heilige Petrus reichte ihr väterlich die Hand. Mit seinem weißen Haar und seinem Charisma machte er auf Eija Solehmainen so großen Eindruck, dass sie errötete und unwillkürlich sogar knickste.

»Herr, du meine Güte! Das ist ja eine Überraschung! Was für ein Projekt ist es denn?«

Der heilige Petrus erklärte, dass es sich in der Tat um einen etwa einjährigen Einsatz in dem von ihm repräsentierten Konzern handele, eine äußerst wichtige und gut bezahlte Aufgabe, und eine vorläufig noch nicht besetzte Stelle. Deshalb würde die Sache noch geheim gehalten, das würde Madame hoffentlich verstehen.

»Die internationale Kranindustrie ist sehr groß, und in der Branche herrscht harte Konkurrenz. Wir haben überall in der Welt nach geeigneten Personen für unsere Produktentwicklung gesucht, und die Wahl fiel jetzt auf Ihren Mann. Mehr darf ich eigentlich gar nicht erzählen.«

Eija zweifelte eigentlich nicht an Per Saintssons Worten, sie wunderte sich lediglich, dass ausgerechnet ihr Partner das große Los gezogen hatte:

»Aber warum gerade Pirjeri? Ich dachte immer, dass er ein ganz gewöhnlicher Kranfahrer ist.«

Personalchef Saintsson fand die Wahl ganz natürlich: »Wir haben Ihren Mann über einen langen Zeitraum beobachtet. Er besitzt gründliche Erfahrungen auf dem Gebiet, seine Intelligenz ist getestet, und, wenn ich das verraten darf, er hat uns im Laufe der Jahre hin und wieder kontaktiert, ohne anscheinend viel Aufhebens darum zu machen.«

Eija Solehmainen holte tief Luft. Endlich verstand sie Pirjeris Herumdrucksen in all den Jahren, die vielen kleinen Geheimnisse, das steckte also dahinter! Oh, und sie hatte vermutet, dass er eine andere Frau hätte! Dabei hatte der arme Kerl in aller Stille für ein weltweites Kranprojekt geschuftet. Eija umarmte ihn und schluchzte:
»Liebster, du bist mir nicht böse, nein?«
Als dieser Punkt geklärt war, rief Pirjeri im Reisebüro an und bat um die Reservierung von Flugtickets nach Sofia. Wie sich zeigte, würden sie in der Frühe über Amsterdam fliegen, wo sie umsteigen mussten.
Pirjeri prüfte, ob sein Pass gültig war. Ihm blieb noch Zeit, auf der nahegelegenen Bank das nötige Geld für die Reise abzuheben. Für Eija schrieb er eine offene Vollmacht aus, damit sie sich um die laufenden Angelegenheiten kümmern konnte. Auch sein Konto überließ er ihr.
Der heilige Petrus ging seiner Wege. Sie vereinbarten, sich am Morgen eine Stunde vor Start der Maschine auf dem Flughafen zu treffen.
Die letzte Nacht als Mensch im Bett neben seiner Partnerin verbrachte Pirjeri schlaflos. Die Gedanken überschlugen sich in seinem Kopf, er begriff immer noch nicht recht, in was er da hineingeraten war. Der Gedanke an eine Vertretung Gottes war so tollkühn, dass sich Pirjeri nur nach und nach daran gewöhnen konnte. Am meisten graute ihm vor der ungeheuren Verantwortung, die die Aufgabe mit sich brachte.
Hatte er tatsächlich das Zeug, die Angelegenheiten der ganzen Welt zu regeln? Er erinnerte sich, dass er gerade das in seinen einsamen Dialogen, die er in den Himmel geschickt hatte, stets angedeutet hatte. Wieso nur hatte er den lieben

Gott persönlich herausgefordert …! Jetzt präsentierte man ihm die Quittung.
Eija Solehmainen schlief, innig und vertrauensvoll an ihn geschmiegt. Sie hatte sich in letzter Zeit sehr zu ihrem Vorteil verändert … ihm kam der Gedanke, in dieser letzten Nacht mit ihr Liebe zu machen, er hatte durchaus Lust dazu … aber war das überhaupt schicklich in seiner Situation? Was würde man von einem künftigen Gott sagen, der sich kurz vor Amtsantritt mit einer geschiedenen Frau abgab, seiner nicht angetrauten Partnerin, in wilder Ehe …?
Die Versuchung war jedoch übermächtig. Pirjeri sagte sich, dass er künftig noch lange genug den Zölibat würde genießen können, die letzte gemeinsame Liebesnacht würde wohl keine sehr große Sünde sein.
Ob Gott oder nicht, jedenfalls tat es gut.
Am Morgen fuhr Pirjeri zur Baustelle und kündigte. Der verantwortliche Meister war nicht erfreut, machte spitze Bemerkungen über Kündigungsfrist und unkollegiales Verhalten. Pirjeri bedauerte die Maßnahme und sagte, dass er ein überraschendes Angebot aus dem Ausland bekommen habe, er sei tatsächlich gezwungen, das Arbeitsverhältnis ganz plötzlich aufzulösen. Er wünschte der Baugenossenschaft *Haka* eine erfolgreiche Zukunft, auch wenn sie den Wohnungsbau vorläufig ohne sein Mitwirken würde betreiben müssen. Dann übergab er dem Chef seinen Overall und seinen Helm und fuhr mit dem Taxi nach Hause.
Eija hatte seinen Koffer gepackt und wollte ihn auch zum Flughafen begleiten, doch Pirjeri sagte ihr, das sei unnötig, er glaube, in Bälde wieder nach Helsinki zurückkehren zu können. Es handle sich erst mal um eine bloße Informationsreise, mehr nicht.

Auf dem Flughafen, am Terminal für die Auslandsflüge, traf Pirjeri den heiligen Petrus. Der Apostel wünschte ihm eine gute Reise und versprach, ihn auf dem Flughafen in Amsterdam zu erwarten.

»Kommen Sie nicht mit in die Maschine?«, fragte Pirjeri verwundert.

Petrus erklärte, dass er als Apostel und Heiliger auf seinen Reisen nicht auf die Dienste von Fluggesellschaften angewiesen sei. Nach diesen Worten verschwand er aus der Halle. Und richtig, in Amsterdam empfing er Pirjeri, kümmerte sich ums Umsteigen und wünschte ihm einen guten Weiterflug nach Sofia. Auch dort war Petrus wieder rechtzeitig vor Pirjeri eingetroffen, der ein wenig wegen seines Visums aufgehalten worden war. Nach Erledigung der Formalitäten fuhren die Männer mit dem Taxi ins Stadtzentrum von Sofia. Unterwegs erzählte Petrus, dass sie auf dem Weg in ein altes Gebirgsschloss seien, in dem Gott derzeit wohne. Es sei ein verlassenes Nonnenkloster und diene jetzt als Himmel.

»Als Himmel ist es ein recht düsterer Ort, ich an Ihrer Stelle würde mir einen geeigneteren Stützpunkt suchen«, erklärte er.

In Sofia aß Pirjeri zu Mittag, Huhn nach türkischer Art, und trank einen Schluck Bier. Der heilige Petrus behauptete, ohne Essen auszukommen. Nachdem Pirjeri noch die Toilette aufgesucht hatte, war er bereit, die Fahrt zu Gottes Wohnsitz fortzusetzen.

Petrus brachte ihn zum Zug, mit dem der künftige Gott den ganzen Tag in Richtung Plowdiw rumpelte, ein Provinzzentrum, das im Inneren des Landes in einem fruchtbaren Tal gelegen war. Auf der Bahnfahrt hatte er endlich

Zeit, in aller Ruhe über seine künftige Riesenaufgabe im Himmel nachzudenken.
Vor der Abfahrt in Sofia hatte sich eine Familie vom Lande bei Pirjeri im Abteil breitgemacht, eine stämmige Mutter, drei Kinder und ein magerer Vater mit schwarzem Haar und Bart. Die Familie war arm, aber fröhlich, ihr Aufenthalt in der Hauptstadt war anscheinend erfolgreich verlaufen. Bald nach Beginn der Fahrt holte die Mutter einen Proviantkorb hervor, sie brach für ihren Mann und die Kinder Brot ab, schnitt eine Lammkeule auf und schälte Früchte. Ihrem Mann kredenzte sie einen kleinen Krug Pflaumenschnaps, sie selbst trank mit ihren Kindern Rotwein. Auch Pirjeri bot sie von ihren Vorräten an, er aß ein wenig Lamm und trank einen Schluck Wein aus der dargereichten Flasche. Eine Verständigung kam nicht zustande, das Gespräch beschränkte sich darauf, dass man sich gegenseitig den Heimatort nannte.
Pirjeri dachte bei sich, dass er als künftiger Gott auch für diese glückliche Familie verantwortlich sei und dafür zu sorgen habe, dass es den sympathischen Leuten aus dem Volke nicht schlecht ergehe. Welche Probleme würde er angehen? Der Weltfrieden war natürlich das wichtigste Ziel, für den musste er sorgen. Die Verschmutzung der Natur musste gestoppt werden. Vieles auf der Welt galt es zu verbessern. Aber trotzdem: Vielleicht war es am allerwichtigsten, das Glück zu mehren, das ganz alltägliche Glück für die Menschen und die Welt.
Wie gewohnt empfing der heilige Petrus seinen Reisegefährten am Ziel in Plowdiw, er stand in der Abenddämmerung auf dem Bahnsteig und erzählte, dass er einen vorzüglichen Taxifahrer gefunden habe, mit dem sie den Rest

des Weges zurücklegen konnten. Etwa hundert Kilometer lagen noch vor ihnen, sie würden ins Rhodopengebirge fahren, zunächst in die Stadt Dospati und von dort ins Dorf Hjornakurdzali, von wo aus es nur noch wenige Kilometer bis ans Ziel und zu Gott waren.

Taxichauffeur Filov Furnugördzal, ein Mann in den Sechzigern, stiernackig und behaart, in schwarzer Lederjacke und mit sonniger Miene, nahm Pirjeri den Koffer aus der Hand. Sie gingen zu einem weißen Wolga, Filov warf den Koffer hinein und forderte die Reisenden auf, es sich auf der Rückbank des Wagens bequem zu machen. Er fuhr so rasant los, dass die Reifen auf dem Kopfsteinpflaster des Bahnhofsvorplatzes aufheulten, obwohl regnerisches Wetter herrschte. Filov zündete sich eine Zigarette türkischer Machart an und begann eifrig mit seinen hinten sitzenden Passagieren zu plaudern. Der heilige Petrus fungierte als Dolmetscher.

Im Verlaufe der Fahrt nach Dospati informierte Filov sie ausführlich über sich selbst und auch über sein Auto, das bereits sein sechster Wolga in Folge war. Auf guter Straße konnte er damit fast hundertsechzig Stundenkilometer fahren, im Frühjahr hatte er auf abschüssiger Strecke im Gebirge den Tacho sogar bis auf zweihundertzehn getrieben! Er hätte noch schneller gekonnt, aber mehr konnte der Tacho nicht anzeigen, der Zeiger hatte nur noch am Gehäuse festgehangen.

Filov war orthodoxen Glaubens, machte bei entgegenkommenden Autos jedes Mal ein Kreuzzeichen. Seine Familie stammte aus der südlichen Gebirgsregion, die Männer waren Schafzüchter und Kohlebergarbeiter, gute Soldaten und noch bessere Weiberhelden gewesen. Filov selbst war

außerdem sehr musikalisch, zumindest sang er gern. Zur Probe schmetterte er ein paar Hirtenlieder und natürlich auch die Nationalhymne, *Gorda stara planina*, ein Lobgesang auf das Balkangebirge.
»Ein rechter Schreihals«, beklagte sich der heilige Petrus bei Pirjeri auf Finnisch.
Endlich erreichten sie die waldigen Ausläufer des Gebirges. Die Straße wurde schmal und kurvenreich, sie war glitschig, denn Regen peitschte hernieder. Es wurde langsam dunkel. Filov drosselte kaum das Tempo, und auch die Gesprächsthemen schienen ihm nicht auszugehen.
Überraschend schoss der weiße Wolga mitten in eine Schafherde, die hinter einer Kurve auf der Straße auftauchte. Filov bremste heftig, drückte auf die Hupe und lenkte seinen Wagen im letzten Moment seitlich vorbei in den Graben. Zum Glück hatte er kein einziges Schaf überfahren. Filov stürzte hinaus, packte den erschrockenen bärtigen Hirten, der inmitten seiner Herde ging, und schleifte ihn zum Auto. Er verlangte, dass Petrus und Pirjeri aussteigen sollten, um den idiotischen Unfall zu bezeugen, er beschimpfte den Alten übel und beklagte das eigene Schicksal, solchen Trotteln begegnen zu müssen, die ihre blökenden Viecher über öffentliche Straßen führten und unschuldige Taxifahrer zwangen, unter Lebensgefahr in den Graben zu fahren.
»Muselman! Ketzer! Schafsbegatter! Nonnenficker!«
Filovs Sprachgebrauch war so roh, dass der heilige Petrus sich veranlasst sah, einzugreifen. Er sprach beruhigend auf den Fahrer ein und schlug vor, die Sache auf sich beruhen zu lassen, das Auto mit vereinten Kräften auf die Straße zu schieben und weiterzufahren.

»Gib du mir keine Ratschläge, Alter«, fauchte Filov ihn an. »Glaubst du, du bist irgendein Heiliger? Ich weiß sehr wohl, wie man diese Gebirgsesel behandeln muss!«

Petrus wurde böse, er blickte dem tobenden Filov fest in die Augen und erreichte, dass dieser sich mäßigte. Alle zusammen bemühten sich, den Wolga auf die Straße zu schaffen. Filov saß am Lenkrad und startete den Motor, draußen in Regen und Dunkelheit schoben der verschreckte Hirte sowie Pirjeri und Petrus den Wagen an. Mit vereinten Kräften schafften sie es schließlich. Auf der Weiterfahrt herrschte Schweigen im Wagen. Filov war die Lust zum Singen vergangen. Mürrisch rauchte er pausenlos seine starken türkischen Zigaretten.

Der Regen ließ nach, aus den Wolken über dem Gebirge schob sich die Mondsichel hervor. Sie hatte eine andere Stellung als im fernen Finnland, lag quasi mehr auf dem Bauch, registrierte Pirjeri. Die dunklen, waldigen Silhouetten der Berge zeichneten sich vor dem mondhellen Himmel ab. Die Stimmung war gespenstisch, die weiße Karosserie des Autos blinkte im Sternenlicht, während sich der Wolga seinen Weg immer höher hinauf in die Berge bahnte.

Der heilige Petrus war auf der Rückbank neben Pirjeri eingeschlafen. Pirjeri Ryynänen verspürte eine eigenartige Andacht. Er war jetzt auf dem Weg zu Gott, im Licht von Mond und Sternen, hinauf zu den Höhen des Gebirges, buchstäblich bis in den Himmel. Das Gefühl war beängstigend und aufregend zugleich. Pirjeri versuchte sich vorzustellen, wie Gott aussah, wie sein Wesen war, wie man sich ihm gegenüber verhalten musste. Am liebsten hätte er zu Gott gebetet, dass er diese atemberaubende Span-

ET

↓

DRDIRKPOTT @

T-ONLINE.D

(Teller Lübeck)
[illegible]

nung mildern möge, aber er begriff, dass jetzt nicht mehr die Zeit der Gebete war. Er war ein Sterblicher, aber nicht länger im herkömmlichen Sinne, bald würde er selbst zum Gott, und die Götter beteten sich ganz sicher nicht gegenseitig an.
Sie passierten das kleine, im Mondlicht schlafende Dorf Hjornakurdzali, und dann, nach einer halben Stunde schweigender Fahrt, kamen sie am Ziel an, in dem alten finsteren Nonnenkloster, im Himmel, beim lieben Gott.

7

Da war er, der Himmel. Die uralte Schlossruine stand am Hang eines steilen Berges, der Mond beleuchtete ihre massiven Steinwände, Fledermäuse flatterten durch die glaslosen Fenster ein und aus, hin und wieder schrien Raben, während sie mit klatschenden Flügeln durch den Spalt zwischen dem Schloss und der schwarzen Bergwand flogen. Um diese Nachtstunde wirkte der Himmel eher wie die Höhle des Satans. Entsetzen packte Pirjeri, und er erschauerte. Hatte man ihn, den gutgläubigen Menschen, getäuscht, ihn womöglich mithilfe heimtückischer magischer Kräfte an diesen gottverlassenen Ort, in irgendeine Falle, gelockt?

»Sie brauchen keine Angst zu haben, dies ist wirklich der Himmel, auch wenn es nicht so aussieht«, beruhigte Petrus ihn. Und er erzählte, dass er seit Langem dieses düstere Schloss und die ganze Gegend leid sei, aber Gott gefiel es aus irgendeinem Grunde, seinen Himmel hier zu halten, und dem musste sich ein Apostel fügen.

»Ich hätte einen Wunsch, Herr Ryynänen«, sagte Petrus. »Wenn Sie nun zum Gott gemacht werden, könnten Sie dann nicht versuchen, den Himmel aus diesem öden Gebirge und dem stinkenden Schloss an einen sonnigeren und angenehmeren Ort zu verlegen?«

Pirjeri versprach, dass zu seinen ersten Taten als Gott die Verlegung des Himmels gehören würde.
Erzengel Gabriel und ein paar andere Würdenträger empfingen die Ankömmlinge auf dem Schlosshof. Petrus bezahlte das Taxi, Pirjeris Koffer wurde den Engeln übergeben. Gabriel und Petrus führten Pirjeri ins Schloss, sie betraten den Treppenaufgang und stiegen zum höchsten Turm hinauf. Pirjeri, daran gewöhnt, die Sprossen zu seinem Kran zu erklimmen, nahm rasch Stufe um Stufe, ohne außer Atem zu geraten. Bald befanden sie sich in der obersten Etage. Der Erzengel Gabriel klopfte an eine breite Eichentür. Von drinnen ertönte Gottes klangvolle Stimme:
»Tretet ein ins Zimmer des Herrn.«
Das Turmzimmer war vom Mond erhellt. Es war klein, achteckig, an jeder Seite gab es Fenster, und durch sie eröffnete sich ein atemberaubender Blick auf das Gebirge und den Himmel, an dem der Mond und die Sterne durch ein Wolkenmeer segelten. Mitten im Raum stand ein kleiner Tisch, umringt von Hockern. Etwas abseits am Fenster prangte ein großer lederner Lehnsessel, dort saß Gott. Als die Besucher eintraten, erhob er sich, zog die Bügelfalten seines Wollstoffanzuges gerade und kam näher.
»Du bist also der berühmte Birger Ryynänen aus Finnland«, sprach Gott sanft interessiert.
Gottes Anblick erfüllte Pirjeris Herz mit einer solchen Hingabe und Demut, dass er auf die Knie niederfiel, seine Stirn auf die kühlen Eichenbretter des Fußbodens presste und in purer Andacht die Augen schloss.
»Aber, Ryynänen, steh doch auf, hier im Himmel ist es nicht üblich, sich derart zu verneigen, und wir beide brauchen sowieso nicht voreinander zu dienern.«

Das waren Gottes Worte, sanfte und beruhigende Konversation. Pirjeri stand auf im Gefühl von Vertrauen und Liebe für den Allmächtigen, den Herrn der Schöpfung. Gott reichte ihm die Hand. Sein Händedruck war warm und väterlich, wie nicht anders zu erwarten war.

»Pirjeri Ryynänen«, stellte sich Pirjeri vor.

Gott bat seinen finnischen Gast, sich zu setzen. Der Erzengel Gabriel brachte ihm einen Hocker. Gott selbst setzte sich in seinen Sessel, die anderen schoben sich ebenfalls Hocker unter den Hintern.

Der heilige Petrus berichtete von der Anreise. Alles war gut gegangen, das Flugwetter war wunderbar gewesen, auch die Taxifahrt war in der erwarteten Weise verlaufen, außer dass der Fahrer in eine Schafherde und in den Straßengraben gefahren war und daraufhin mächtig geflucht hatte.

»Tja, so sind sie, die Taxifahrer«, sinnierte Gott. »Hier im Himmel sieht man sie auch nicht gerade oft. Aber nun etwas anderes, du dürftest Hunger haben, Pirjeri. Immerhin bist du seit dem Morgen unterwegs.«

Pirjeri gab zu, dass ihm schon ein wenig flau sei. Zuletzt hatte er am Nachmittag in Sofia gegessen.

Der Erzengel Gabriel erwähnte, dass am nächsten Vormittag auf der Festetage des Schlosses ein leckeres Mahl serviert werden würde, das wäre dann für Ryynänen auch das letzte, das er als Mensch genießen würde. Götter und Engel benötigten kein Essen, sondern lebten mehr von der Kraft des Geistes.

»In Ihrer Schlafkammer stehen für Sie eine Flasche des heimischen Rotweins und Stör aus dem Schwarzen Meer als kleines Nachtmahl bereit, am Morgen wecken wir Sie dann zu Ihrer letzten Mahlzeit«, berichtete Gabriel.

Sie saßen noch eine Weile in dem vom Mond erleuchteten Turmzimmer beisammen. Gott plauderte über dies und das, fragte Pirjeri, wie es in Finnland so lief, ob das Wetter im Sommer günstig gewesen war, wie die Ernte ausgefallen war, wie es Pirjeris Angehörigen und Freunden ging. »Ich müsste all diese Dinge natürlich selbst wissen, aber ich bin bereits so verdrossen und müde, dass mir einfach die Energie fehlt, das Geschehen in allen Ländern der Welt zu verfolgen«, klagte Gott. »In Finnland lebt man wohl in einer Art Demokratie, wenn ich mich recht erinnere? Wer ist denn momentan bei euch Präsident?«

Pirjeri beschrieb mit wenigen Worten die finnische Demokratie und erzählte, wer der Staatspräsident sei – ein populärer Mann aus dem Volke, er habe eine schöne Frau mit sanfter Stimme, eine hübsche Tochter und einen lebhaften und vorurteilsfreien Schwiegersohn.

»Den Mann kenne ich nicht«, sagte Gott über Mauno Koivisto.

Pirjeri nahm all seinen Mut zusammen und fragte ihn, ob ihm der frühere Staatspräsident Urho Kekkonen ein Begriff sei. Gott wurde munter und bestätigte, dass er den Kekkonen natürlich kenne, in jeder Hinsicht ein tüchtiger Kerl, allerdings recht faul, was das Beten angehe. Kekkonen war vor zwei, drei Jahren im Himmel aufgetaucht, mit vor Eifer glänzender Glatze, und er hatte sich sogar eine gewisse Position unter den Engeln erobern können. Pirjeri bekannte, dass er es interessant fände, Kekkonen hier im Himmel zu treffen, sofern das denn möglich sei. Er habe seinerzeit zwei Mal in den Präsidentenwahlen für ihn gestimmt.

Der heilige Petrus und der Erzengel Gabriel flüsterten eine Weile miteinander, und dann erklärte Petrus:

»Über Kekkonen haben wir die Information, dass er momentan nicht anzutreffen ist. Er hat sich im Frühjahr zu einem Besuch in die Hölle begeben und wird wahrscheinlich mindestens bis Weihnachten dortbleiben.«

»Was macht Kekkonen denn in der Hölle?«, fragte nun auch Gott interessiert.

»Er hat mitgeteilt, dass er seine alten Freundinnen besuchen will, mehr wissen wir nicht«, sagte Gabriel.

Damit war das Thema Kekkonen erledigt.

Pirjeri brachte noch eine Sache zur Sprache, die ihn während der ganzen Reise beschäftigt hatte. Er war zwar ein frommer Mann, das bestätigten auch der Erzengel Gabriel und der heilige Petrus, aber so ganz astrein war seine Frömmigkeit nicht. Er war nicht so gut mit der Bibel vertraut, wie es vielleicht erforderlich wäre. Musste er sie jetzt womöglich auswendig lernen, von vorn bis hinten? Natürlich war ihm im Großen und Ganzen der Inhalt des Neuen Testaments bekannt, und er hatte aus Sonntagsschulzeiten auch einige Erinnerungen ans Alte Testament. Mit Religionsgeschichte hatte er sich außerdem in geringem Maße auch an der Universität beschäftigt.

Die Sorge des Menschenkindes amüsierte Gott. Er bekannte, dass auch er selbst schon lange nicht mehr die Bibel aufgeschlagen hatte, zuletzt hatte er wohl vor hundert oder zweihundert Jahren darin gelesen. Ein interessantes Buch, tatsächlich aber ein rechtes Geschreibsel, das hier im Himmel niemand recht ernst nehmen mochte. Es war eine von den Menschen fabrizierte phantastische Legende, literarisch letztlich ausgezeichnet, und warum nicht auch vom religiösen Standpunkt her, trotzdem war die Bibel nicht die Anleitung für die Arbeit Gottes.

»Ein lustiges Buch alles in allem, man kann es nicht lesen, ohne sich zu amüsieren«, das war es, was Gott über die Bibel zu sagen hatte. Pirjeri war über diese Stellungnahme erleichtert. Er fühlte sich wohlig entspannt, Gott war ein sympathischer Gentleman, charismatisch und herzlich, in seiner Gesellschaft ließ es sich gut aushalten und plaudern.

Die finsteren Täler des nächtlichen Gebirges wurden langsam heller, die schwarz gefiederten Raben verschwanden vom Himmel, die Fledermäuse versteckten sich vor der aufgehenden Sonne in den feuchten Gewölben des Schlosses. Im Osten, hinter den fernen Wäldern, zeigten sich die ersten goldroten Strahlen der Sonne. Die Sterne erloschen, der Mond verlor seinen kalten Glanz. Der Morgen brach an.

Gabriel, Petrus und Pirjeri erhoben sich. Pirjeri drückte noch einmal die Hand des väterlich lächelnden Gottes, und dann führte man ihn ein paar Treppen hinunter in eine Nonnenzelle, sein Schlafgemach. Er entledigte sich seiner Kleider, zog den Pyjama an, den ihm Eija Solehmainen geschenkt hatte, und setzte sich auf die Bettkante. Auf dem Nachtschrank standen Wein und geräucherter Stör bereit. Pirjeri schlug seine Zähne in den fettigen Fischschwanz, nahm einen Schluck Wein und konnte sich nicht genug wundern, wie das Leben manchmal so spielte. Noch vor zwei Wochen war ihm eine Blumenvase über den Schädel geschlagen worden. Jetzt wollte man aus ihm, einem gewöhnlichen Arbeiter, den lieben Gott machen.

Pirjeri wurde jetzt wirklich müde, er zog die Tagesdecke vom Bett und kroch zwischen die kühlen Laken. Er war so glücklich erschöpft, dass er sogar sein Abendgebet vergaß.

8

Der Kranfahrer Pirjeri Ryynänen erwachte, als ein junger weiblicher Engel die Tür öffnete und mit einer großen Wasserkanne den Raum betrat. Der Engel hatte keine Flügel – und trug auch kein weißes Hemd, sondern ein kariertes Kleid und eine langärmelige Hemdbluse. Das Mädchen war vielleicht achtzehn Jahre alt und sprach Finnisch.

»Herr Ryynänen, es wäre dann Zeit aufzustehen. Der heilige Petrus lässt Ihnen ausrichten, dass um elf Uhr im Hauptsaal des Schlosses Ihre letzte Mahlzeit serviert wird. Bis dahin bleibt Ihnen eine halbe Stunde.«

Das Mädchen erzählte, dass sie vor zwei Monaten gestorben sei. Sie stamme aus Lettland, habe in Riga die Schule besucht und gerade die Zulassung für das Universitätsstudium bekommen. Sie ärgere sich maßlos, dass sie gerade zu einem Zeitpunkt hatte sterben müssen, da man sich in ihrem Land freier fühlen konnte. Damit meine sie besonders die Tatsache, dass jeder sagen und hören könne, was er wolle, oder jedenfalls fast alles. Aber sie sei im Juni von einem Auto überfahren worden, und hier sei sie nun. Sie goss Wasser in die Waschschüssel und beklagte, dass in dem alten verrotteten Schloss nichts richtig funktioniere, die Wasserleitungen seien jedenfalls sicher schon vor hundert Jahren durchgerostet.

»Ehrlich gesagt hatte ich vom Himmel eine andere Vorstellung, hier ist alles heruntergekommen, genau wie in Russland.«

Das Wasser jedenfalls war klar, es stammte aus einem Gebirgsbach. Der lettische Engel reichte Pirjeri ein Handtuch und entfernte sich.

Pirjeri wusch und rasierte sich. Er überlegte, ob ihm künftig überhaupt noch der Bart wachsen würde. Wahrscheinlich nicht, wie sollte das bei einem Geist funktionieren. Der Gedanke gefiel ihm, und auf einmal wurde er so übermütig, dass er seinen batteriebetriebenen Rasierapparat durchs offene Fenster des Waschraums nach draußen warf. Er horchte, um herauszufinden, in welcher Höhe er eigentlich seine Nacht verbracht hatte. Erst nach mehreren Sekunden hörte er ein gedämpftes Geräusch, das ihm sagte, dass der Rasierapparat auf der Erde aufgeschlagen und zerbrochen war.

Nach der Morgentoilette begab sich Pirjeri in den Hauptsaal des Schlosses. In der Mitte stand ein etwa zehn Meter langer Eichentisch, umringt von Stühlen. An der Stirnseite standen Essgeschirr und Schüsseln mit den verschiedensten lokalen Speisen bereit. Zu beiden Seiten des Tisches saßen der heilige Petrus und der Erzengel Gabriel mit zahlreichen würdevoll aussehenden Engeln verschiedenen Alters, vielleicht waren auch ein paar Heilige darunter. Als Pirjeri den Saal betrat, erhoben sich alle Anwesenden. Petrus führte ihn an die Stirnseite des Tisches. Man wartete auf Gott. Vor Pirjeri standen gebackenes Lamm, verschiedene Sorten gekochtes Gemüse, dampfende Fischsuppe, diverse Käsesorten, Trauben und Wein – lauter Delikatessen. Schon allein bei deren Anblick lief ihm das Wasser im Munde zusammen.

Der Erzengel Gabriel erwähnte, dass das Mahl aus dem nahegelegenen Dorf Hjornakurdzali herbeigezaubert worden war. Bereitet hatte es ein alter rundlicher Engel, eine Frau aus der Gegend, die als die beste Köchin weit und breit galt. Pirjeri registrierte, dass nur für ihn ein Besteck bereitlag, er war also der einzige Mensch in der Tafelrunde. Petrus griff das Thema auf, erklärte, dass Engel, Heilige und Götter keinen Hunger kannten, was sie deutlich von den Menschen unterschied.

Gott erschien im Saal. Stühle wurden gerückt, die ganze Gesellschaft erhob sich. Der Allmächtige trat ruhig an die andere Schmalseite des Tisches, Pirjeri gegenüber, und setzte sich. Er faltete die Hände und sprach:

»Geheiligt sei deine letzte Mahlzeit, Pirjeri Ryynänen.«

Pirjeri goss sich Wein ins Glas, nahm sich Suppe, brach Brot ab und begann zu löffeln. Gott verfolgte lächelnd, wie der hungrige Mann aß. Nach der Suppe wechselte Pirjeri den Teller, häufte sich gekochtes Gemüse und Lammfleisch auf und machte sich darüber her. Als Nachtisch schnitt er sich dicke Käsescheiben ab, die er mit reichlich Wein hinunterspülte. Zum Schluss wurden ihm noch ein Glas heißer Pfefferminztee und süßer bulgarischer Honigkuchen serviert.

Als er gegessen hatte, dankte er Gott für die Mahlzeit.

Sowie der Tisch abgeräumt war, entfernten sich die anderen und ließen Gott und Pirjeri im Festsaal allein. Gott erklärte, dass es nun an der Zeit sei, Pirjeri mit göttlichen Kräften auszustatten. Er rief ihn zu sich, forderte ihn auf, sich ihm gegenüber hinzustellen und die Augen zu schließen. Gott kam mit seinem Gesicht ganz nah an Pirjeris, fasste seine beiden Hände und berührte mit der Nasenspitze Pirjeris Nase.

»Denk an nichts Besonderes, sei einfach nur aufnahmebereit«, wies Gott ihn an. Dann rieb er seine Nase an Pirjeris Nase und drückte gleichzeitig fest seine Hände. Pirjeri spürte, wie sowohl durch seine Arme als auch seinen Nasenknorpel gleichsam eine neue starke Kraft in ihn floss, ein hehrer, frischer Geist. Seine ohnehin gerade Haltung straffte sich noch mehr, und in sein Gehirn strömten klare Gedanken. Das Ganze dauerte vielleicht eine Minute, dann zog sich Gott zurück. Pirjeri öffnete die Augen und dachte verwirrt, dass er garantiert der erste Finne aller Zeiten war, der das sagenhafte Glück gehabt hatte, sich mit Gottvater höchstpersönlich die Nase zu reiben.

»Wie fühlst du dich?«, fragte Gott neugierig.

Pirjeri sagte, dass er gleichsam ein neuer Mensch geworden sei, er fühle sich stark und zugleich herrlich leicht. Sein Gedankenfluss sei schneller denn je. Ein großartiges Gefühl. Hatte er jetzt wirklich göttliche Kräfte?

»Ich habe meine Kraft ausgeschüttet, und sie ist in dich geströmt, du bist jetzt kein Mensch mehr, so wie du es noch vorhin warst. Du bist auf deine Weise ein Gott, du hast die Kräfte Gottes und auch seine Verantwortung für das Leben auf der Erde.«

Der Allmächtige forderte Pirjeri auf, eine Wundertat zu vollbringen, damit sie feststellen konnten, ob die Kraftübertragung gründlich genug gewesen war.

»Gehen wir ins Turmzimmer, um deine Fähigkeiten zu testen«, entschied er.

Oben im Turm angekommen, überlegte sich Gott, wie er seinen Vertreter auf die Probe stellen konnte. Er zeigte auf den Gipfel eines kleinen Berges, etwa einen Kilometer entfernt, und versprach, diesen durch ein Erdbeben einstür-

zen zu lassen. Gott starrte auf den Berg, der begann bald zu beben, es grollte dumpf, der Berg erzitterte, und große Gesteinsbrocken brachen ab und stürzten in die Tiefe. Gott lächelte zufrieden und wandte den Blick vom Berg ab. Das Erdbeben ließ nach, das Grollen verstummte.
»Jetzt bist du an der Reihe. Versuch einen Berg beben zu lassen.«
Pirjeri setzte eine grimmige Miene auf und starrte auf den Berg neben jenem, der soeben eingestürzt war. Er wünschte in Gedanken, dass der Gipfel beben und abbrechen möge, und als er sich richtig anstrengte, siehe da, passierte etwas. In der Bergwand entstanden Risse, die Erde bebte, aus den Tiefen des Felsuntergrundes war das Dröhnen brechender Steinmassen zu hören, der Berggipfel wackelte, bald brachen seine Wände, und Gesteinsmasse prasselte krachend in die Schlucht. Schwefelrauch erfüllte das Tal. Gott packte Pirjeri am Arm und veranlasste ihn, den Blick von dem einstürzenden Berg abzuwenden.
»Genug, Ryynänen! Zerstör nicht die ganze Gegend, hör schon auf, guter Gott!«
Hierauf machten sie eine Wetterprobe. Gott schaute grimmig zum Himmel. Über den Bergen schoben sich schwarze Wolken zusammen, der Wind begann zu heulen, und bald prasselte ein Regenguss ins Tal. Gott schloss die Augen, der Regen hörte auf, und die Wolken verzogen sich.
Jetzt war Pirjeri an der Reihe. Er schaute doppelt so grimmig zum Himmel auf, sofort verschwanden die Berggipfel hinter Gewitterwolken, und bald brach das Unwetter los, es regnete nicht, sondern es hagelte und schneite. Es gab einen regelrechten Schneesturm, unten im Tal wurde die Erde weiß.

Pirjeri ließ den Schneesturm abebben und blickte Gott fragend an. Waren noch weitere Versuche erforderlich?
Nein. Gott war zufrieden. Er hatte einen Stellvertreter gefunden, der wahrlich genug Kraft für die Bewältigung der Aufgabe hatte. Diese versuchsweise herbeigeführten Naturerscheinungen bewiesen eindeutig, dass die Übertragung der Göttlichkeit ausgezeichnet geklappt hatte.
Die beiden Erdbeben, die innerhalb kurzer Zeit aufeinandergefolgt waren, wurden am geologischen Institut der Universität Sofia registriert. Sie wurden als schwach eingestuft, mit einer Stärke von 3,5 auf der Richterskala. Die Behörden des Landes sahen keinen Anlass zur Sorge, die betroffene Gegend war unbewohntes, ödes Gebirge. Dennoch wurde ein Militärhubschrauber ausgeschickt, der das Rhodopengebirge kontrollieren sollte. Der Hubschrauber kehrte nach zwei Stunden zum Stützpunkt zurück, die Besatzung hatte keine Schäden im mutmaßlichen Erdbebengebiet erkennen können. Sie berichtete allerdings von einem merkwürdigen und, angesichts der Jahreszeit, überraschenden Schneesturm. Die Erde in Sjutkja nahe dem Dorf Hjornakurdzali war weiß gewesen.
»Im Namen der Welt hoffe ich, dass du ein guter Gott wirst«, sprach der Allmächtige nach diesen Versuchen. »Jetzt ist es an der Zeit, dass wir über deine neue Aufgabe reden. Gehen wir nach unten. Gabriel und Petrus sollen am Gespräch teilnehmen. Sie haben den Ämtertausch schließlich vorbereitet.«
Im Festsaal berieten sie zu viert über den Lauf der Welt. Petrus hatte einen Stapel Papiere dabei, anhand derer er das Tätigkeitsfeld Gottes charakterisierte.
»Allmächtiger Gott! Eure Eminenz Birger Ryynänen! Zu-

nächst möchte ich untertänigst die laufenden Angelegenheiten erläutern«, begann Petrus. »Zur täglichen Routine gehört natürlich die Regulierung des Wetters. In der Praxis haben wir, der Erzengel Gabriel und ich, uns darum gekümmert, also um die gewöhnlichen Wettererscheinungen. Man muss genauestens auf die Monsunregen und Passatwinde achten, den Wechsel der Jahreszeiten einhalten, gleichmäßig die verschiedenen Regionen der Erde mit Regen benetzen ... Entstehende Orkane sollte man genauestens beobachten, obwohl das oft schwierig ist. Die Meeresströmungen lassen sich leichter beherrschen, sie fließen einfach in gleichmäßigem Takt in ihrer Bahn. Bezüglich der Pole und der Nadelwaldzonen ist streng darauf zu achten, dass der Frost nicht zu stark anzieht und sich auch die Schneemenge in Grenzen hält. Am Äquator hatten wir in den letzten Jahren große Schwierigkeiten wegen der Dürre, Sie kennen bestimmt auch die Probleme in der Sahelzone und am Horn von Afrika.«

Der Erzengel Gabriel warf an dieser Stelle ein:

»Es ist traurig, sagen zu müssen, dass der Erzfeind dort neuerdings sein Unwesen treibt.«

Petrus fuhr fort:

»So weit zu den klimatischen Fragen. Wenden wir uns nun den ökologischen Problemen zu. Zu Gottes Aufgaben gehört es, dafür zu sorgen, dass die Pflanzen richtig assimilieren, dass die Lebewesen, von den Bakterien bis hin zu den Säugetieren und Menschen, Nahrung haben, dass sie wachsen, sich fortpflanzen und die Erde bevölkern. Heutzutage gibt es auf der Erde tausende bedrohter Arten, die Aktivitäten des Menschen zerstören die Natur, wie Sie sicher wissen.«

Pirjeri betonte, dass auch er sehr besorgt sei über die Verschmutzung der Umwelt.
»Sie sollten versuchen, diese ungünstige Entwicklung zu stoppen. Ich weiß allerdings nicht, ob das überhaupt noch möglich ist«, fuhr Petrus fort.
Gott brachte einen wichtigen Punkt zur Sprache:
»Du hast von jetzt an sämtliche Vollmachten Gottes. Die Verantwortung ist enorm, wie du sicher begreifst. Eine Grenze möchte ich dir allerdings setzen. Du solltest keine neuen Pflanzen- oder Tierarten auf der Erde erschaffen. Die Versuchung mag groß sein, aber ich warne dich, mach keine Experimente mit neuen Arten. Wie du an der Entwicklung des Menschen siehst, ist nicht mal ein erfahrener Gott bei der Schöpfungsarbeit immer erfolgreich. Auch solltest du es vermeiden, neue Stämme oder Völker zu bilden. Die bereits existierenden machen schon genug Probleme.«
Im Stillen dachte Pirjeri, dass er, wenn er erst mal eigenmächtig die Geschicke der Welt lenken durfte, sehr wohl wusste, was zu tun war. Der Weltfrieden musste gefestigt und die ökologischen Probleme mussten gelöst werden, der Himmel musste verlegt werden, weg aus dem verfallenen Schloss, am liebsten nach Finnland, und außerdem musste für die Tiere ein eigener Himmel gegründet werden. Pirjeri war ein tierliebender Charakter.
Der Erzengel Gabriel widmete sich nun dem Geburtenproblem. Es war eine zweischneidige Angelegenheit: Die Menschen sollten sich zwar fortpflanzen, aber nicht zu sehr. Sie hatten bereits die Erde bevölkert. In einigen Regionen vermehrten sich die Menschen wie die Fliegen, während beispielsweise in Skandinavien nur wenige Kin-

der geboren wurden, dort ging die Bevölkerungszahl sogar zurück. Das Problem bestand darin, dass es nicht möglich war, die Sexualität des Menschen einzudämmen, speziell in den Entwicklungsländern. Wieso? Wenn zum Beispiel in Kamerun bei den Männern der Sexualtrieb vermindert würde, würde dies auch die übrigen Männer auf der Welt treffen, in gleicher Stärke. So könnte man zwar in Kamerun die Geburtenrate drosseln, aber gleichzeitig käme man beispielsweise in Schweden in eine Situation, in der die Männer überhaupt kein Interesse mehr an ihren Frauen hätten. Es gäbe dort keine Geburten mehr, und die Schweden würden aussterben. Das konnte ja nun nicht Gottes Wille sein. Überhaupt war die Sache mit dem Geburtenüberschuss kompliziert. Gerade in den Entwicklungsländern machten sich scharenweise diverse Götter zu schaffen, die entschieden für eine Förderung der Gebärfreudigkeit waren. Bisher hatte man das Problem zu bewältigen versucht, indem man in den armen Ländern entsprechend die Sterblichkeitsrate erhöht hatte. Diesen Part übernahm der Erzfeind mit Freuden. Die Methode war jedoch eine Notlösung und moralisch verwerflich.

»Abschließend kommen wir zum traurigsten Problem der Menschheit, zu Krieg und Gewalt«, referierte der Erzengel Gabriel. »Sie wissen ja, dass auf der Erde ein unablässiger Kampf zwischen Gut und Böse tobt. Es geht dabei um den Grundcharakter des Menschen; in jedem von ihnen, und warum nicht auch in den entwickeltsten Tieren, gibt es sowohl Gutes als auch Böses. Ursprünglich sollte der Mensch durch und durch gut sein, aber im Verlaufe des langen Schöpfungsprozesses geschah etwas Unfassbares. Wir vermuten, dass es dem Erzfeind gelang, den Schöpfungsakt zu stören. Der Schaden ist enorm, und alles Leid auf der Erde resultiert daraus. Wir hier im Himmel streben an, dass das Gute die Oberhand gewinnt, das ist natürlich klar.«

»Ich sehe mich gezwungen zuzugeben, dass mir bei der Erschaffung des Menschen ein Fehler unterlaufen ist. Ich habe mir schon oft gesagt, dass ich den Menschen, dieses Wesen, das mir gleicht, lieber nicht hätte erschaffen sollen. Aber was geschehen ist, ist geschehen, gegen den Menschen ist nichts mehr zu machen, es sei denn, man ließe die Welt untergehen«, äußerte Gott bedauernd.

»Man muss einfach lernen, mit den Menschen zu leben«, konstatierte Petrus.

Zusammenfassend wurde festgehalten, dass Pirjeris schwierigste Aufgaben folgende sein würden: die Abwehr von Kriegen, der Versuch, das Gute im Menschen zu wecken, sowie die väterliche Überwachung jeder Art, soll heißen: eine ständige Beobachtung aller Ereignisse. Damit hätte er jede Menge zu tun.

Pirjeri fragte, ob es nicht möglich wäre, Gesprächskontakt mit dem Erzfeind herzustellen. Könnte man nicht versuchen, das Problem zwischen Gut und Böse auf dieser Ebene zu klären? Wo versteckte sich eigentlich dieser Erzbösewicht, und wo befand sich die Hölle?

Gott erwiderte müde:

»Es wäre natürlich ein Leichtes, die Geschicke der Welt zu lenken, wenn wir Götter das Böse durch Verhandeln ausrotten könnten. Leider ist das Böse so verbreitet und stark und durch und durch infam, dass sich mit ihm nicht mal verhandeln lässt, es würde nur versuchen, auch uns in seinen Bann zu ziehen. Den letzten Versuch haben wir im

Mittelalter unternommen. Als Verhandlungspartner bekamen wir schwarze Engel. Sie unterwanderten alles, behaupteten, Jesuiten zu sein. Mit knapper Not konnten wir ihrer Herr werden.«

Der Erzengel Gabriel warnte Pirjeri vor der Gefährlichkeit des Satans. Pirjeri würde sich auf ein ständiges Kräftemessen einstellen müssen, dürfte nicht einen Moment lockerlassen.

»Nehmen Sie es uns nicht übel, Eminenz, aber Petrus und ich machen uns Sorgen wegen der Urlaubsvertretung. Es besteht die Gefahr, dass der Satan damit seine Chance gekommen sieht, da der alte erfahrene Gegner die Erde verlässt und an seine Stelle ein Mensch tritt, der keine Erfahrung im Kampf der Geister hat.«

Pirjeri nahm sich vor, dem Satan vollen Widerstand zu leisten, was für eine Bestie der auch immer sein mochte. Ein Finne fürchtet nicht mal den Teufel. Es kam auf den Versuch an, Pirjeri war bereit.

Laut äußerte er, dass er begriffen hatte, dass es keinen geraden Weg bei der Durchsetzung des Guten gab. Vor ihm lag ein grenzenloses Arbeitsfeld, auf dem er mit der Kraft des Guten gegen das Böse kämpfen musste, im Vertrauen einzig auf die eigenen göttlichen Kräfte und seinen Fleiß.

Gott wies darauf hin, dass nicht die ganze Menschheit durch und durch böse sei, hin und wieder käme auch Gutes zustande. Gottes Aufgabe, oder vielmehr Pirjeris von nun an, sei es, unermüdlich über seine Schöpfung zu wachen, was harte Arbeit bedeuten würde.

Inzwischen hatte das Gespräch eine sehr ernste Wendung genommen, und um die Stimmung aufzulockern, sagte Petrus:

»Wie ihr Finnen zu sagen pflegt: Wenn Gottes Aufgaben leicht wären, würden die Bosse sie übernehmen.«

Die Götter und Heiligen lachten.

In diesem Moment näherte sich dem Beratungstisch ein Engel, der ein wenig wie Lazarus aussah, und überbrachte eine Nachricht. Aus Tokio war ein eindringliches Gebet empfangen worden, das an Gott gerichtet war. Es kam von dem finnischen Geschäftsmann Torsti Rahikainen, und da allgemein bekannt war, dass ebendieser ein guter Bekannter des neuen Gottes war, wollte nun der Engel wissen, ob man auf das Gebet näher eingehen sollte.

Pirjeri war das Ganze peinlich. Was, verflixt noch mal, hatte Rahikainen wieder angestellt? Er zögerte und überlegte, ob er, kaum im Himmel angekommen, gleich Torstis Mist bereinigen sollte, auf der Welt gab es schließlich größere Probleme ...

Gott lachte und entschied:

»Nur nicht so schüchtern, Ryynänen! Einem Freund muss man immer helfen, auch als Gott. Lass uns nachsehen, welche Probleme Rahikainen dort in Tokio hat. Gleichzeitig kann ich dir ein bisschen die Welt zeigen, damit du einen Einblick in deine neue Aufgabe bekommst.«

9

Torsti Rahikainens Gebet war aufgenommen worden von einem Japaner, dem Christen und Militärarzt Konko-Hito, der Anfang des zwanzigsten Jahrhundert gestorben war. Er hatte den Rang eines Oberstabsarztes bei der Marine und hatte am russisch-japanischen Krieg teilgenommen, wo er 1904 in den Gewässern vor Port Arthur an tödlicher Ruhr erkrankt war. Konko-Hito war zu Lebzeiten ein frommer heimlich getaufter Christ gewesen, und so hatte er das ewige Leben erhalten und wirkte jetzt als Engel im Himmel.

Gott fragte ihn, was genau Rahikainen in Tokio gebetet habe und ob die Not groß sei.

»Wir haben hier die Information, dass Herr Rahikainen in einem Tokioter Hotelzimmer liegt, schwer leidet und fortwährend stöhnt. Die Gebete waren nur sehr schwach zu empfangen, aber das eine und andere konnten wir ihnen entnehmen. Rahikainen hat in seinem Gebet die Worte ›ach, mein Gott‹, ›was für ein Leben‹ und ›wie kann man nur so blöd sein‹ wiederholt. Wir haben daraus geschlossen, dass der Absender des Gebets finanzielle Bindungen eingegangen ist, die er schwer bereut, und dass er außerdem körperliche Qualen leidet, nachdem er in zu großem Maße irdische Freuden genossen hat. Ich habe einen zuverlässigen

örtlichen Engel angewiesen, den Mann zu bewachen. Vielleicht sollte ich mir jedoch auch persönlich ein Bild von der Situation machen, damit ich eine gründlichere Einschätzung vornehmen kann?«, sagte Konko-Hito und machte ein paar typisch japanische Verbeugungen vor Gott.
»Für Torsti besteht doch keine Lebensgefahr?«, fragte Pirjeri besorgt.
»Das glaube ich nicht, aus Tokio dringen ständig schwache Gebete herauf. Das sind Lebenszeichen.«
Gott fand, dass es am klügsten wäre, Konko-Hito mit auf die Japanreise zu nehmen. Sie könnten sofort starten, wenn es Pirjeri recht wäre. In Japan war jetzt früher Morgen.
Die Reise war in Gedankenschnelle absolviert. Sie brachen auf und waren auch schon am Ziel. Dies war Pirjeri Ryynänens erster Besuch in Japan und gleichzeitig auch seine erste Fernreise. Mit Frau Solehmainen hatte er zweimal Pauschalreisen in Mittelmeerländer unternommen, nach Mallorca und nach Rhodos. Jetzt sah er zum ersten Mal den Stillen Ozean und Tokio, die mächtigste Stadt des Fernen Ostens.
Blaugrauer Smog bedeckte die stolze Stadt, die Sicht betrug keine zwei Kilometer. Die metallglänzenden Wolkenkratzer beherrschten die neblige Landschaft. Unaufhörlich rauschte der Verkehr auf den mehrspurigen Autobahnen, diese verliefen in drei, sogar vier Ebenen und waren miteinander verschlungen wie riesige Bandwürmer. Aus den Metrotunneln strömten zu Abertausenden dunkelhaarige kleine Japaner wie ein wogender schwarzer Fellteppich.
Konko-Hito führte seine göttliche Begleitung in den protzig aufragenden Stadtteil Shinjuku. Auf einem Dach neben dem Ausgang einer Metrostation hielten sie inne und be-

trachteten den unglaublich dichten Strom von Japanern, die zu ihrer Arbeit eilten. An den Straßenecken gab es in Münzautomaten künstlichen Sauerstoff. Alte Leute und Asthmatiker atmeten Frische ein, die sie aus den Geräten für Geld gekauft hatten.

Gott beobachtete das Treiben und sagte:

»Als ich seinerzeit die Erde schuf, konnte ich mir nicht mal im Traum vorstellen, was sich der Mensch in seiner Gier alles ausdenkt. Ich dachte, dass das Land, das Wasser, die Luft und das Sonnenlicht sämtlichen Mitgliedern der Schöpfung frei zur Verfügung stehen sollten. Anfangs war das auch der Fall, aber sowie der Mensch kultivierter, sich also seiner Gier bewusst wurde, wurde aus jenen Grundrechten ›Eigentum‹. Die Menschen eigneten sich zunächst das Land, dann die Gewässer und jetzt sogar schon die saubere Luft an.«

Gott fand es traurig, feststellen zu müssen, dass der Mensch es für sein Recht hielt, das von ihm, Gott, geschaffene Land an sich zu bringen. Seit Jahrtausenden wurde für das Land ein Preis festgelegt, jeder x-beliebige Mensch konnte es kaufen und verkaufen. Den Tieren, die einst die Erde beherrschten, war das Recht darauf genommen worden. Schließlich war es undenkbar, dass sich ein Tier ein passendes Stück Weideland kauft. Die Tiere besaßen ja kein Geld, denn das war ebenfalls eine Erfindung des Menschen, und auch kein Recht, Land zu besitzen. Die Tiere konnten natürlich auch keines von ihren Eltern erben, so wie die Menschen.

»In ihrer Gier haben die Menschen das von mir geschaffene Land besetzt, zunächst waren es die Bauern, die die besten Parzellen für sich und ihre Familien genommen haben, dann brachten die Stämme größere Gebiete an sich und schließlich die Völker ganze Erdteile. Heute treiben die Menschen Handel mit meinem Land und rauben den Ärmsten sogar das Recht, an ihren Siedlungsorten kostenlos Reis anzubauen.«

Gott ärgerte sich außerdem darüber, dass die Menschen das Wasser stahlen, mit dem er die Erde ausgestattet hatte. Es wurde über Wasserleitungen gegen eine Gebühr verteilt. Dasselbe betraf nun auch schon die frische Luft, wie man hier sah: eine Münze in den Automaten! Das von ihm, Gott, geschaffene Element, den Sauerstoff, durfte nur einatmen, wer das Geld dafür hatte. Die Armen mochten ersticken! Gott vermutete, dass bald auch der Genuss des Sonnenlichtes nur gegen Erlaubnis und Gebühr möglich sein würde – spätestens dann, wenn die Menschheit einen Weg gefunden hätte, das Sonnenlicht zu regulieren, aufzufangen und den im Schatten dahinsiechenden bleichen Armen zu verkaufen. Haarsträubend!

Konko-Hito nahm all seinen Mut zusammen und äußerte die Vermutung, dass man diese Probleme möglicherweise überwinden würde, wenn sich die gesamte Menschheit zum christlichen Glauben bekehrte. Wenn sie das Beispiel befolgen würde, das einst Jesus Christus, Gottes einziger Sohn, gegeben hatte, könnte alles gleichmäßig nach Bedarf verteilt werden, das Land, das Wasser wie auch die Luft. Das allerdings bezweifelte Gott:

»Daran glaube ich nicht. Was sagst du dazu, Konko, dass die christliche Kirche selber Land besitzt und daran vehement festhält? Die Kirchenfürsten häufen Geld an, genau wie die Geschäftsleute, da gibt es überhaupt keinen Unterschied. Ach ja, da wir gerade von Geschäftsleuten reden:

Wir wollten ja nachsehen, wie es dem Rahikainen geht«, erinnerte er sich.

Konko-Hito führte Gott und Pirjeri ins prächtigste Hotel von Shinjuku, die zur Hyatt-Kette gehörende *Perle des Fernen Ostens*, ein Dutzende von Stockwerken hoher Turm, der die Wolken zerteilte und von Glas und teuren Metallen blinkte. Das Vestibül war eine palastähnliche Halle, mehrere Etagen hoch, an der Decke hingen drei gewaltige Kristallkronleuchter von der Größe eines Lieferwagens. Selbst Gott staunte über diesen unglaublichen Prunk. In seinem Himmel wäre eine so ungeheure Verschwendung nie erlaubt.

Der fünfzig Meter lange Empfangstresen glich einer blinkenden Barrikade, auf der einen Seite wimmelte es von internationalen Großkaufleuten, und auf der anderen Seite scharwenzelten geschäftige und dienstbeflissene Portiers, Geldwechsler, Fakturisten, Guides und Hotelchefs herum.

Konko-Hito erkundigte sich, in welchem Zimmer der finnische Geschäftsmann Rahikainen wohnte. Der Portier warf einen Blick auf seinen Monitor und erwiderte:

»Mr. Rahikainen hat mitgeteilt, dass er nicht gestört werden möchte, tut mir leid.«

»Wir sind extra aus Europa angereist, um ihn zu treffen. Könnten Sie ihn informieren, dass Mr. Ryynänen mit seiner Begleitung aus Finnland hier ist?«

»Ich bedaure, aber Rahikainen hat mitgeteilt, dass man ihn nicht wecken darf, selbst wenn ihn der Teufel persönlich sprechen wollte.«

Konko-Hito spähte auf den Monitor und entdeckte Rahikainens Zimmernummer, 1827. Alle dachten konzentriert an die achtzehnte Etage und das Zimmer Nummer 27, und schwupp, befanden sie sich dort. Der Raum war dunkel, die Vorhänge waren zugezogen. Ein örtlicher Engel war anwesend, eben der, den Koko-Hito alarmiert hatte, damit er nach dem Rechten sehen sollte.

Geschäftsmann Torsti Rahikainen lag halb bewusstlos und in elendem Zustand auf dem Bett, er hatte einen Eisbeutel auf der Stirn. Seine Lippen bewegten sich in lautlosem Gebet. Er stank wie ein Schwein nach abgestandenem Schnaps. Pirjeri erkannte sofort, dass sein alter Kumpel zu viel getrunken und jetzt schlicht und einfach einen Kater hatte. Das hätte er sich denken können. Sowie ein Finne Geld in die Hand bekommt, rennt er los und lässt sich volllaufen. Genau das hatte Torsti getan. Bestimmt hatte der Kerl schon im Flugzeug angefangen zu saufen und, am Ziel angekommen, natürlich weitergemacht, sodass er jetzt verkatert vor dem Allmächtigen lag. Ein hübscher Anblick, wirklich. Pirjeri schämte sich. Und dass Rahikainen auch noch die Frechheit besessen hatte, zu Gott um Linderung seines Zustands zu beten, war der Gipfel. Der Kater ist eine Krankheit, die keinen Unschuldigen packt. Das muss jedem Säufer klar sein.

Konko-Hito fragte den örtlichen Engel, eine jüngere Japanerin, was genau passiert sei.

Es stellte sich heraus, dass der besagte Sterbliche am Vortag auf dem Flughafen Narita in auffallend fröhlicher Stimmung angekommen war. Er war mit dem Taxi ins Stadtzentrum gefahren, hatte sich mit den örtlichen Gegebenheiten vertraut gemacht, vor allem mit den Gaststätten und mehreren Geishalokalen. Er hatte an den Tokioter Straßenecken Münzautomaten entdeckt, in denen Süßigkeiten, Kaffee, belegte Brote und sogar Dosenbier verkauft wurden. Geschäftsmann Rahikainen hatte die grandiose Idee gehabt, zwölf solcher Automaten zu erwerben, um sie nach Finnland transportieren zu lassen, zur Erprobung zunächst in die Helsinkier Stadtteile Malmi und Tikkurila. Er hatte Vertreter jener Firma aufgegabelt, die die Automaten vermarktete, und einen Vorvertrag über den Export nach Finnland abgeschlossen. Rahikainen hatte die geforderten fünf Prozent vom Kaufpreis bar bezahlt. Nachdem der Vertrag unterschrieben war, hatte er sich endlich hier im teuersten Hotel des Stadtteils ein Zimmer genommen und, berauscht durch den gelungenen Geschäftsabschluss, noch reichlich nachgetankt. Anschließend war er krank geworden und lag nun in elender Verfassung im Bett. In den frühen Morgenstunden hatte er begonnen, zu Gott zu beten und ihn um Linderung seines Zustands zu bitten.

»Die Gebete sind tatsächlich bis nach Bulgarien gedrungen«, merkte Konko-Hito an.

Der liebe Gott bekam Mitleid mit dem einsamen, geplagten Reisenden. Er versprach, sich des armen Kerls zu erbarmen, war er doch ein alter Freund Pirjeris. Gott hielt schützend die Hand über den leidenden Sünder im Bett, segnete ihn und sprach:

»Schlummere in Frieden, du ruheloses Menschenkind, wenn du aufwachst, wirst du völlig wiederhergestellt sein, und du wirst bemerken, dass sich der von dir abgeschlossene unbedachte Kaufvertrag von selbst auflöst, ja, du bekommst sogar das Handgeld zurück.«

Zu Pirjeri sagte Gott noch, dass er normalerweise nicht Säufer von ihrem Kater zu heilen pflegte, aber in diesem Falle konnte er natürlich mal eine Ausnahme machen. Als die Sache erledigt war, verließ die Gesellschaft das Zimmer und begab sich auf die Straße. Dort bedankte sich Gott bei dem örtlichen Engel und bei Konko-Hito und wies Letzteren an, den soeben geheilten Rahikainen im Auge zu behalten.

Als sich die beiden Engel entfernt hatten, schlug Gott vor, gemeinsam mit Pirjeri eine kurze Runde durch die verschiedenen Teile der Welt zu drehen.

»Es kann nicht schaden, wenn du ein bisschen die Welt kennen lernst. Lass uns ein paar Krisenherde besuchen, mit denen du in meiner Abwesenheit zu tun bekommst. Begeben wir uns nach Afghanistan.«

Der allmächtige Gott und sein Stellvertreter Pirjeri Ryynänen trafen in der kargen nördlichen Gebirgsregion Afghanistans nahe der Stadt Haibak, etwa dreihundert Kilometer nördlich von Kabul, ein. Die Gegend war öde, gelblich steinige Wüste. Am Gebirgshang war eine zweispurige Militärstraße angelegt worden. Die Militärstraße zog sich quer durch eine mehrere Quadratkilometer große Ebene, die sich nach Südosten hin erstreckte.

Die beiden Götter setzten sich auf Steine am Wegrand. Es war glühend heiß, die Sitzsteine hätten einem gewöhnlichen Sterblichen den Hintern verbrannt. Pirjeri dachte bei sich, dass es in jeder Hinsicht schrecklich gewesen sein musste, in einer so gottverlassenen Einöde zu kämpfen. Nirgendwo Wasser, keine grünen Pflanzen, und über allem die sengende Sonne am blauen und doch drückenden Himmel. Ihm schien es unvorstellbar, dass in dieser Region ein Mensch überleben konnte, und das so gut, dass er noch in der Lage war, andere Menschen zu töten.

Gott ahnte Pirjeris Gedanken.

»Solche Gegenden entstanden zwangsläufig, als ich die

Gebirge faltete ... die Kontinentalplatten nämlich musste ich irgendwie untereinanderschieben, damit die Meere ein bisschen kleiner wurden. Schöpfungsarbeit, Pirjeri, ist ein enormes Vorhaben. Wenn du die Meere verkleinerst, hebt sich anderswo der Boden, und es entstehen zwangsläufig Gebirge und Wüsten, da ist nichts zu machen. Ich habe vielleicht ursprünglich zu viel Meerwasser auf diesem Planeten verteilt«, ergänzte Gott seine Gedanken über die Oberflächengestaltung der Erde.

Ein Skorpion mit gebogenem Schwanz kletterte an Pirjeris Hosenbein hoch. Gott schnippte mit den Fingern dagegen, und das giftige Insekt sprang herunter und schlüpfte unter einen Stein. Gott sagte:

»Auch so ein Produkt meiner Arbeit ...«

Hinter der Ebene stieg gelber Staub zum Himmel auf, er wurde zu einer Wolke, und bald war dumpfes Dröhnen zu hören. Eine Panzerkolonne fuhr in die Wüste. Nach fünfzehn Minuten erreichte die Kolonne die beiden Götter. Pirjeri zählte mehr als sechzig mittelschwere Panzerwagen und weit über hundert LKW, vollgeladen mit Ausrüstung und Mannschaften. Das ohrenbetäubende Dröhnen der Dieselwagen erfüllte die ganze Gegend, die kupferrot gegerbten Gesichter der UN-Soldaten unter ihren Lederhelmen waren ernst, aber sie halfen nach einem Krieg, der Jahre gedauert und den niemand gewonnen hatte.

Nach Meinung Gottes war das ein Anblick, der erfreute. Da kam eine Armee, nachdem eine andere sich aus einem fremden Land zurückgezogen hatte, weil sie zur Vernunft gekommen war.

10

Der allmächtige Gott beobachtete gedankenverloren die im Staub verschwindenden Panzer. Er erklärte, dass auch dies die Folgen eines Krieges seien, den der Satan persönlich angezettelt hatte, wie generell alle Kriege. Jeder Krieg hatte seine Ursache, jeder Angreifer seine Motive, und immer steckte der Satan dahinter.

»Pirjeri Ryynänen, du wunderst dich vielleicht, warum ich dich durch die Welt und an so traurige Orte schleppe. Dazu habe ich einen guten Grund. Bevor du Gott wirst, musst du einen Vorgeschmack auf deinen schlimmsten Gegner, den Satan, bekommen. Wir sind keine Touristen, sondern wir suchen den Satan. Er treibt sich gerade an solchen Orten herum, auf Schlachtfeldern, dort, wo Blut fließt und Leid herrscht.«

Pirjeri erschauerte. Sie waren also auf der Suche nach dem Satan. Was sollte er machen, wenn sie auf den Erzfeind selbst stießen? Hätte er, Pirjeri, das Zeug, gegen das Böse zu kämpfen, wenn er ihm direkt ins Angesicht schauen würde?

»Hab keine Angst, Ryynänen. Ich bin an deiner Seite, wir sind zu zweit.«

Pirjeri fasste Mut. Er war bereit, aufs Ganze zu gehen, falls erforderlich.

Von Afghanistan begaben sich Gott und Pirjeri in den Nahen Osten, in die Grenzregion zwischen Irak und Iran. Wenn sie schon in der Ebene bei Haibak viele Panzer gesehen hatten, so fanden sie hier die Fortsetzung. Allerdings waren diese Panzer völlig zerschossen, und die Sandstürme hatten sie schon fast zugedeckt. Verbrannte Autos, verlassene Kanonen, zerschossene Helme, vermoderte Kampfgürtel und Stiefel, überall in der Wüste vergammelter Kriegsschrott. Hier und da ragten Skelette oder Schädel von Soldaten aus dem Sand. Auch dieser Krieg war über Jahre geführt worden, man hatte nicht alle Gefallenen eingesammelt, vielleicht wegen der Minen. Gott erklärte, dass diese Kriegsvölker, die Araber und Perser, es mit der Bestattung ihrer Gefallenen nicht so genau nahmen. Zwar bestatteten die Moslems ihre Toten innerhalb von vierundzwanzig Stunden nach deren Ableben, aber wenn mehr Zeit verging, wie es im Krieg oft der Fall war, erlahmte ihr Interesse an der Sache, und die Aasfresser der Wüste durften den Rest erledigen.

Gott konstatierte bitter, dass in diesen traurigen Sandwüsten der Satan viele Jahre lang gewütet hatte. Aber jetzt, da die Götter nach ihm suchten, traute er sich nicht hervor. »Er hat Angst, da wir zu zweit sind und er allein ist. Der Teufel ist ein Feigling«, sagte er zu Pirjeri.

Er erklärte, dass man sich an den Krieg nie gewöhnte, er jedenfalls konnte es nicht, in seinen Augen war der Krieg die größte Geißel der Menschheit.

»Aber ich habe ja auch Schönheit auf der Welt geschaffen, schöne Frauen und herrliche Gegenden«, fügte er hinzu. Er schlug vor, dass sie sich nun zur Abwechslung ein paar irdische Paradiese ansehen sollten. Die gab es hier und dort, Erdenwinkel, die von den Menschen als Paradiese bezeichnet wurden. Ganz in der Nähe, in Georgien, lag eines der schönsten.

Sie begaben sich mit der Kraft der Gedanken nach Georgien, in ein bezauberndes Gebirge nördlich von Tbilissi. Der Anblick war atemberaubend: Tief im Tal strömte ein Fluss mit klarem Wasser dahin, eingerahmt von sanft gewellten Wiesen, auf denen Schafherden weideten, etwas höher am Hang lag ein kleines Dorf mit entzückenden kleinen Gässchen und Häusern. Dichte Wälder und Weingärten schützten es vor den Gebirgswinden. Hoch oben an einem zerklüfteten schneebedeckten Berg stand eine steinerne kleine Kirche, zu der sich ein Pfad hinaufschlängelte. Gott führte Pirjeri nach dort oben. Hinter der Kirche befand sich ein Friedhof und darauf ein einsamer Stein, in den auf Kachetisch die rätselhaften Worte gemeißelt waren:

»Tausend und einen Tag
im Vollrausch
durch Gottes Gnade.«

Gott erzählte, dass unter dem Stein ein hiesiger Märchendichter begraben lag, der unglückliche Haleb Visnazola, der in diesem Jahrhundert gelebt hatte.

»Soweit ich mich erinnere, lebt Haleb schon länger nicht mehr. Er war seinerzeit ein populärer Verfasser von Fabeln, also Tiermärchen. Die Kinder liebten seine gleichnishaften Geschichten, die er hauptsächlich im kachetischen Dialekt schrieb. In einer dieser Geschichten nun hatte er Josef Stalin in eigener Person kritisiert, oder jedenfalls wurde das Bild vom Wolf und den auseinandergejagten Lämmern im Exekutivkomitee der örtlichen kommunistischen Partei so interpretiert. Dafür hätte der Dichter fast seinen Kopf eingebüßt. Er flüchtete sich in die Berge und hielt sich jahrelang hier versteckt. In seiner Einsamkeit fing er an, zu mir zu beten. Ich half ihm auch hin und wieder und besuchte ihn sogar einmal. Eine interessante Persönlichkeit, las mir seine traurigen Märchen vor. Der arme Kerl tat mir leid.«

Der Schriftsteller hatte als Gnadengeschenk von Gott tausend und eine Magnumflasche besten georgischen Sekts erbeten. Er hatte erklärt, dass er in ihrer Gesellschaft die letzten Jahre seines Lebens, genauer gesagt tausend und einen Tag, verbringen wollte. Die Menschen hatten ihn verstoßen, auch seine Kinder durfte er nicht mehr sehen, aber er versprach sich Trost von dem Trank aus Reben, die unter der Sonne Georgiens gereift waren.

Gott hatte die Bitte um Sekt zunächst etwas unbotmäßig gefunden, aber dann hatte er sich gesagt, warum nicht, Sekt gab es genug in Georgien. Es wäre ganz in Ordnung, aus den riesigen nationalen Beständen einem in Ungnade gefallenen Eremiten und Schriftsteller tausend Flaschen zu schenken. So war denn eine Mulikarawane, beladen mit perlendem rosa Sekt, zu Haleb getrabt, der in der Schlucht hinter dieser einsamen Kirche hauste. Haleb versteckte die tausend Flaschen im Berg. Er öffnete die erste von ihnen und erlebte danach keinen nüchternen Tag mehr. Täglich köpfte er eine Flasche, und nach tausend und einem Tag waren alle Flaschen leer. Haleb war bereit zu sterben, und er starb.

Gott warf einen verständnisvollen Blick auf Märchendichter Haleb Visnazolas Grab und sagte, dass der Mann hoffentlich in den Himmel gekommen war. Oder war er womöglich doch in der Hölle gelandet? Leider war das nämlich der Ort, an dem Schriftsteller normalerweise endeten.

11

Der allmächtige Gott und Pirjeri Ryynänen suchten in Santiago vergeblich nach dem Satan. Der zeigte sich nicht, wahrscheinlich hatte er Angst, zwei Göttern unter die Augen zu treten. Er hatte das Land verlassen, aber wohin? Hatte er sich vielleicht in die USA abgesetzt? Das war durchaus möglich, denn der Teufel hatte die Amerikaner fest im Griff. Pirjeri schlug vor, die USA zu besuchen und dort nach ihm zu fahnden.

»Wenn es dein Wunsch ist, dann reisen wir nach Amerika«, versprach Gott.

Gott hielt die Amis für oberflächliche Hektiker und unverbesserliche Verschwender, die die ganze Zeit nur hinter dem Geld herrannten und sich mal in diese und mal in jene Krise auf der Welt einmischten.

Während dieser Gespräche erreichten die beiden Los Angeles. Die Stadt wirkte wie eine riesengroße Wohnsiedlung. Es gab kein eigentliches Zentrum, der Ort bestand aus breiten kilometerlangen Autobahnen und aus Einkaufszentren.

Pirjeri gab Gott weitgehend Recht, was die Oberflächlichkeit der Amerikaner betraf, aber er verwies auf ihre Frömmigkeit. Soweit er wusste, ging jeder anständige Amerikaner sonntags in die Kirche und glaubte an Gott.

Selbst die Religiosität der Amerikaner war dem Allmächtigen kein besonderer Anlass zur Freude. Er monierte, dass die Amis auch in ihrem Glauben oberflächlich waren.

»Die Amerikaner haben aus der Frömmigkeit einen Zirkus gemacht«, klagte er.

Hysterische Geistliche predigten im Fernsehen ihre Botschaft vom Weltuntergang und kassierten haufenweise Dollars von den gutgläubigen Zuschauern. Verbiesterte Fundamentalisten verbreiteten auf Massenversammlungen ihre primitiven Lehren, man schämte sich richtig für die Amerikaner.

Auch die Mormonen hatte Gott satt, wie er sagte. Er erzählte vom Gründer der Sekte, einem durchgeknallten Glücksritter namens Joseph Smith, der im neunzehnten Jahrhundert angeblich einen Haufen Goldplatten gefunden hatte. Und damit nicht genug, auf den Platten soll ein Text gestanden haben, demzufolge Jesus, Gottes eigener Sohn, den Ureinwohnern Amerikas erschienen war und ihnen seine Freudenbotschaft verkündet hatte. Diesen Humbug hatte Smith mit viel Erfolg gepredigt, die dämlichen Amerikaner hatten alles für voll genommen und schworen immer noch auf die Lehre dieses Deppen.

Anfangs hatten die Mitglieder der Mormonensekte sogar Vielweiberei als eine Ausdrucksform der Frömmigkeit gepriesen, aber dem hatte Gott ein Ende bereitet, wie er sagte. Alles hatte seine Grenzen.

»In meinem Namen wird keine Unzucht betrieben!«

Neuerdings waren diese Eiferer auf die Idee verfallen, die gesamte Menschheit in einer Liste zu erfassen, sie hatten die persönlichen Daten von Millionen Menschen gesammelt und bewahrten sie in einem Felsarchiv in Salt Lake

City auf. Die größenwahnsinnige Absicht der Mormonen war es, ermitteln zu können, wer in den Himmel kommen würde. Sie glaubten, dass sie, wenn sie über die Namensliste der Menschheit verfügten, auch das Recht hätten, über deren Wohl und Wehe zu entscheiden.
Wegen Gottes Verärgerung reduzierte sich der USA-Besuch auf eine gewöhnliche Touristenreise. Sie schauten sich ein wenig Los Angeles an, besuchten dann San Francisco und bewunderten die Golden-Gate-Bridge, und schließlich besichtigten sie noch in aller Eile New York. Den Teufel trafen sie nicht. Als die beiden Götter vom Scheitel der Freiheitsstatue aus die Stadt betrachteten, traf überraschend aus Bulgarien eine Botschaft vom heiligen Petrus ein: Man hatte aus Grönland in ungewöhnlich rascher Folge hektische, diffuse Gebet empfangen, sie kamen aus einer Eskimosiedlung. Dort war der Teufel los. Könnten Gott und Pirjeri nicht auf der Heimreise kurz nachschauen, was den Inuit zu schaffen machte? Petrus berichtete, dass der Gebetsalarm von Grönlands Westküste gekommen war, aus dem kleinen Dorf Ulmabukta auf der Halbinsel Nugssuaq, gut hundert Kilometer nördlich von Jakobshavn. Gott und Pirjeri begaben sich umgehend dorthin. Vielleicht hätten sie endlich die Gelegenheit, den Teufel auf frischer Tat zu ertappen.
Seit ihrem Aufbruch aus Tokio war ein ganzer Tag verstrichen. Jetzt herrschte Abend auf der nördlichen Halbkugel. Götter sehen jedoch auch im Dunkeln, in dieser Hinsicht ähneln sie Katzen.
In dem kleinen Dorf Ulmabukta, das nur aus etwa zehn schäbigen Hütten bestand, herrschte ein teuflisches Treiben. Gott versuchte zu einem örtlichen Engel Kontakt auf-

zunehmen, um sich über die Vorgänge zu informieren, aber niemand meldete sich. War es so, dass aus diesem kleinen Dorf nie auch nur eine einzige Seele in den Himmel aufgenommen worden war? Möglicherweise traf das zu, denn es war wirklich eine gottverlassene Ecke. Der Allmächtige war gezwungen, sich mit Pirjeris Hilfe selbst ein Bild von der Situation zu machen.
Das Dorf hatte nur etwa fünfzig Bewohner. Die Hütten waren aus Holz zusammengezimmert, am Ufer gammelten ein paar Boote und Kajaks vor sich hin, auf den Höfen kläfften zottige Schlittenhunde. Hier und dort standen defekte Motorschlitten, die die Leute im Frühjahr einfach vergessen hatten. Im Ort gab es keine Schule, keine Kirche und keinen Laden, trotzdem ging es momentan sehr lebhaft zu. Der Teufel hatte sich richtig ins Zeug gelegt.
Es stellte sich heraus, dass der junge Dorfvorsteher mit seinem rostigen Geländewagen nach Jakobshavn gefahren war, um sich die Laborergebnisse einer ärztlichen Untersuchung abzuholen, der er sich in der vergangenen Woche unterzogen hatte. Bei dieser Gelegenheit hatte er sich mit dänischem Bier und Aquavit bevorratet. Der Mann hatte eine niederschmetternde Nachricht entgegengenommen: Er war HIV-positiv. Wie konnte er sich diesen schrecklichen Virus nur eingefangen haben?, hatte er sich gefragt und war zu dem Schluss gekommen, dass die Weiber seines Heimatdorfes schuld an seinem elenden Schicksal waren. Voller Wut war er auf der provisorischen Uferstraße zurück in sein Dorf gefahren, hatte unterwegs die Hälfte seiner Alkoholvorräte ausgetrunken und, am Ziel angekommen, eine schreckliche Randale begonnen. Die eigene Frau hatte ihren Teil abgekriegt, ebenso die Frau des Nach-

barn, alle Frauen im Dorf, mit denen der infizierte Mann je zu tun gehabt hatte.

Die erschrockenen Frauen waren durchs Dorf gerannt, bis sie den Geländewagen des tobenden Mannes gefunden hatten, sie hatten die restlichen Schnapsvorräte ausgeladen und schleunigst in Sicherheit gebracht. In ihrer Angst hatten sie angefangen, die Flaschen auszutrinken, damit der Wüterich nicht noch mehr Alkohol zu sich nehmen konnte. Das ganze Dorf hatte sich an der Vernichtung der Bestände beteiligt, alle waren unterwegs gewesen, schreckliches Weinen und Schreien waren über den einsamen Strand gehallt, Gewehrschüsse hatten geknallt. Der Dorfvorsteher war völlig außer sich geraten und hatte gedroht, sämtliche Frauen des Ortes umzubringen und auch die männliche Bevölkerung, wenn es darauf ankäme. Die Situation war so bedrohlich gewesen, dass der eine oder andere Bewohner seine zitternden Hände gefaltet, den weinerlichen Blick zum herbstlichen, arktischen Himmel erhoben und ein ängstliches Gebet zum Allerhöchsten gesandt hatte. Zum Glück waren die Gebete in Bulgarien registriert worden, und nun waren Gott und Pirjeri herbeigeeilt.

Obwohl die Situation in diesem öden Erdenwinkel ganz schrecklich war, war es für Gott und Pirjeri keine besonders schwierige Aufgabe, die Sache zu klären. Sie vollbrachten ein paar schnelle Wundertaten. Als Erstes beruhigten sie den Dorfvorsteher. Er kam aus seiner infernalischen Wut zu sich, sein Kopf wurde klar, und er zog sich in seine Wohnung zurück, dort schob er das Gewehr unters Bett und sah niedergeschlagen durch die kleine Fensterluke hinaus aufs Meer.

Anschließend beruhigte Gott auch die anderen Leute. Erleichtert kehrten sie in ihre Behausungen zurück. Pirjeri säte Freude und Hoffnung über das Dorf, während Gott die Aidskrankheit heilte, die sich unter den Bewohnern verbreitet hatte. Andächtige Ruhe kehrte im Dorf ein, und das in einem Maße, dass sich die Inuit später am Abend versammelten und in herzlicher Atmosphäre ihre Eintracht wiederherstellten, das Treffen endete mit einer gemeinsamen Andacht. Alle fragten sich verwundert, was den Dorfvorsteher und später das ganze Dorf an diesem traurigen Tag geplagt hatte.

Gott und Pirjeri Ryynänen wussten sehr wohl, wer das Leben im Dorf durcheinandergebracht hatte. Sie begannen nach dem Satan zu suchen, der hinter alldem steckte, und fanden ihn tatsächlich, er hielt sich am eisigen Strand hinter den Walfangbooten verborgen, die dort vor sich hin faulten. Pirjeri entdeckte ihn als Erster. Der Teufel kauerte hinter einem der Bootswracks und glaubte, dort sicher zu sein. Er hatte anscheinend die Absicht, das Leben im Dorf erneut auf den Kopf zu stellen, sowie die beiden Götter ihm den Rücken gekehrt hätten. Pirjeri flüsterte, dass er den Teufel gesehen hatte. Auch Gott bemerkte ihn, und so war er enttarnt. Er verließ sein Versteck, zog sich auf die Felsen zurück und rief von dort düstere Drohungen herüber. Pirjeri registrierte, dass der Teufel keine große Ähnlichkeit mit dem Bild hatte, das sich die Menschen von ihm gemacht haben. Er hatte keinen Schwanz, keine Hörner, auch keinen Huf anstelle des einen Fußes. Er war bekleidet mit einem schwarzen Nadelstreifenanzug, an den Füßen trug er gelbe Gamaschen und um die Schultern einen roten Schal. Er war schlank und sehnig, seine Miene war boshaft, und seine Augen glühten.

Der liebe Gott, die Krone der Schöpfung, rief dem Teufel mit donnernder Stimme zu:
»Du böser Geist! Fahr zur Hölle und lass meine Schöpfung endlich in Ruhe!«
Diese Worte Gottes fuhren auf den Teufel nieder wie ein Peitschenhieb, beinah wäre er unter ihrer Wucht zu Boden gegangen, aber ganz so leicht war er dann doch nicht unterzukriegen. Er sammelte seine Kräfte und rief Gott und Pirjeri Schmähungen zu. Jetzt wurde der Allmächtige ernsthaft wütend und rannte auf seinen Erzfeind zu. Der wich ihm aus, schrie aber noch im Gehen, dass er wisse, dass Gottes Zorn keine große Bedeutung mehr habe, Gott sei dem Vernehmen nach im Begriff, die Welt zu verlassen und sich auf andere Himmelskörper zurückzuziehen. Und Pirjeri nannte er einen finnischen Wicht, den er bei der erstbesten Gelegenheit vernichten werde.
»In meinen Fängen überlebt ein einzelner Kranfahrer nicht lange, das schwöre ich«, brüllte er. Aber dann war er gezwungen zu flüchten, gegen zwei erzürnte Götter den Kampf aufzunehmen war sinnlos. Er verschwand in einem Steinhaufen und kam nicht wieder zum Vorschein. Lediglich ein Windhauch, der nach Schwefel roch, fuhr über den Strand.
Gott zitterte vor Wut. Es dauerte einige Zeit, ehe er sich beruhigt hatte. Doch dann war er zufrieden, dass sich der Teufel am Ende doch noch gezeigt hatte. Jetzt hatte Pirjeri eine Vorstellung von seinem Erzfeind.
Der Vorfall stimmte Pirjeri nachdenklich. Er hatte den Satan in eigener Person getroffen. Dieser hatte Millionen von Helfershelfern, er war gefährlich. Aber Pirjeri Ryy-

nänen hatte keine Angst mehr vor ihm, jetzt kannte er seinen Gegner und war jederzeit bereit, sich mit ihm zu messen.

Bevor die beiden in den Himmel zurückkehrten, sorgten sie noch dafür, dass die leidgeprüften Inuit am nächsten Tag keinen Kater hatten. Sie erteilten dem ganzen Dorf kollektive Absolution. Den restlichen Alkohol gossen sie aus.

12

Der Erzengel Gabriel und der heilige Petrus erwarteten die Götter in der bulgarischen Schlossruine, bereit, über das Weltgeschehen Bericht zu erstatten. Petrus erklärte, dass während der Reise nichts Besonderes passiert sei. Es waren keine neuen Kriege ausgebrochen, lediglich einen Putsch hatte es gegeben, in Lateinamerika. Ja, genau, das war alles gewesen.

Gabriel seinerseits berichtete, dass das Gebetsaufkommen der Menschheit eine gewisse Konstanz zeige, ebenso das Ausmaß von Freud und Leid, dabei überwog wie gewöhnlich das Leid. Gemeinsam mit Petrus hatte er die Engel ermächtigt, ein paar hunderttausend Menschen bei ihren Problemen zu helfen. Das religiöse Leben war monoton, wie immer um diese herbstliche Jahreszeit. Neue Sekten waren während der Reise der Götter nicht gegründet worden.

Der heilige Petrus trug den beiden noch eine Personalie vor, die sie entscheiden sollten. Der Geschäftsmann Torsti Rahikainen, dem die Götter in Tokio geholfen hatten, war von dort nach Neuseeland weitergereist, begleitet vom japanischen Engel Konko-Hito – also jenem alten japanischen Oberstabsarzt, der als Erster Rahikainens verkaterte Gebete aus Tokio aufgenommen hatte.

»Jetzt meldet sich Konko-Hito aus Auckland und wünscht, dass er zum Heiligen ernannt wird, und er begründet die Rangerhöhung mit seinem veränderten Tätigkeitsfeld. Konko behauptet, die Funktion eines Schutzengels auszuüben, und findet, dass jeder Schutzengel ein Heiliger sein müsse, das würde ihm beim Ausüben seiner Pflicht helfen. Als Heiliger könnte er seinen Schützling besser betreuen, da Heilige ja das Recht haben, selbstständig Wundertaten niederen Grades zu vollbringen. Konko-Hito betont in seinem Bericht, dass der Schutz Rahikainens Wundertaten zwingend nötig mache. Seinen Worten zufolge ist Rahikainen so umtriebig und agil, dass er immer wieder in die verschiedensten Konfliktsituationen gerate. Ihm drohe ständig ein Unglück, vor allem, wenn er Alkohol zu sich nehme. Rahikainen habe die ausgeprägte Neigung, sich in unrentable und dunkle Geschäfte zu verstricken. Auch erliege er auffallend leicht dem Einfluss von Frauen, eine Eigenschaft, die, so Konko, einen besonderen Schutz seiner Person verlange.«
Gott wollte wissen, wie der Erzengel und der heilige Petrus darüber dachten. War Konko verdient genug, um im Rang erhöht zu werden? Brauchte Rahikainens Schutzengel tatsächlich die Befugnisse eines Heiligen?
Die beiden fanden, dass der Schutz des Geschäftsmannes eine äußerst anspruchsvolle Aufgabe sei, deren ordnungsgemäße Erfüllung eindeutig häufige Wundertaten erfordere. Was nun Konko selbst betraf, so hatten die beiden nichts gegen seine Erhebung in den Stand eines Heiligen einzuwenden. Konko war ein besonnener und frommer Engel, er hatte viele Erfahrungen sowohl auf der Erde als auch im Himmel gesammelt. Zwar hatte er im Jahre 1904

aus Unachtsamkeit und Übermüdung einem Obermatrosen das falsche Bein amputiert, aber konnte man diesen Vorfall jetzt noch als Sünde werten? Wohl kaum.
»Wenn dem so ist, dann informiert ihn, dass er von nun an ein Heiliger ist«, entschied Gott. Pirjeri bedankte sich im Namen von Torsti Rahikainen.
»Nicht der Rede wert, schließlich muss man einem Freund helfen, außerdem ist es ja Konko, der davon den Nutzen hat.«
Anschließend klagte Gott über Müdigkeit und erklärte, er wolle sich zur Nachtruhe begeben. Er belehrte Pirjeri, dass im Himmel zwar niemand Hunger habe, dass aber die Engel und Götter trotzdem Ruhe bräuchten.
Der Allmächtige zog sich in sein Turmzimmer zurück, um seine letzte Nacht auf der Erde zu verbringen. Pirjeri folgte dem Beispiel und ging in seine Schlafkammer. Er registrierte, dass seine erste Nacht als Gott so wie sonst war, nur Träume hatte er nicht. Die Götter können zwar schlafen, aber nur die Menschen haben das Recht zu träumen.
Am Morgen wurde Pirjeri wieder von dem Engel lettischer Herkunft geweckt. Gott war dem Vernehmen nach bereits auf den Beinen. Die Morgentoilette entfiel von nun an für Pirjeri, kein Waschen und kein Zähneputzen, und auch der Bart war über Nacht nicht gewachsen. Wie soll auch der Bart wachsen, wenn man nichts isst, dachte Pirjeri zufrieden. Sein Unterhalt würde billig werden, er benötigte weder Speisen noch Kosmetikartikel. Im Himmel kommt auch ein Armer gut zurecht.
Gott erwartete ihn bereits im Hauptsaal des Schlosses. Auch der Erzengel Gabriel und der heilige Petrus waren anwesend. Gott klagte:

»Ich habe ein bisschen unruhig geschlafen, vielleicht hat mich das Reisefieber gepackt... aber widmen wir uns der der Aufgabe des Tages. Ich muss dich ein wenig ausführlicher über das Wirken der Götter informieren. Gabriel soll referieren.«

Der Erzengel begann, das himmlische System zu erläutern, in dem Gott, also von nun an Pirjeri Ryynänen, mithilfe der Engel, Heiligen, Apostel und Erzengel über die Zustände auf der Erde herrschte. Gott hatte die Macht, Dinge zu tun oder zu lassen, das Wetter zu bestimmen, verschiedene Entwicklungen in die Wege zu leiten und zu überwachen. Er besaß die Kraft, die Gedanken und Taten der Menschen zu beeinflussen, allerdings nur, soweit die Kräfte des Bösen es zuließen. Gott konnte sichtbar oder unsichtbar sein, und er war durch seine Engel überall auf der Welt anwesend. Engel gab es zu Millionen, ein paar tausend von ihnen befanden sich hier in Bulgarien.

»Ins Dorf Ulmabukta nach Grönland müssen unverzüglich ein paar Engel geschickt werden, bei unserem Besuch dort war keiner zu finden«, warf Gott ein. Petrus vermerkte das Problem auf der Mängelliste.

Gabriel fuhr fort: »Gott ist also allmächtig, aber Unfug darf auch er nicht anstellen. Alles, was er tut, muss vernünftig begründet sein. Es ist ihm zum Beispiel nicht gestattet, den Mond vom Himmel herunterzuwerfen, wenn mir ein so dummes Beispiel gestattet sei. Und ein Stein wird nicht im Nu zu Gold, dafür wäre ein jahrhundertelanger chemischer Prozess erforderlich.«

Der heilige Petrus nannte ein für Finnen verständlicheres Beispiel: »Soweit ich weiß, pflegt man in Finnland zu sagen, dass in der Not auch der Bulle Kälber kriegt. Gott kann trotzdem nicht auf die Weide gehen und einfach den Bullen befehlen zu gebären, daraus wird nichts. Wenn man will, dass die Bullen Kälber bekommen, muss man erst veranlassen, dass ihnen eine Scheide und eine Gebärmutter wachsen, dann klappt es. Um diese Veränderung zu bewirken, braucht auch Gott viele Wochen, das garantiere ich.«

Pirjeri sagte, dass er die Grenzen seiner Göttlichkeit begreife.

Der Allmächtige brachte noch eine wichtige Sache zur Sprache:

»Auf der Erde gibt es, vorsichtig geschätzt, viele Millionen der verschiedensten Götter und Geister. Von Allah haben wir schon gesprochen, aber er ist nicht der einzige, sondern es wimmelt geradezu von Gottheiten. Es gibt schon allein tausende verschiedene Religionen, und wenn man die Sekten mitrechnet, sind es sogar hunderttausende. Ich bin natürlich der einzig wahre Gott, und von nun an bist du es, Pirjeri. Du musst aber trotzdem wissen, dass noch viele, zu viele andere Götter existieren. Manche sind unfähig, sogar verrückt, unberechenbar, unzuverlässig und frech. Hüte dich, sei vorsichtig, mach keine gemeinsame Sache mit ihnen. Lass sie ihren Kleinkram erledigen, damit sind sie ausgelastet, verhalte dich ihnen gegenüber väterlich kühl, lass keine Vertraulichkeit aufkommen.«

Der Erzengel Gabriel zählte kurz ein paar der wichtigsten Religionen und ihre Grundlehren auf. Er gab Einblick in den Hinduismus, erzählte von den Dschaina, den Sikh und den Parsen, sprach über den Buddhismus, den tibetanischen Lamaismus, die Lehren des Konfutse und beendete seinen Vortrag mit dem Schintoismus. Dann erwähnte er noch, dass es in Afrika, Australien und bei den amerikanischen Indianern eigene Religionen und Götter gebe, ebenso bei den nordischen Völkern, wie etwa bei den Finnen mit ihrem Ukko Obergott und seinem Sohn Rutja.

Nach zwei Stunden beendete Gott das Gespräch und erklärte, dass er jetzt endlich seinen wohlverdienten Urlaub antreten werde. Er sprach:

»Der Moment ist gekommen. Ich baue auf dich, Pirjeri. Halte die Erde auf ihrer Bahn und lass nicht zu, dass die Menschen in meiner Abwesenheit die Schöpfung zerstören.«

Gott umarmte Pirjeri gerührt. Dann verabschiedete er sich von Petrus und Gabriel, er öffnete das Fenster, schwenkte die Hand und tat einen Schritt ins Leere. Sämtliche himmlischen Hauptengel waren nach draußen auf den Schlosshof beordert worden, an die fünftausend Geister. Die Blicke unverwandt nach oben gerichtet, verfolgten sie die Abreise ihres Gottes.

Dumpfes Dröhnen war zu hören, als Gott sich in die Höhen erhob. Seine Gestalt hüllte sich in einen funkelnden Feuermantel, der im hellen Tageslicht blinkte. Es sah gigantisch aus, ganz so, als wäre eine schwere Trägerrakete ins All geschossen worden. Fünftausend Engel brachen in Lobrufe aus und spendeten donnernden Applaus.

Gott entfernte sich schnell in den hellen Himmel, durchquerte die obersten Luftschichten, ließ die Erde mit ihrer Anziehungskraft und allem anderen hinter sich und war bald im fernen Weltall verschwunden. Der Erzengel Gabriel äußerte überwältigt:

»Ein ebenso ungestümer Aufbruch wie seinerzeit bei Elias! Unser Herr hat das absichtlich gemacht, er hat einen göttlichen Humor!«

Der allmächtige Gott, unser Herr und Vater, war fort. Der Chor der Engel stimmte ein Dankeslied für ihn an.
Pirjeri war allein. Die Erde stand nun unter seiner Verantwortung. Er ging nach unten, trat hinaus auf die Haupttreppe des Schlosses und hielt eine Rede an die Engel. Er stellte sich ihnen vor und sprach die Hoffnung aus, dass die Zusammenarbeit tadellos klappen würde. Die Engel riefen im Chor:
»Pirjeri Ryynänen, unser Herr, Amen!«
Die Weltraumspezialisten der Großmächte interpretierten die Lichterscheinung, die Gottes Abreise hervorgerufen hatte, als Folge des Abschusses einer schweren Rakete. Als Abschussort wurde – zu jedermanns Erstaunen – das Rhodopengebirge in Bulgarien ermittelt. Man schickte an die bulgarischen Behörden eilige Nachrichten, fragte nach dem Anlass für den Abschuss. Kolumnisten, die den Alltag in der Weltpolitik kommentierten, spekulierten in den Medien, ob Bulgarien in aller Stille eine Technologie entwickelt habe, die mit der Waffentechnik der Supermächte erfolgreich konkurrieren könnte. Die bulgarische Regierung wies die Vermutungen entschieden zurück.
Dafür hielt der Staatschef eines Nachbarlandes eine Fernsehrede, in der er den geglückten Abschuss einer Weltraumrakete für sein Land beanspruchte und allen Völkern der Welt mit Rache drohte, wenn sie nicht die billige Kritik an ihm einstellten. Der Teufel hielt dabei im Studio das Mikrofon.

13

Der allmächtige Gott war im Weltraum verschwunden. Pirjeri Ryynänen war nun allein, er nahm Gottes Stelle ein. Seiner Verantwortung unterstand die ganze Erde, die Fische im Wasser, die Vögel am Himmel, die Bäume und Pflanzen, die Säugetiere und Menschen, die Winde, der Sonnenschein und der Regen. Er bestimmte über Wohl und Wehe, war der Herrscher des Himmels und der Erde.

Diese schwindelerregenden Aussichten ließen die Brust des frischgebackenen Gottes anschwellen. Die Süße der Macht erfüllte ihn. Es juckte ihn in den Fingern, nach Gutdünken seine Kräfte, die Dimensionen seiner Göttlichkeit, zu erproben.

Pirjeri dachte berauscht, dass er der mächtigste Finne aller Zeiten sei, jemand, der echte Macht hatte, mehr als die Parlamente und Präsidenten der Großmächte, mehr als die Könige und Premierminister. Er war überraschend in eine Position aufgestiegen, wie sie sich nicht einmal Präsident Urho Kekkonen je hätte erträumen können. Bis dato war Otto Ville Kuusinen der einflussreichste Finne gewesen, aber auch er war nur eine Randfigur im Vergleich zu Pirjeri. Noch weniger Macht besaßen der Präsident der USA oder Russlands. Der verantwortliche Meister bei *Haka* gar hatte so wenig Bedeutung, dass es überhaupt nicht der Rede wert war, und das, obwohl er Pirjeri noch vor ein paar Tagen sehr viel zu sagen gehabt hatte.

So treibt einen das Leben um, dachte Pirjeri im Bewusstsein seiner Macht. Noch kürzlich hatte er hoch oben in einem Kran auf der Baustelle von *Haka* gesessen. Jetzt residierte er im himmlischen Turmzimmer eines bulgarischen Schlosses, saß entspannt in einem von Gott höchstpersönlich angewärmten Lehnsessel und betrachtete die Welt durch die Fenster ringsum. Alles, was er sah, stand unter seiner Herrschaft, und außerdem alles, was er nicht sah, auf allen Seiten, hinten und vorn, oben und unten.

Beinah hätte dieses süße Gefühl der Macht das Urteilsvermögen des neuen Gottes vernebelt, hätte der Stolz die Überhand gewonnen. War das der erste Versuch des Erzfeindes, den stellvertretenden Gott zu täuschen? Pirjeri erkannte, wie abscheulich sündig seine machtlüsternen Gedanken waren, und schüttelte sie von sich ab. Seine Aufgabe war es ja, die Welt zu behüten. Er musste Gutes tun, er war zwar Gott, aber er musste sorgfältig darauf achten, dass ihm das neue mächtige Amt nicht zu Kopf stieg. Er hatte den Teufel in Grönland getroffen und würde sich fortan vor ihm in Acht nehmen müssen.

Pirjeri Ryynänen rief den Erzengel Gabriel und den heiligen Petrus zu sich. Die himmlischen Kanzleichefs erschienen zur ersten Arbeitsbesprechung. Pirjeri bat seine Gehilfen, ihm über ein paar frisch eingegangene und zufällig ausgewählte Gebete aus verschiedenen Teilen der Welt zu referieren. Er wollte seine Fähigkeiten in der Praxis erproben, sich überzeugen, dass er auch jetzt noch, da der All-

mächtige die Erde verlassen hatte, über göttliche Kräfte verfügte.
Sie gingen in die Bibliothek der Schlossruine, wo hunderte von Engeln damit beschäftigt waren, die Gebete der Menschen anzuhören und aufzulisten. Pirjeri erfuhr, dass dies nur ein Bruchteil der himmlischen Arbeitskräfte war, weitere Engel schufteten in den unteren Etagen des Schlosses, und hunderttausende waren in der ganzen Welt verteilt. Dennoch wurden hier im eigentlichen Himmel die wichtigsten Gebete notiert, und es wurde über die laufenden Angelegenheiten des Himmels Buch geführt. Die Arbeitsintensität der Engel war sagenhaft: Sie konnten mehrere Gebete gleichzeitig analysieren, sie waren effizienter als die besten Makler an der Wertpapierbörse von London. Sie schrien jedoch nicht so herum wie diese, sondern saßen ruhig und konzentriert und mit andächtiger Miene auf ihren Plätzen. Dabei machten sie laufend Notizen auf den vor ihnen liegenden Papieren. Es handelte sich um eine Kurzschrift, nur erfahrene Engel konnten sie entziffern.
Pirjeri sagte sich, dass es vielleicht klug wäre, auch im Himmel das Computerzeitalter einzuläuten. Wenn die Angelegenheiten der Menschheit über EDV abgewickelt werden könnten, würde sich das Arbeitstempo der Engel um ein Vielfaches steigern, und weit mehr Gebete als bisher könnten im Himmel erfasst werden.
Als die Engel sahen, dass Pirjeri Ryynänen das Büro betrat, unterbrachen sie ihre Arbeit, erhoben sich ehrerbietig und verbeugten sich andächtig in seine Richtung. Pirjeri erklärte, dass das Dienern nicht nötig sei. Während seiner Amtszeit brauche sich niemand vor Gott zu verbeugen.

Der heilige Petrus erkundigte sich bei dem Engel, der ihm am nächsten stand, welches aktuelle Gebet er gerade aufnahm. Wie sich zeigte, war in Madagaskar eine sehr schwierige Geburt im Gange, in einer Pfahlhütte, in der es von Ameisen wimmelte. Die Frauen des Dorfes hatten begonnen, Gott um Hilfe anzuflehen, als sich herausgestellt hatte, dass das Kind in Steißlage zur Welt kommen würde. Der Zauberer schlug bereits den halben Tag lang seine Trommeln, ohne jeden Erfolg.
»Wie ist es, helfen wir der armen Frau?«, wollte Petrus wissen. Unbedingt, entschied Pirjeri. Sofort gab es bei der Geburt eine Wendung zum Besseren. Bald glitt das Kind heraus und begann, als Zeichen seiner Gesundheit, zu schreien. Erleichterung breitete sich in der Hütte aus. Die Frauen priesen Gott und sagten dem Zauberer, der so kläglich versagt hatte, dass er seine Trommeln und sein übriges Zubehör einpacken und sich trollen solle.
In einem anderen Gebet ging es um aktuelle Probleme der Bühnenkunst in Sibirien, im Künstlerischen Theater von Krasnojarsk. Der hier engagierte Schauspieler Mihail Starbukow, 30, hatte für seine Leistung in Tschechows Stück »Die Möwe« vernichtende Kritiken geerntet. Darüber war er tief deprimiert und dachte an Selbstmord. Seine Geliebte, die am selben Theater engagierte und auf die Rollen älterer Frauen spezialisierte Alla Wasiljewna, hatte versucht, den Schauspieler nach seinem Misserfolg zu trösten, mit schlechtem Erfolg. Nun bat sie Gott um Besserung des Gemütszustandes ihres Liebsten. Ihrer Meinung nach wäre es ein unersetzlicher Verlust für das Theaterleben, wenn Mihail sich aufhängen würde. Krasnojarsk würde aus der sibirischen Theaterlandschaft verschwinden.

Die Sache wurde umgehend korrigiert, Mihails Stimmung gehoben. Der Theaterchef bat den Schauspieler zu sich und versprach ihm seine Wunschrolle in der nächsten Inszenierung von »Onkel Wanja«. Auf diese Chance hatte Mihail sein Leben lang gewartet.
Im selben Atemzug entfernte Pirjeri einer schwedischen Matrone aus Umeå die schmerzhaften Gallensteine, reparierte einem alten Chinesen in Kanton das Fahrrad und erhöhte bei einer College-Schülerin in Ohio den IQ von vierundachtzig auf hundertzehn, sodass das Gänschen in der Lage war, ein Studium an der Harvard-Universität aufzunehmen. Nachdem er noch einen bedrohlichen Buschbrand in Australien gelöscht und bei einem glatzköpfigen Buddhistenmönch die weit fortgeschrittene Kopfschuppenkrankheit geheilt hatte, beendete er fürs Erste die Wundertaten. Er hatte sich vom Vorhandensein seiner göttlichen Fähigkeiten überzeugt.
Laufend strömten mehr Gebete in den Himmel, als die Engel bearbeiten konnten. Pirjeri sagte ihnen, dass sie nach eigenem Dafürhalten auswählen und in den verzweifeltsten Fällen helfen sollten, so viel sie in der Eile schafften.
Zufrieden kehrte Pirjeri mit Petrus und Gabriel ins Turmzimmer zurück.
»Ich habe mir gedacht, dass wir einen detaillierten Plan für die Betreuung der Erde erarbeiten sollten«, sagte er den beiden. »Ihr könntet ein Memorandum mit den gegenwärtigen Kriegsgebieten und Krisenherden erstellen.«
»Einen Plan?«, stöhnte Petrus. »Warum? So etwas haben wir bisher nie gehabt und sind trotzdem gut zurechtgekommen.«
Pirjeri erklärte, dass es früher vielleicht ohne Plan gegan-

gen sei, aber mit ihm als Gott werde sich der Stil ändern. Mit bloßer Improvisation werde der Himmel nicht länger geführt.

Auch der Erzengel Gabriel war nicht begeistert von der neuen Idee.

»Ich habe meine Zweifel, wenn es gestattet ist … hier sind die einzelnen Maßnahmen noch nie genau geplant worden … das Verfassen von Memoranden war einfach nicht üblich.«

Beide Kanzleichefs fanden, dass Pirjeris Gedanke von einem Plan und einem Krisenmemorandum die Bürokratie vermehren würde. Sie befürchteten, der unnötige Papierkrieg könnte den himmlischen Arbeitsablauf stören.

Pirjeri bemerkte darauf, dass die Sache in seiner Entscheidungsgewalt lag, und er brauchte für sich selbst nun mal klare Pläne. Damit war die Diskussion über das Thema beendet.

Der heilige Petrus brachte die gegenwärtigen Räumlichkeiten des Himmels zur Sprache. Er beklagte, dass die Schlossruine düster und eng sei, und erinnerte Pirjeri an sein Versprechen, einen Umzug des Himmels, weg aus dem unfreundlichen bulgarischen Gebirge, in Angriff zu nehmen.

Pirjeri wollte wissen, ob die beiden einen Vorschlag hinsichtlich des neuen Standortes hätten.

»So weit haben wir uns noch nicht vorgewagt«, bekannten die heiligen Männer. »Aber wenn Sie, Allmächtiger Ryynänen, einen geeigneteren Ort im Auge haben, so ist der Umzug selbst keine Schwierigkeit.«

Pirjeri überlegte. Wie wäre es, wenn man den Himmel

nach Finnland verlegen würde? Was hielten die heiligen Männer von diesem Gedanken, war Finnland in ihren Augen ein geeigneter Standort?

»Mit dem Himmel also nach Finnland ziehen ... zweifellos eine sehr ausgefallene Idee, darauf sind wir noch gar nicht gekommen«, äußerte Petrus verwirrt.

Der Erzengel Gabriel hatte Zweifel:

»Teuerster Vater, Finnland erscheint mir als Standort des Himmels gewissermaßen ... wie soll ich es umschreiben ... ziemlich heidnisch.«

Pirjeri fand, dass seine Gehilfen zu voreingenommen seien. Er selbst sei in Finnland geboren und aufgewachsen, an dem Land gebe es nichts auszusetzen. Er pries die schöne finnische Natur, erzählte von den zehntausend Seen, den herrlichen Felsklippen an den Küsten, den rauschenden Kiefernwäldern und den in bunter Farbenpracht schwelgenden herbstlichen Fjälls von Lappland.

»Gott hat gute Arbeit geleistet, als er ein so schönes Land schuf, wie es Finnland, mein teures Heimatland, ist«, sagte Pirjeri gerührt. Seiner Meinung nach könne man den Himmel sehr gut dorthin verlegen. Im Übrigen habe er im Frühjahr mit seiner Lebensgefährtin, Frau Solehmainen, einen Wochenendausflug nach Varsinais-Suomi gemacht und dort ein Schloss, das große Herrenhaus von Louhisaari, kennen gelernt. Es wurde nur im Sommer touristisch genutzt, stehe also momentan praktischerweise leer. Insofern könne man die jetzige Schlossruine leichten Herzens verlassen und die Engel mit ihren Papieren nach Finnland ausfliegen.

»Das kommt sehr überraschend«, stotterte Petrus. »Wir hatten uns zwar darauf eingestellt, dass Sie, wenn Sie Gott werden, einen Umzug veranlassen, aber der Gedanke an Finnland als künftigen Himmel ist mir doch suspekt …«

»Soll wirklich der ganze Himmel in ein einziges Herrenhaus ziehen?«, meldete auch Gabriel seine Zweifel an.

»Reisen wir doch hin und überzeugen uns selbst, ob Louhisaari sich eignet«, entschied Pirjeri Ryynänen. Der Beschluss musste im Himmel ohne Murren befolgt werden, denn er stammte vom mächtigsten Finnen in der Geschichte der Welt.

14

Wetterkapriolen auf der Erde verhinderten die geplante Finnlandreise. Es ergab sich nämlich, dass um diese Zeit in der Karibik ein Orkan entstand, von dem die Spezialistenengel annahmen, dass er noch wilder würde als der Orkan Gilbert, der früher dort gewütet hatte – und schon der hatte tausende Häuser zerstört und hunderte Menschen getötet. Pirjeri musste den Informationsbesuch in Louhisaari verschieben und sich in die Karibik begeben, um den neuen Orkan zu bändigen.
Pirjeri überließ die himmlischen Angelegenheiten der Obhut von Petrus und Gabriel und eilte in die Karibik, in das vor der Küste Südamerikas gelegene Trinidad. Dort hatte der Tornado bereits erste Verwüstungen angerichtet, Dächer waren abgedeckt, Anlegestege ins Meer gespült worden, und einige Menschen waren bereits umgekommen. Pirjeri stellte sich sofort den Kräften des Bösen entgegen. Trotzdem raste der Tornado über Trinidad hinweg. Pirjeri begab sich nach Barbados, dann nach Antigua, um ihn dort zu empfangen. Unter ständigem Kampf musste er sich vor dem Sturm schließlich nach Puerto Rico, dann in die Dominikanische Republik und am Ende nach Haiti zurückziehen. Der Verteidigungskampf war heftig und dauerte mehrere Tage, immer wieder wuchs die Kraft des

Tornados ins Unermessliche, die Windgeschwindigkeit in seinem Auge stieg bis auf siebenhundert Meter in der Sekunde.

Während des Kampfes kam Pirjeri der Gedanke, dass sich Gott wirklich einen passenden Zeitpunkt für seinen Urlaub ausgesucht hatte. Jetzt musste der finnische Stellvertreter allein gegen den Sturm ankämpfen, konnte zu niemandem beten, um Hilfe flehen. Pirjeri Ryynänen gab jedoch nicht auf, sondern mobilisierte all seine Kräfte. Endlich in Haiti gewann er die Oberhand, der Tornado ließ nach, büßte seine wilde Kraft ein und verschwand schließlich am karibischen Himmel. Pirjeri hatte seinen harten Abwehrkampf gegen die Kräfte des Bösen gewonnen, der Tornado, vorab als Jahrhundertsturm eingestuft, war zu einer lokalen Erscheinung geschrumpft.

Keine üble Gegend, dachte Pirjeri Ryynänen, während er, ermüdet vom mehrtägigen Kampf, am Strand von Haiti ausruhte. Die Landschaft war paradiesisch, und die Ruhe tat Pirjeri gut. Er dachte an Eija Solehmainens weibliche Wärme. Wäre er nicht Gott, könnte er Eija hierher einladen und mit ihr unter Palmen Urlaub machen. Sollte er vielleicht nach Töölö reisen und sich ihr zeigen? Sie machte sich bestimmt schon Sorgen um ihn, er hatte wegen des turbulenten Beginns seiner Dienstzeit bisher keinen Gedanken an die daheimgebliebene Partnerin verschwendet.

Pirjeri ruhte sich den ganzen Tag am Strand aus, dann kehrte er nach Bulgarien zurück. Gabriel und Petrus erstatteten ihm Bericht über alles, was inzwischen auf der Welt passiert war. In Israel war mit Gummigeschossen auf palästinensische Demonstranten geschossen worden, im

Libanon gab es zwei konkurrierende Regierungen, aber keinen Präsidenten. Bei der Olympiade war ein Sprinter positiv auf Doping getestet worden und hatte seine Goldmedaille und, was am schlimmsten war, seine lukrativen Werbeverträge verloren. In Bangladesch waren die Überschwemmungen für diesmal vorbei, aber die leidgeprüfte Nation befand sich am Rande des Zusammenbruchs.

»Eine verhältnismäßig ruhige Woche«, fasste Petrus das Weltgeschehen zusammen.

Pirjeri erklärte, dass er nach Finnland reisen werde. Er wolle zunächst einige persönliche Dinge erledigen, Petrus und Gabriel sollten am nächsten Tag nachkommen. Dann würden sie sich gemeinsam das Herrenhaus Louhiainen ansehen und prüfen, ob man den Himmel dorthin verlegen könnte.

Als Pirjeri weg war, blieben Petrus und Gabriel im besorgten Gespräch beisammen. Der neue Gott finnischer Abstammung war eigensinnig, wollte den Himmel mit aller Gewalt nach Finnland verlegen. Die Kanzleichefs beschlossen, Maßnahmen zu ergreifen, um das Vorhaben zu verhindern. Beide waren sich darin einig, dass Finnland nicht der geeignete Ort für den Himmel sei, auf keinen Fall besser als Bulgarien. Finnland sei zu kalt. Die Verlegung des Himmels gehöre zwar zu den Dingen, die allein Gott zu entscheiden habe, daran sei nicht zu deuteln, aber da es sich um einen neuen und unerfahrenen Gott handele, müsse man ihn davor bewahren, Dummheiten zu machen. Petrus und Gabriel konstatierten, dass ihnen knapp vierundzwanzig Stunden Zeit blieben, die mangelnde Eignung Louhisaaris und ganz Finnlands als Heimstatt des Himmels zu beweisen. Unterstützung hätten sie zur

Genüge, sie müssten nur Engel befragen, die aus Finnland stammten, am besten solche, die schlechte Erfahrungen mit der genannten Region und ihrem Heimatland hatten. Die waren dann auch leicht zu finden.
Eija Solehmainen war gerade von ihrer Arbeit nach Hause gekommen, als Pirjeri auftauchte. Das Wiedersehen war herrlich. Sanft umarmte Pirjeri seine Partnerin, die hübsch und anziehend wirkte wie immer. Er erzählte der wissbegierigen Eija, wie es ihm ergangen war: Man hatte ihn tatsächlich zum Entwicklungschef des Kranprojektes von Poclain ernannt! Das Gehalt war vorzüglich, die Arbeit qualifiziert, verantwortungsvoll und befriedigend. Brauchte Eija Geld? Wie kam sie zurecht?
Eija sagte, dass sie finanziell sehr gut klarkäme, Pirjeri solle sich ganz auf seine Karriere konzentrieren.
Am Abend, als sie ins Bett gingen und das Licht löschten, meinte Eija:
»Pirjeri, mir scheint, als hättest du dich verändert … du bist irgendwie vergeistigt, hast ein inneres Licht, du bist ätherisch geworden …«
Pirjeri äußerte die Vermutung, dass möglicherweise seine neue Arbeit schuld an der Veränderung sei. Viele der Verantwortlichen für internationale Entwicklungsprojekte seien sehr ätherisch.
Eija redete weiter. Sie sei glücklich, dass Pirjeri endlich am Anfang der Karriereleiter stehe, lange genug habe sie dafür gebetet. Die neue Position passe gut zu ihm, er sei väterlich und weise geworden und stinke nicht mehr nach Kranöl. Dann verriet sie, dass sie vielleicht schwanger sei. Sie könne noch nicht endgültig sicher sein, aber sie habe so das Gefühl. Eine Frau ahnt so etwas, flüsterte sie.

Diese herzerfrischende Neuigkeit weckte in Pirjeri viele Fragen. Falls Eija ein Kind zur Welt brachte, was würde das für sein Amt bedeuten? Musste er Gott über die Sache informieren? War es überhaupt wünschenswert, dass Pirjeri, ein Gott also, sich fortpflanzte? Wie würde Jesus, der Sohn Gottes, auf das künftige Kind reagieren? Er bekam ja jetzt eine Art Bruder oder zumindest einen Cousin, wenn man bedachte, dass Pirjeri neuerdings göttlichen Geblüts war, genau wie Jesu Vater. Das waren verwirrende Fragen, auf die Pirjeri in dieser Nacht noch keine Antwort fand. Doch zumindest errechnete er, dass er noch kein Gott gewesen war, als das Kind gezeugt wurde. In dem Sinne würde Eija also einen Menschen gebären, keinen Gott, nicht mal einen Halbgott.

Am Morgen verabschiedete er sich von Eija, sagte ihr, dass er bei passender Gelegenheit erneut hereinschauen werde, hinterließ ihr eine fingierte Adresse und ging. Er begab sich unmittelbar darauf nach Askainen zum Herrenhaus Louhisaari, wo Petrus und Gabriel in der Birkenallee, die zum Haus führte, bereits auf ihn warteten. Es nieselte, vom Meer her blies der Herbstwind und riss gelbe Blätter von den Birken. Es war wirklich ungemütlich draußen, das typisch finnische Herbstwetter.

»Lieber himmlischer Vater, wie geht es der Gemahlin?«, fragte Petrus höflich.

»Danke, gut. Du hast also geahnt, dass ich zu Hause war«, antwortete Pirjeri.

Die heiligen Männer und der finnische Gott schritten durch die Allee zu dem schlossähnlichen Herrenhaus. Pirjeri stellte den beiden das Gebäude vor. Es sei einer der ältesten Adelssitze Finnlands, bereits im siebzehnten

Jahrhundert erbaut. Ursprünglich habe es unmittelbar am Meer gestanden, aber das Land habe sich hier gehoben, und so sei es weiter ins Landesinnere gerückt. Pirjeri blieb stehen und dachte laut über diese Erscheinung an Finnlands Küste nach – sie rühre daher, dass während der Eiszeit die dicken Eismassen den Boden Skandinaviens eingedrückt hätten. Seit das Eis dann vor ungefähr zehntausend Jahren geschmolzen sei, hebe sich der Boden langsam wieder auf seine frühere Höhe.

»Vielleicht sollte ich etwas dagegen unternehmen, da ich jetzt Gott bin«, sinnierte er. »Andererseits hat es niemanden sonderlich gestört, dass das Land sich hier gehoben hat, es dürfte wohl am besten sein, ich lasse der Sache ihren Lauf.«

Der Erzengel Gabriel bemerkte daraufhin, dass Pirjeri, falls er es wünsche, die Macht und die Kraft habe, ganz erheblich in die Geologie des Bottnischen und des Finnischen Meerbusens einzugreifen.

»Verehrter Herrscher, Sie könnten die atlantische Kontinentalplatte nach und nach unter Skandinavien schieben, und bald würde das Wasser der Ostsee und ihrer Busen entweder ins Nördliche Eismeer oder in den Atlantik fließen. Ganz wie es beliebt. Schwere Erdbeben wären allerdings zwangsläufig die Folge.«

»Die Küstenstaaten würden aus dem Boden der Ostsee ausgezeichnetes Anbauland gewinnen und könnten weit mehr als nur für den europäischen Bedarf produzieren«, ergänzte der heilige Petrus.

Pirjeri erzählte, dass es bereits jetzt in der finnischen Landwirtschaft eine Überproduktion gebe, er verspürte kein Interesse daran, die Ostsee trockenzulegen.

Sie betraten das Hauptgebäude des leerstehenden Herrenhauses. Die heiligen Männer und Pirjeri Ryynänen schritten von Zimmer zu Zimmer, inspizierten alle drei Etagen, spähten in die Schränke und Kamine, prüften die Stabilität der Fußbodendielen. Dann sahen sie sich noch den großen Dachboden an und begaben sich gleich von dort im Gleitflug durch die Dachluke nach unten auf den Vorplatz.
»Was sagen Sie? Eignet sich das Gebäude als Himmel?«, wollte Pirjeri von seinen Kanzleichefs wissen.
»Nehmen Sie es mir nicht übel, verehrter Ryynänen, aber ich muss sagen, dass dieses Gebäude eine Enttäuschung war«, begann Petrus vorsichtig. Gabriel war ebenfalls nicht begeistert. Er beklagte die Feuchtigkeit und Kälte, es gab keine Heizungen, abgesehen von ein paar mittelalterlichen Steinkaminen. Die Räume waren trist und finster und das ganze Schloss eng. Die äußere Architektur war schmucklos, vermutlich Spätrenaissance, holländischer Stil ... der passte nicht recht in diese melancholische flache Landschaft.
Petrus fuhr fort:
«Und dann die traurigste Seite an der Sache. Die Geschichte des Schlosses ist bedenklich. Hier haben zwei grausame Familien geherrscht, Augenblick, wir haben uns gestern ein wenig darüber informiert.«
Petrus förderte aus den Falten seines Mantels ein Schriftstück zutage, dass die Engel tags zuvor in aller Eile zum Thema verfasst hatten.
»Nach unseren Informationen befand sich dieses Herrenhaus vom fünfzehnten Jahrhundert bis zum Jahre 1789 im Besitz der Flemings, und danach hat hier von 1795 – 1903 die Familie Mannerheim gelebt. Klaus Fleming, der

Stammvater der ersten Familie und in der Hölle wohlbekannt, beraubte und ermordete Bauern zu Zeiten des Keulenkrieges. Seine Nachkommen waren auch nicht besser. Einer der Schlossherren zum Beispiel ließ eine finstere Gefängniszelle einbauen, in die er, eifersüchtig wie er war, seine Frau sperrte, wenn er auf Reisen ging. Die bedauernswerte Schöne saß manchmal monatelang dort drinnen und bekam ihr Essen durch eine kleine Luke gereicht. Und Mannerheim kennen Sie sicher, Herr ... wir haben die Information, dass er in Finnland allgemein ›Blutkellengeneral‹ und ›weißer Schlächter‹ genannt wurde. Unserer Meinung nach sollte man den Himmel nicht in einem Gebäude einrichten, das eine so bedenkliche, um nicht zu sagen teuflische Vergangenheit hat.«
Pirjeri begann sich über den Widerstand der himmlischen Kanzleichefs zu ärgern. Die beiden hatten sich umfangreiches Material über die zweifellos traurige Vergangenheit des Schlosses besorgt, aber als er sie aufgefordert hatte, ein Arbeitsprogramm zu erstellen, hatten sie das als überflüssigen Papierkrieg bezeichnet. Er sprach sie darauf an. Verlegen erklärten sie, dass der Umzug des Himmels ein so großes Unterfangen sei, dass man nicht übereilt darüber entscheiden solle. Aus diesem Grunde hatten sie sich vorab über den künftigen Standort informiert. Gott möge es ihnen verzeihen, sie hatten allein im Interesse des Himmels gehandelt.
»Was würde der frühere Gott sagen, wenn er erführe, dass sich der Himmel im selben Gebäude befindet, in dem finnische Blaubärte, Ausbeuter und weiße Schlächter gewohnt haben?«
Pirjeri erwiderte darauf, dass Mannerheim von den Fin-

nen als Feldherr verehrt wurde und dass er außerdem ein unschuldiger kleiner Junge gewesen war, als er in dem Schloss gewohnt hatte. Und seines Wissens, so Pirjeri, war der Keulenkrieg geführt worden, bevor das Hauptgebäude errichtet wurde.

»Die bulgarische Schlossruine ist in dieser Hinsicht vermutlich keinen Deut besser«, vermutete er. Der Erzengel unterstrich die Notwendigkeit, den Himmel von seinem jetzigen Standort zu verlegen, aber obwohl das bulgarische Schloss schlimm verfallen war, war es aus moralischer Sicht besser geeignet als Louhisaari. Immerhin hatte sich dort früher ein Nonnenkloster befunden. Im Schloss hatten sittlich einwandfreie Nonnen und keine blutrünstigen Schlächter gelebt.

»Na gut, mag sein, dass dieses Louhisaari nicht den Ansprüchen genügt. Aber ich bestehe darauf, dass sich Finnland so wie jedes beliebige andere Land als Himmel eignet«, sagte Pirjeri.

Jetzt zog der Erzengel Gabriel ein neues Schriftstück aus der Tasche:

»Wir haben hier ein paar Informationen über Finnland. Wenn Sie erlauben, allerhöchster Ryynänen, möchte ich auf ein paar leidige Tatsachen aufmerksam machen.«

Laut seinen Aufzeichnungen war Finnland früher ein widerspenstiges Heidenland, und das bis ins dreizehnte Jahrhundert hinein. In den entlegenen Gegenden wurden sogar noch Ende des vorigen Jahrhunderts Hexen und Geister verehrt. Das finnische Volk war mürrisch und finster, in keiner Weise geeignet als Gastgeber für das himmlische Haus. Unverbesserlicher Neid verzehrte die Menschen, das politische Leben war zerstritten, das Profitstreben der

Geschäftsleute suchte seinesgleichen, Schwarzarbeit war gang und gäbe. Das Volk trank und beging Bluttaten. Das Klima war rau, die Winter waren lang und schneereich, die Sommer kurz und voller Mücken. Im Herbst regnete es pausenlos, und an den wenigen schönen Tagen im Frühjahr fegte ein schneidender Wind durchs Land. Außerdem hatten die Finnen eine ganze Reihe eigener Götter, angefangen bei Ukko Obergott, das reichte doch eigentlich für dieses Land und dieses Volk. Die Finnen beherrschten keine Fremdsprachen, waren gehemmt, ahmten völlig kritiklos die amerikanische Lebensweise nach, sie hatten …

Pirjeri Ryynänen unterbrach den Vortrag. Er erklärte in strengem Ton, dass er keine Beleidigung seines Vaterlandes dulde. Solche Schmähworte ließen sich über jedes Land und jedes Volk sagen.

»Ich teile Ihnen mit, verehrte Heilige, dass Sie mich nicht hindern werden, wenn ich beschließe, den Himmel nach Finnland zu verlegen. Notfalls verlege ich ihn sogar in die Aapa-Moore von Pudasjärvi. Da können Sie dann gemeinsam mit den Engeln bis zu den Knien in eiskaltem Schlamm waten. Und wenn Ihnen das nicht passt, dann hole ich mir andere Heilige, die die Kanzlei übernehmen. Ist das klar?«

Das waren harte Worte. Die heiligen alten Männer steckten ihre Memoranden erschrocken unter die Mäntel. Petrus versuchte die Situation zu entschärfen.

»Allmächtiger Pirjeri Ryynänen, regen Sie sich nicht auf. Verzeihen Sie uns, falls wir Ihnen Unrecht getan haben und Ihnen auf Ihre heiligen Zehen getreten sind!«

Der Erzengel Gabriel versuchte in seiner Not rasch das Thema zu wechseln:

»Nun zu etwas ganz anderem, hinsichtlich des Befindens Ihres Freundes Torsti Rahikainen hat Konko-Hito einen Rapport geschickt, demzufolge es dem Geschäftsmann in Neuseeland wirklich gut geht, er hat überhaupt keine Probleme ...«

Pirjeri knurrte, dass es Zeit sei, nach Bulgarien zurückzukehren. Von jetzt an übernehme er das Kommando im Himmel, da konnten die beiden Heiligen ganz sicher sein. Und was Rahikainen anbetreffe, so interessiere ihn dessen Treiben im Moment überhaupt nicht, er habe Wichtigeres zu tun.

15

Nach dem Zwischenfall in Louhisaari hegten Petrus und Gabriel ernsthafte Befürchtungen, dass Pirjeri Ryynänen, der neue Gott der Schöpfung, den Himmel von Bulgarien in die Moore von Pudasjärvi verlegen könnte. Die heiligen Männer hatten keine klare Vorstellung, wie die nordfinnischen Aapa-Moore beschaffen waren, sie waren schließlich keine Einödwanderer. So suchten sie sich denn einen Engel, der aus Pudasjärvi stammte, es war der Landwirt Eugen Määttä, der im Winterkrieg in den Kämpfen von Suomussalmi gefallen war. Määttä war ein Laestadianer von der frömmsten Sorte, auch sein Vornamen war biblischen Ursprungs, er stammte aus dem sechsten Kapitel des Buches Eugenia. Der Engel Eugen erklärte erfreut, dass sich nach seinem Dafürhalten Pudasjärvi ausgezeichnet als Standort für den Himmel eignete. Petrus und Gabriel wollten jedoch nicht seine Meinung, sondern Fakten hören. Was also wusste Määttä über die Aapa-Moore im Allgemeinen und jenen von Pudasjärvi im Besonderen?

Määttä beschrieb eifrig den allgemeinen Charakter des Aapa-Moores, seine Weite, seine Bodengestaltung, die Feuchtigkeitsverhältnisse, die Flora und Fauna. Mit glühenden Worten pries er das Torfmoos, den Sumpfporst und all die Düfte, die der Nase schmeichelten, erzählte von Kranichen und Fröschen, Flechten und Moosbeeren. Er berichtete von der Zeit zwischen den Kriegen, da er in sein Dorf heimgekehrt war und in der Einöde Gänse gejagt hatte, er beschrieb die Stimmung am Lagerfeuer auf den Moorinseln und versicherte nachdrücklich, dass es wirklich lohnte, den Himmel nach Pudasjärvi zu verlegen.

Als Määttä weg war, sagte Petrus:

»Ein komischer Kauz von einem Engel. Wie kann der Mann diese elende Gegend dermaßen loben ... die Finnen sind merkwürdige Leute. Mit welcher Begründung ist dieser Tölpel in den Himmel gekommen? Hoffentlich ist Pirjeri Ryynänen, unser hitzköpfiger Herr, nicht so töricht, den Himmel tatsächlich in eine so höllische Öde zu verlegen.«

Auch der Erzengel fand, dass Määttäs Beschreibung der Aapa-Moore von Pudasjärvi grausig gewesen war. Einen abstoßenderen Erdenwinkel hatte Gabriel nie gesehen, und immerhin kannte er die Erde durch und durch.

Die beiden Heiligen riefen sich Pirjeris Wahl zum lieben Gott in Erinnerung. Dieser eigensinnige Finne war zwar in die Endrunde gelangt, aus welchen Gründen auch immer, aber hätte sich Gott nicht persönlich eingemischt, Pirjeri hätte das Amt wohl kaum erhalten.

Der Erzengel bedauerte nachträglich, dass die Karteikarten der Kandidaten offen dagelegen hatten, als der Allmächtige sich nach seinem Stellvertreter erkundigt hatte. Es war Ironie des Schicksals, dass Gott gerade nach Ryynänens Karte gegriffen hatte.

Die beiden waren sich einig, dass der Himmel auf keinen Fall nach Pudasjärvi umziehen durfte. Das wäre eine Katastrophe. Die Engel würden den Ort nicht mögen, und was würde erst Gott sagen, wenn er aus dem Urlaub zurückkehren würde. Ryynänen konnte doch nicht wirklich annehmen, dass Gott bereit wäre, in einem stinkenden Moor zu wohnen, wo die Frösche quakten und schwarzer Moder die Luft verpestete?

Die heiligen Männer beschlossen, Ryynänen ihren eigenen Vorschlag für den neuen Himmelsstandort zu unterbreiten. Möglicherweise fänden sie den geeigneten Platz, einen, der auch Pirjeri gefiele, dann wäre vielleicht die drohende Gefahr des Umzugs in die Aapa-Moore gebannt. Sie betrauten ein paar Engel mit der Aufgabe, nach einem Standort zu suchen, am liebsten in Europa, jedoch nicht in Finnland und auf keinen Fall in Pudasjärvi.

Pirjeri Ryynänen saß im göttlichen Sessel des Turmzimmers, ohne etwas von den Aktivitäten seiner Kanzleichefs zu ahnen. Er überlegte, ob er vielleicht selbst eine Art Arbeitsplan für die Betreuung der Welt erstellen sollte. Er müsste die Krisenherde erfassen und die Probleme nach ihrer Dringlichkeit ordnen. Das würde ihn in die Lage versetzen, künftige Kriege vorauszusehen, sodass er ihr Entstehen verhindern konnte. Ohne Plan verhindert man keine Kriege, davon war Pirjeri überzeugt.

Während er diesen Gedanken nachhing, klopfte es an der Tür, und der japanische Heilige Konko-Hito trat ins Zimmer. Konko trug, seit er heilig war, einen anderen Mantel und wirkte sehr würdevoll. Die Beförderung eines himmlischen Engels zum Heiligen bedeutet immerhin eine Erhöhung im Rang, wie sie ein Korporal erfährt, der auf direktem Wege zum Oberst ernannt wird.

»Nun, wie geht's, Konko?«, fragte Pirjeri freundlich. »Und nachträglich noch Glückwunsch zur neuen Position.«

Konko-Hito verbeugte sich leicht und richtete dann seinen Blick auf Pirjeri.

»Ich habe hier einen Bericht über den Geschäftsmann Torsti Rahikainen, wenn Sie erlauben, mein Gott und Herr.«

»Lassen Sie hören. Man hat mir erzählt, dass es Torsti gut geht.«

»Ein bisschen zu gut meiner Meinung nach«, klagte Konko-Hito. Dann erzählte er, dass er Rahikainen von Tokio nach Neuseeland gefolgt war, wie mit Gott abgesprochen. Er hatte in jeder Weise versucht, Rahikainen zu beschützen, und glaubte, dass ihm das auch halbwegs gelungen war, anfangs zumindest. Rahikainen hatte zunächst zwei Tage in Auckland im *Regent* residiert, dem besten Hotel der Stadt, und war dann in die nördlichen Teile des Landes gefahren, um Urlaub zu machen. Er hatte Whangarei besucht und im dortigen Urlauberhotel gewohnt, und er hatte im Stillen Ozean gefischt. Rahikainen hatte sich besonders für die alte Maorikultur begeistert, er hatte im örtlichen Freilichtmuseum ein fast hundert Meter langes Kriegskanu entdeckt und Pläne geschmiedet, ein solches nach Finnland zu verfrachten, wo es eventuell als Kirchboot auf dem Saimaa oder als Auftrittsort für ein Spielmannsorchester in Kaustinen Verwendung finden könnte.

»Dann reiste Rahikainen nach Rotorua, zu den heißen Quellen, mietete sich im Hotel ein und schloss Bekanntschaft mit den Maori, den Ureinwohnern. Ich passte vorübergehend nicht auf, dachte, alles sei in Ordnung, bis ich bemerkte, dass Rahikainen mit einer Maorifrau intim war. Es passierte nach einem Auftritt der örtlichen Tanzgruppe. Rahikainen gelang es, sich der Solistin anzunähern. Die

Frau sieht sehr anziehend aus, ich wunderte mich überhaupt nicht, dass er ihr verfiel.«

»Wenn sich ein lediger Finne mit einer Maorifrau abgibt, ist das ja wohl nicht anstößig«, meinte Pirjeri.

»An sich natürlich nicht, aber Rahikainen verliebte sich derart heftig in die Frau, dass er – wenn Sie mir den Ausdruck gestatten – den Verstand verlor.«

Konko erzählte, dass Rahikainen mit der schönen Maoritänzerin so beschäftigt sei, dass er nicht mal Zeit zum Essen finde. Er träume von einer Mitgliedschaft in der Maorigemeinschaft von Rotorua und beabsichtige, für immer in Neuseeland zu bleiben. Die Tänzerin erwidere seine Liebe, sodass die Dorfversammlung des Maoristammes ihm schon vorläufige Stammesrechte geben wolle.

»Klingt interessant«, fand Pirjeri. Konko fuhr in seinem Bericht fort:

»Damit nicht genug. Rahikainen hat in Neuseeland auch umfangreiche Geschäfte eingefädelt. Das macht mir die meisten Sorgen. Mein Schützling hat nämlich bei örtlichen Handwerkern zwei große Kriegsboote für je hundert Ruderer in Auftrag gegeben, die er für den Tourismus in der Cook-Straße ausrüsten will, diese Straße trennt ja Neuseelands Süd- und Nordinsel voneinander. Er hat bereits erste Gespräche mit dem Tourismus- und Kultusministerium des Landes geführt, denn er will sich das Recht sichern, von Wellington aus in der Cook-Straße urtümliche Schaukämpfe zu veranstalten. Außerdem hat er Kontakt zu einer Druckerei aufgenommen und sich nach dem Preis für Erzeugnisse im Mehrfarbendruck erkundigt. Er beabsichtigt, fünfhunderttausend Exemplare einer farbigen Broschüre drucken zu lassen, in der er von der alten Maorikultur und den wilden polynesischen Bräuchen berichten will. Diese Broschüre will er in der ganzen Welt verteilen. Rahikainen bildet sich ein, dass die Schaukämpfe der Kriegsboote untereinander, später dann vielleicht auch gegen Entdeckungsreisende, so viel Interesse wecken, dass er bald zu einem der reichsten Männer Neuseelands und der ganzen südlichen Halbkugel wird.«

Konko-Hito erzählte weitere Einzelheiten. Für die Besatzungen der Kriegsboote wollte Rahikainen junge Maori engagieren. Ferner hatte es ihm der Brauch der Eingeborenen angetan, ganze Schweine in Öfen zu garen, die in die Erde gegraben sind. Er beabsichtigte, so zubereitetes Schweinefleisch an die Touristen zu verkaufen. Die Maori hatten ihm erzählt, dass ihre Vorväter auch weiße europäische Eindringlinge auf diese Weise essbar zu machen pflegten. Diese Menschenfresservorführungen, die Rahikainen ebenfalls plante, sollten möglichst echt wirken. Also wollte er Schweine garen, diese aber in Uniformen stecken, wie sie Kapitän James Cook und seine Schiffsbesatzungen einst getragen hatten. Eigentlich blieb nur noch das Problem, wie er die Schweine dazu bringen konnte, auf zwei Beinen zu gehen.

Pirjeri musste eingestehen, dass sein Freund Torsti Rahikainen über das Ziel hinausgeschossen war. Die Absicht, Schweine zur Demonstration von Kannibalismus zu schlachten, zeugte von einem so verrohten Geschmack, dass man dringend einschreiten musste.

Konko-Hito fragte, wie man im Fall Rahikainen weiter vorgehen sollte. Sollte man seine sämtlichen Aktivitäten rückgängig machen, alles, was er an Verrücktheiten in Neuseeland initiiert hatte?

Pirjeri entschied, dass Rahikainen wieder auf den Boden der Tatsachen geholt werden müsste, gegebenenfalls musste seine Liebe zu der Maorischönheit gelöscht werden. Vielleicht käme er dann wieder zu Verstand und verzichtete auch auf seine verrückten Geschäftsideen.

Konko-Hito war seinem Gott dankbar für diese Entscheidung. Er fand, dass es extrem schwer war, einen verliebten Mann zu beschützen. Die Liebe an sich war etwas sehr Schönes, aber bei manchen hitzigen Charakteren bewirkte sie Veränderungen, die zur Unberechenbarkeit führten.

»Mir ist aufgefallen, dass Herr Rahikainen nicht sehr gläubig ist. Wäre es wünschenswert, dass ich ihn langsam zu mehr Frömmigkeit erziehe?«, erkundigte sich Konko-Hito. Seiner Meinung nach konnte ein gewisses Maß an lutherischer Weltanschauung den Mann beruhigen, der so impulsiv und so schwer zu beschützen war, der ständig voller Ideen steckte und die üble Angewohnheit hatte, diese sofort in die Tat umzusetzen, ohne sie gründlich zu durchdenken.

»Frömmigkeit kann nie schaden«, bestätigte Pirjeri Ryynänen, so wie es Gott zukam.

16

Pirjeri Ryynänen beschloss, Konko-Hito nach Neuseeland zu begleiten, um vor Ort zu entscheiden, was sich gegen Torsti Rahikainens Eskapaden unternehmen ließe. Sie fanden den Mann in der kleinen Maorigemeinschaft am Kratersee von Rotorua, dort wohnte er mit seiner Liebsten in einer Hütte mit Wellblechdach in dem nach Schwefel stinkenden Eingeborenendorf.

Rahikainen und die Tänzerin waren zufällig zu Hause, als Pirjeri und Konko eintrafen, die es dieses Mal für klüger hielten, unsichtbar zu bleiben.

Rahikainen fertigte eben den Entwurf für ein kleines Dampfkraftwerk an, das seine Energie aus den heißen Quellen beziehen sollte. Er fertigte eine schematische Zeichnung der Rohre und Ventile auf kariertem Papier an, dachte an seine Zeiten als Schrotthändler daheim in Finnland und malte sich aus, wie er aus Rohr-Enden und ausrangierten Kochtöpfen ein recht leistungsfähiges Kraftwerk zusammenbauen würde. Irgendwann würde er den Strom für sein Motel annähernd kostenlos erzeugen können. Zwischendurch warf er seiner vollbusigen Partnerin glühende Blicke zu. Sie hatte einen glatten Teint und besaß eine Anziehungskraft, die fast einer Naturgewalt gleichkam. Ihr verführerisches Äuße-

res hätte jeden x-beliebigen Sterblichen um den Verstand gebracht.
Konko-Hito machte sich daran, seines undankbaren Amtes als Schutzheiliger zu walten. In diesem Falle bedeutete es den schnöden Eingriff ins Gefühlsleben des verliebten Rahikainen. Konko drang in sein Bewusstsein ein und begann das lodernde Feuer der Liebe zu löschen.
Nach kurzer Zeit setzte die Wirkung von Konkos heiligen Kräften ein. Rahikainens Liebesfeuer erlosch, nur mehr Verliebtheit blieb übrig, dann wurde sein Blick kritisch: Er entdeckte auf einmal, dass die Fesseln der Maorifrau eher stabil waren. Wieso war ihm das nicht früher aufgefallen? Nach und nach verflüchtigte sich die Verliebtheit. Die Stimme der Frau klang schrill in seinen Ohren, ihr exotisches Gesicht mit den hohen Wangenknochen wirkte jetzt nur noch grob. Als sie vom Tisch aufstand, registrierte Rahikainen, dass ihr Hintern unverhältnismäßig breit war, und ihr Gang erinnerte ihn an das Watscheln einer Gans. Ihr Nacken war dick und ihr Haar zottig. Als sie an Rahikainen vorbeiging, strich sie ihrem Liebhaber aus dem fernen Norden zärtlich über das Haar. Diese unterwürfige Geste jagte ihm einen Kälteschauer über den Rücken. Zugleich stieg ihm scharfer Schweißgeruch in die Nase, vor seinem inneren Auge sah er das Bild einer Eingeborenen, die den Schenkelknochen eines weißen Mannes benagt. Rahikainen stand angewidert auf, knüllte seine Kraftwerksentwürfe zusammen und verließ die stickige Hütte, um draußen frische Luft zu schnappen. Er atmete tief und füllte die Lungen mit dem schwefelhaltigen Dampf der heißen Quellen. Rahikainens Liebe zu dem exotischen Land und seinem Volk war erloschen. Er beschloss, wieder zu den

Touristen ins Hotel zu ziehen und die Situation zu überdenken.
Pirjeri sah, dass man sich auf Konko-Hito verlassen konnte. Rahikainens Liebe war erloschen, er war offenkundig zur Vernunft gekommen. Der Stellvertreter Gottes überließ Rahikainen der Nachsorge durch den Schutzheiligen und erklärte, dass er wieder in die Region nördlich des Äquators zurückkehren werde. Zuvor aber werde er einen Abstecher nach Indien machen.
Nachdem er sich von Konko-Hito verabschiedet hatte, begab sich Pirjeri in die arme und schmutzige Großstadt Kalkutta. Schon immer hatte er den Wunsch gehabt, das unerträgliche Elend, das dort herrschte, zu lindern. Aus den Höhen seines Turmdrehkrans hatte er Gott schwer dafür getadelt, dass er das Elend in Indien zuließ.
Die chaotische Zehnmillionenstadt war wirklich schockierend, sogar für den stellvertretenden Gott Pirjeri Ryynänen. In den schmutzigen Straßen wimmelte es von armen Leuten in einfachen Gewändern. Die gefährlich wankenden, rostigen Busse waren überfüllt mit mageren, großäugigen Passagieren. Das Geschrei der Menschen und das Dröhnen der Autohupen bildeten eine markerschütternde Kakophonie. Aus den Fenstern der Wohnhäuser hing Wäsche, grellfarbene Kinoplakate prägten das Straßenbild. Mitten durch den Verkehr trottete gemächlich eine zottelige Kuh mit heiligem, gelangweiltem Blick. Die Gerüche in den Straßen waren ekelerregend.
Pirjeri hatte Schwierigkeiten, in diesem Chaos auch nur einen einzigen Engel zu finden. Er musste sein göttliches Gehirn tüchtig anstrengen, ehe er zwischen den Passanten einen älteren Mann erblickte, der einen weißen Umhang

trug und sich als Engel Radzu Murhshami vorstellte. Er hatte sein Leben lang in Kalkutta gewohnt, hatte zum kastenlosen Bevölkerungsteil gehört und war Ende der Siebzigerjahre an Unterernährung und Lungentuberkulose gestorben, im Alter von nur neunundvierzig Jahren. Pirjeri zog sich mit ihm auf einen kleinen Platz zurück, auf dem es ruhiger war als in den verstopften Straßen.

Pirjeri betrachtete das Gewühl ringsum und sagte zu Radzu, dass das Leben in Kalkutta betäubender war, als er sich hatte vorstellen können.

Der örtliche Engel bestätigte, dass das Gewimmel in den Straßen seltsam anmuten mochte, doch man gewöhnte sich auch daran.

»Man gewöhnt sich an alles, höchster Allmächtiger«, sagte Radzu Murhshami.

Pirjeri erzählte, dass er bereits als Mensch wegen der Verhältnisse in Kalkutta besorgt gewesen war und dass er jetzt, nachdem er zum Gott gewählt geworden war, das Elend lindern wollte. Er bat Radzu, ihm die momentane Situation in der Stadt zu schildern.

Laut Radzu war Kalkutta die bevölkerungsreichste Stadt Indiens und die Hauptstadt von Westbengalen. Sie hatte einen großen Hafen und war ein bedeutendes Industriezentrum, exportiert wurden hauptsächlich Jutestoffe, Erz, Gummi und Lebensmittel.

»Es ist ein gewisses Paradoxon, wir exportieren von hier Esswaren, und gleichzeitig leiden die armen Leute in der Stadt Hunger. Aber ausländische Währung ist kostbar, manchmal kostbarer als ein Menschenleben«, berichtete der Engel.

In Kalkutta gab es einen internationalen Flughafen, und

dorthin führten viele wichtige Bahnlinien. In der Umgebung befanden sich zahlreiche Bergwerke, und außerdem wurden vom Lande reichlich Fleisch und Getreide in die Stadt geliefert.

»Die Hälfte der Bewohner ist ohne Arbeit und versucht sich irgendwie durchzuschlagen. Zweifellos gäbe es hier viel, was zu verbessern wäre. Die Menschen sterben an Hunger und Krankheiten, ich selbst bin ein gutes Beispiel dafür«, erzählte der Engel traurig.

Pirjeri fragte, wie er dieser armen Großstadt bei ihren enormen Problemen helfen könnte.

»Schwer zu sagen, hier gibt es so viel Konservativismus und altbackene hinduistische Traditionen, dass eine Veränderung zum Besseren fast unmöglich scheint.«

Dann charakterisierte Radzu kurz den Hinduismus, erzählte von den Göttern Wischnu und Schiwa und ein paar anderen, von den Versen des Veda und dem Kastensystem. Die Gesellschaft sei in vier Hauptkasten eingeteilt, außerdem gebe es auch noch etliche Unterkasten. Die Priester, die Brahmanen, bildeten die oberste Kaste, die nächste die Soldaten, es folgte die Kaste der Händler, der Bauern und der erfolgreichsten Handwerker. Die Mitglieder dieser drei obersten Kasten stammten aus dem Westen, sie hatten Indien bereits tausendfünfhundert Jahre vor Christus erobert.

»Apropos Christus, sind er und sein Vater mit Ihnen verwandt, gnädiger Herrscher?«, fragte Radzu.

Pirjeri erklärte, dass er nicht mit Gott verwandt sei. Er habe in Finnland als gewöhnlicher Kranfahrer gearbeitet und sei nach einem langwierigen Auswahlprozess zum Stellvertreter Gottes ernannt worden.

»Außerdem habe ich keine Söhne, und nur eine einzige Tochter, aus meiner früheren Ehe. Mirkka hat im Frühjahr Abitur gemacht.«

Engel Radzu fuhr mit seinem Bericht über die Situation in Indien fort und erzählte, dass die ursprüngliche Bevölkerung von dunkler Hautfarbe war und dass jene erwähnten westlichen Eindringlinge sie in die niederste Kaste gedrängt oder, noch schlimmer, ihnen jeden Zugang zu den Kasten verwehrt hatten.

Radzu sprach völlig leidenschaftslos über die Bedingungen in Indien und in Kalkutta. Er zählte all die Ungerechtigkeiten auf, eine immer schlimmer als die andere, und blieb dabei ganz ruhig und gelassen, obwohl er seine eigene Gesundheit und schließlich sein Leben genau durch dieses System verloren hatte. Pirjeri wunderte sich darüber, er geriet in Zorn über die Zustände und erklärte, dass unbedingt eine Veränderung herbeigeführt werden müsse. Die Menschen dürften auf dieser Welt nicht so unendlich leiden.

»Mein Herr und Gott, ich möchte Sie warnen, regen Sie sich nicht auf, so etwas ist hier verpönt. Versuchen Sie zu berücksichtigen, dass in Indien die moralischen Grundsätze des westlichen christlichen Glaubens nicht gelten.«

Kaum hatte Radzu diese sachliche Warnung ausgesprochen, da tauchten auch schon zwei Männer mit drohenden Blicken auf. Sie sagten, sie seien hinduistische Brahmanen, allerdings bereits gestorben, und sie hätten den Befehl, den finnischen Gottesemporkömmling Pirjeri Ryynänen vor ihren Gott zu führen.

Jetzt wurde zügig gehandelt. Die Brahmanen führten Pirjeri und Radzu durch mehrere Gassen zum nächsten Hindutempel, der zu dieser Stunde leer zu sein schien. Im schummerigen Innern des Gebäudes wartete jedoch eine eindrucksvolle Gestalt, die Pirjeri als Hindugott vorgestellt wurde und die sich selbst Tsishva nannte. Dieser Gott war mittelgroß und hatte das Gesicht eines Mannes, aber von seiner Gestalt her konnte er auch eine Frau sein, außerdem wuchs aus seinen Schultern eine deutlich erkennbare Mähne.

Die Brahmanen erklärten Pirjeri und Radzu, dass Tsishva zu den wichtigsten Göttern Kalkuttas und ganz Südindiens gehörte. Außerdem sagten sie, dass Pirjeris überraschendes Auftauchen in der Stadt ein Beispiel für schlechten Geschmack und europäische Aufdringlichkeit und nicht dazu geeignet war, die Beziehungen zwischen den Religionen und Göttern zu festigen.

Tsishva nickte dazu verärgert. Er äußerte, dass es unerhört sei, sich in seine Angelegenheiten einzumischen, ein Vertreter des christlichen Gottes habe in Kalkutta nichts zu suchen. Er, Tsishva, sei hier zuständig, das solle Pirjeri anerkennen und die Lösung der Probleme Indiens denen überlassen, die etwas von den hiesigen Gegebenheiten verstanden.

Pirjeri beteuerte, dass es nicht seine Absicht gewesen war, die örtlichen Hindugötter zu beleidigen, ganz gewiss nicht. Aber dennoch konnte er nicht die Augen vor dem himmelschreienden Leid verschließen, das in Kalkuttas Straßen herrschte. Er stellte außerdem klar, dass er der Herr der gesamten Schöpfung sei, der oberste und mächtigste der Götter. Er sei befugt, sich um die ganze Erde zu kümmern, er sei für sie verantwortlich, und so habe er es für seine Pflicht gehalten, persönlich zu erscheinen und sich über

die Zustände in Kalkutta zu informieren. Er zeigte sich überrascht von dem unfreundlichen Empfang, seiner Meinung nach gab es dafür keine stichhaltigen Gründe.
Die Brahmanen begannen gegen den christlichen Glauben zu hetzen, erklärten, es sei eine grausame Religion, Verursacher vieler Glaubenskriege, ein Zusammenschluss gieriger Menschen. Die Christen hätten den Hindus nichts zu sagen. Einer der beiden Brahmanen, der anscheinend gut über die Situation im Himmel informiert war, verstieg sich sogar zu der Formulierung, dass Birger Ryynänen einen Mangel an Urteilsfähigkeit zeige. Wie sei es möglich, dass ein ordinärer finnischer Kranfahrer einfach mir nichts dir nichts nach Kalkutta käme, um in die jahrhundertealten religiösen Traditionen Indiens einzugreifen. Hatte Herr Ryynänen denn keinen anständigen Ratgeber, der ihm ein wenig Feingefühl beigebracht hätte?
Pirjeris Galle kochte. Er schickte Radzu hinaus und schlug Tsishva vor, dasselbe mit den eifernden Brahmanen zu tun. So geschah es. Die beiden Götter blieben im Tempel allein, wenn man von einem Rikschafahrer absah, der gekommen war, um auf der anderen Seite des Raumes dem Gott Wischnu zu huldigen, indem er Wasser auf den Scheitel der steinernen Skulptur goss und etwas Unverständliches murmelte.
Tsishva wurde höflicher. Er erklärte, dass die Brahmanen sich manchmal unnötig ereiferten, Pirjeri solle Verständnis für die hiesigen Priester haben. Er gab zu, dass in Kalkutta elende Verhältnisse herrschten, man hatte in dieser Stadt immer gelitten und würde immer leiden. Das war Gesetz. Seinen Worten zufolge herrschte auf der Welt eine geistige Harmonie, die aus dem ständigen Wechsel von Geburt

und Tod entstand, es war wie ein Bewusstseinsstrom, bestehend aus den Elementen Leben und Tod und gewürzt mit Elend.

»Dieses vielgestaltige System bildet das kosmische Gesamtbewusstsein, im Rahmen dessen wir hier leben und sterben«, erklärte Tsishva. »Ich erwarte nicht, dass Sie mit Ihrer westlichen Bildung diese tiefe Weisheit verstehen. Aber ich bestehe darauf, dass Sie uns in Ruhe lassen. Ich bitte Sie, Indien zu verlassen und sich auf Ihre eigenen Angelegenheiten zu konzentrieren, damit haben Sie mehr als genug zu tun, wie ich denke.«

Pirjeri erkannte, dass es hoffnungslos war, wegen der Angelegenheit zu streiten. Er erinnerte sich, dass ihn Gott vor Konflikten mit den Vertretern anderer Religionen gewarnt hatte. Jetzt wäre die Gelegenheit, sich die Hindus zur Brust zu nehmen, aber lohnte es? Pirjeri kam zu dem Schluss, dass Tsishva wohl auf seine Art Recht hatte. Was konnte er, Pirjeri, gegen das Leid in Kalkutta ausrichten, wenn die Hindugötter darauf bestanden, sich um ihre Leute selbst zu kümmern? Pirjeri knurrte:

»Na gut, dieses eine Mal. Aber so kann es nicht weitergehen. Versuchen Sie um Himmels willen, die Dinge wenigstens halbwegs in Ordnung zu bringen. Außerdem meinte ich es nur gut, aber wenn Sie keine Hilfe wünschen, kann man nichts machen.«

»Ich bin froh, dass Sie das so sehen«, erwiderte Tsishva zufrieden.

»Trotzdem erinnere ich daran, dass ich der Herr der gesamten Schöpfung bin, daran ist nicht zu deuteln, und ich erlaube nicht, dass meine Stellung in Frage gestellt wird«, betonte Pirjeri nachdrücklich.

Tsishva fand es nicht der Mühe wert zu widersprechen. Er entschuldigte sich für die unbedachte Äußerung der Brahmanen hinsichtlich des ordinären Kranfahrers und erwähnte, dass er selbst einst als Jutewäscher am Ganges gearbeitet hatte, und in seinem Leben davor wiederum hatte er Gelegenheit gehabt, den Lauf der Welt als heiliges Rind zu beeinflussen.

»Ich war ein prächtiger Yak, meine Schultermähne, die sie vielleicht bemerkt haben, ist eine Erinnerung an diese Zeit.«

Pirjeri verabschiedete sich von Tsishva und tätschelte ihm im Gehen die Mähne. Draußen vor der Tür des Tempels drückte er Radzu die Hand und sagte, dass er wieder in den Himmel zurückkehren werde. Die streitbaren Brahmanen hatten sich bereits verkrümelt.

»Versuch klarzukommen, Radzu, und wenn es mal eng wird, dann melde dich bei mir«, sagte Pirjeri.

»Es wird schon klappen, man muss die Dinge nur einfach laufen lassen«, meinte Radzu Murhshami in seiner sanften, fügsamen Art.

Während Pirjeri noch über das grenzenlose Leid in Indien nachdachte, schoss ihm durch den Kopf, dass er einen der tüchtigen altfinnischen Götter hinzuziehen und ihn ermächtigen könnte, sich um Indien zu kümmern. Pellervo, der Gott des Getreides und der Fülle, fiel ihm ein. Wenn er den darauf ansetzen würde, würde vielleicht endlich der Hunger in Indien beseitigt? Pellervo war ein heidnischer Gott, aber sei's drum.

17

Als Pirjeri wieder im Himmel war, teilte man ihm mit, dass der finnische Wassergott Ahti um ein Treffen gebeten hatte. Der heilige Petrus äußerte sich ein wenig verwundert über das Ansinnen, denn für gewöhnlich kümmerte sich Rutja, der Sohn des Donnergottes, um die Kontakte des Himmels zu den finnischen Göttern. Aber in der Tat, Rutja reiste ja momentan mit Jesus durch irgendwelche fremden Sonnensysteme. Nun hatte sich also Ahti gemeldet. Der Erzengel Gabriel hatte Bedenken wegen Ahtis Wunsch, Gott unter vier Augen zu sprechen, ohne Beisein der himmlischen Kanzleichefs. Es ging angeblich um Persönliches, das nur von Gott zu Gott geklärt werden konnte. Als Treffpunkt hatte Ahti die Opferklippe Ukonkivi am Inarisee in Finnland vorgeschlagen. Pirjeri freute sich über die Einladung, er hatte bereits selbst den Gedanken gehabt, sich mit den altfinnischen Göttern bekannt zu machen. Bei seinem Aufbruch aus Kalkutta hatte er sogar eine Zusammenarbeit erwogen. Pirjeri rüstete sich sofort zur Reise.

Es war ein schöner sonniger Morgen, als Pirjeri am Inari eintraf. Der riesige See wellte sich kaltblau, in den Buchten und im Schutz der unzähligen Inseln gab es schon eine dünne Eisschicht, gegen die die schaumgekrönten Wellen

plätscherten. Der massive Ukonkivi, eine alte Kultstätte der Lappländer, ragte aus den kalten Wellen auf, die Strahlen der Morgensonne glänzten an den Hängen der hohen Klippe. Oben auf der Spitze stand eine schwarze Gestalt. Pirjeri ahnte, dass es Ahti war, der Wassergott der Finnen, und er ließ sich neben ihm auf der Klippe nieder.
Pirjeri hatte viel von Ahti gehört. Die Menschen glaubten, dass der bärtige und gutgelaunte Gott im Wasser wohnt und mit einem Fischspeer in der Hand auftritt und gern mit den Wasserjungfrauen spielt.
Dieser Ahti erinnerte in keiner Weise an die Phantasiegestalt. Er war mager, krumm und hässlich, hatte schwarzes, zottiges Haar und schielte. Ein finsterer Gott. Sein Händedruck war knöchern und hart, es schien, als wollte er dem anderen die ganze Hand abreißen. Auf seinem Gesicht lag ein schmeichlerisches Lächeln, das freundlich sein sollte, in seiner Servilität aber eher abstoßend wirkte als Sympathie weckte.
Für einen Moment schien es Pirjeri, als hätte er diesen Gott schon irgendwo getroffen, ganz kurz. Aber wo? Ein gewisses unheimliches Funkeln in seinen Augen, aber auch seine Stimme kamen Pirjeri sehr bekannt vor.
Ahti steckte in einer gewöhnlichen Fischerkluft, auf dem Kopf trug er einen Südwester und an den Füßen Gummistiefel von Nokia. Irgendwie hatte Pirjeri jedoch den Eindruck, als sei Ahti kein Fischer. Die Kleidungsstücke waren neu, so als wären sie eben erst gekauft worden. Auch roch Ahti nicht wie ein Fischer, weder nach Fischschuppen noch nach halbverfaulten Ködern. Er verströmte einen leichten Schwefelgeruch, wie er für Bergleute typisch war.
Ahti war ein hässlicher Gott, aber auch die Fische waren ja

nicht alle schön. Dorsch und Aalraupe waren hässlich und glitschig wie die Teufel, schmeckten aber, sachkundig zubereitet, ausgezeichnet.
Wenn auch das Äußere des Wassergottes Pirjeri nicht gefiel, so waren dessen Worte umso interessanter. Ahti gratulierte ihm herzlich zu seiner Wahl ins Gottesamt und sagte, dass er sich besonders freue, dass Pirjeri ein Finne sei. Das sei er auf gewisse Weise schließlich auch. Die Vorfahren der Finnen hatten an ihn geglaubt, und manche Leute taten es heute noch. Ahti fand, dass die finnischen Götter zusammenhalten sollten. Auf der Welt gebe es so viele Götter und auch Teufel der unterschiedlichsten Schattierungen, dass die Finnen da so ihr Tun hatten, sich zu behaupten.
Ahti sagte, ihm sei bekannt, dass Pirjeri nur für den Zeitraum eines Jahres zum obersten Gott im Himmel gewählt worden sei. Darüber wolle er mit ihm sprechen. Diese einjährige Frist müsse intensiv genutzt werden. Wie wäre es, wenn Pirjeri ihn, Ahti, für dieses eine Jahr als inoffiziellen Hilfsgott im Himmel akzeptierte? Er würde alles nach Pirjeris Wünschen erledigen und könnte bei der Betreuung der Menschheit bestimmt von Nutzen sein.
Pirjeri fand, dass der Vorschlag einiges für sich hatte, auch wenn ihm das Äußere des Wassergottes immer noch nicht gefiel.
Ahti erklärte sich bereit, Pirjeri Gegendienste dafür zu leisten, wenn er ihn in den Himmel begleiten und mit ihm gemeinsam Entscheidungen treffen dürfte. Wenn dann das Jahr herum und Pirjeri wieder ein Mensch wäre, dann wäre es an Ahti, seinem Landsmann zu helfen.
Er hatte eine fertige Liste der Dinge, um die er sich im

Himmel kümmern wollte – natürlich als Pirjeris Gehilfe und unter dessen Aufsicht. Unter anderem wünschte sich Ahti Vollmachten bei der Sündenvergebung und der Erfassung von Gebeten. Ansonsten wollte er für den Weltfrieden arbeiten, für die Lösung der ökologischen Probleme kämpfen und, soweit möglich, auch bei der Verlegung des Himmels nach Finnland helfen. Allen Menschen sollte mehr Wohlergehen als bisher beschieden sein, dafür wollte er sich einsetzen. Pirjeri merkte, dass es sich gerade um die Dinge handelte, die ihm selbst wichtig waren. Außerdem wünschte sich Ahti, dass ihm, wenn es irgend ging, das Recht eingeräumt würde, die Alltagsroutine der Engel zu leiten. Er fand, dass da eine härtere Hand nötig wäre, und er war bereit, die Engel zu schulen. Innerhalb eines Jahres ließen sich durchaus Erfolge erzielen, wenn ein tüchtiger Gott am Werke sei, betonte Ahti.

Pirjeri äußerte sich erfreut, dass der alte Wassergott der Finnen die himmlischen Angelegenheiten so gründlich durchdacht habe. Allerdings gelte es, einen Punkt zu beachten, der die Zusammenarbeit möglicherweise verhindere. Im Himmel nämlich herrsche ein christliches Regime, und Ahti sei ein heidnischer Gott. Heiden hatten im Himmel nichts zu suchen.

Ahti hielt das für eine bloße Formalität, seiner Meinung nach dürfe die Tatsache, dass er Heide sei, die Zusammenarbeit finnischer Götter nicht verhindern. Notfalls sei er sogar bereit, für ein Jahr seine Religion zu wechseln, Christ zu werden. Sowieso habe er in letzter Zeit bemerkt, dass sich seine Gedankengänge mehr in christliche Richtung bewegten. Glaubensstreitigkeiten dürften kein Hindernis sein beim Bemühen, Gutes zu tun. Ahti wies außerdem darauf hin, dass es letztlich in Pirjeris Macht liege, wer in den Himmel aufgenommen werde, da habe überhaupt kein anderer reinzureden. In einem Jahr, wenn Gott wieder zur Arbeit käme, wäre die Sache natürlich anders. Und gerade deshalb habe Ahti ja diese Dinge zur Sprache gebracht. Die heidnischen Götter seien im Himmel nicht vertreten, schade. Deshalb dürfe die sich bietende Gelegenheit nicht ungenutzt verstreichen.

Ahti wollte für die angestrebte Funktion im Himmel durchaus Gegendienste leisten. Er kam nun auf Pirjeris Zukunft zu sprechen, jene Zeit nach Ablauf des himmlischen Jahres. Dann wäre es Pirjeris Schicksal, wieder in die irdischen Niederungen zurückzukehren, ein Mensch zu sein. Wie also wollte er sein Leben nach Ausscheiden aus dem Gottesamt gestalten?

Ahti versprach, sich in jeder Weise um ihn zu kümmern, wenn seine Zeit im Himmel vorbei wäre. Ahti verfügte, wie er sagte, über so viel Einfluss, dass er Pirjeri dies und das an irdischen Gütern zuschanzen könnte. Er versprach ihm eine neue Wohnung und einen höheren akademischen Grad bis hin zum Ehrendoktorhut. Er sagte, er wolle Pirjeri große Wassergebiete mit Inseln und Landzungen schenken, im Saimaa oder im Finnischen Meerbusen, oder auch hier im Inarisee, egal wo! Pirjeri bräuchte ihm nur mitzuteilen, an welchem Ort er sich nach diesem Jahr niederlassen wolle. Möglich wäre auch, dass er einen Strand in der Karibik oder auf Tahiti bekäme, als Wassergott beherrsche Ahti sämtliche Gewässer, vom kleinen Waldteich bis hin zu den Ozeanen.

Geld sei ebenfalls da, Ahti würde nicht knausern. Pirjeri könne sich Besitztümer wünschen, so viel er wolle, Gold,

Diamanten, Aktien … Ahtis Augen begannen seltsam zu glühen, als es um Geld und irdischen Mammon ging.
Gutes Essen, unerschütterliche Gesundheit, Kraft und Lebensfreude, all das wollte er Pirjeri im Überfluss bieten. Pirjeri könnte bis an sein Lebensende die teuersten Weine trinken, die besten Zigarren rauchen, die modischste Kleidung tragen, die schnellsten Autos fahren und die luxuriösesten Yachten lenken … all das hätte er im Überfluss, wenn er nur Ahti in den himmlischen Angelegenheiten mitbestimmen ließe.
Ja, und erst Liebe! Daran würde es Pirjeri nicht mangeln, schwor Ahti. Er senkte die Stimme, aus seinem Mund tropfte Schaum, als er von den schönsten Frauen der Welt zu schwärmen begann, wie sie ihre Reize hemmungslos und lüstern zur Schau stellen, wie sie geschmeidig und verführerisch Pirjeris nackten Körper umspielen würden … im Hintergrund würde stimulierende Musik ertönen, herrliche Düfte würden seinen Verstand benebeln …
Ein wenig peinlich berührt erklärte Pirjeri, dass er keinen Bedarf an Ahtis Geschenken habe. Außerdem habe er bereits eine Frau, er brauche keine weitere diesbezügliche Würze in seinem Leben.
Ahti brach in ein obszönes Lachen aus. Pirjeri hatte also schon eine Frau, ha! Wer gab sich denn mit einer zufrieden, wenn er mehrere und weitaus schönere haben konnte! Ein echter finnischer Gott hat es nicht nötig, an seiner Alten zu kleben, sondern nimmt, was ihm von oben gegeben wird. Weg mit dem bisherigen Cellulitearsch und her mit den Jüngeren, das war Ahtis Empfehlung. Der Wassergott erzählte detailliert von den Feinheiten des Liebesspiels, von unstillbarer Ekstase und munterem Haremsleben, auf

das jeder anständige finnische Gott ein Recht hatte. Zehn, fünfzig, sogar hundert Frauen! Die unglaublichen Freuden in einer Hundert-Zimmer-Villa am Meer eröffneten sich vor Pirjeris Augen wie ein höllisch frivoles Spektakel, in dem er nach Ahtis Willen die Hauptrolle spielte.

Pirjeri betrachtete verblüfft den geifernden Wassergott, der mit glühenden Augen die tiefsten Abgründe der Wollust beschrieb und sich daran selbst aufgeilte. War dieser Wüstling ein echter Gott? Gewiss nicht! Wenn der alte finnische Wassergott Ahti so gierig, schlüpfrig und lasterhaft war, dann glich er mehr dem Satan als einem Gott.

Dem Satan? Natürlich! Erst jetzt begriff Pirjeri, was los war. Vor ihm geiferte nicht der Wassergott Ahti, sondern der verkleidete Satan. Jetzt erkannte Pirjeri das Augenfunkeln des Teufels, das er für einen Moment in Grönland in dem kleinen Dorf Ulmabukta gesehen hatte. Der Teufel hatte ihn aus Bosheit in der Gestalt eines Gottes zum Inarisee gelockt. Ein niederträchtiger Plan! Pirjeri war in die Falle gegangen und hatte sich die widerwärtigen Angebote des Teufels angehört. Der war in seiner Frechheit bis zum Äußersten gegangen. Was wäre passiert, wenn er tatsächlich in den Himmel gelangt wäre und dort mitgemischt hätte? Es hätte dazu geführt, dass auch noch die letzten Reste von Gutem aus der Welt verschwunden wären.

In grenzenloser Wut stürzte sich Pirjeri Ryynänen auf den Teufel. Der erkannte im letzten Moment, dass er enttarnt war, ergriff die Flucht, stolperte und schlug seine Zähne in Pirjeris Wade. Aber Pirjeris Kraft steigerte sich nur noch, er verprügelte den Teufel aus Leibeskräften, hätte ihn vielleicht sogar totgeschlagen, wenn es jenem, aalglatt wie er war, nicht gelungen wäre, sich aus Pirjeris Griff zu winden.

Übel zugerichtet sauste er wie ein fluchendes Fellknäuel den steilen Hang zum Wasser hinunter und verschwand in den tiefen Wellen des Inarisees. Pirjeri in seiner Wut verfolgte den Teufel bis ans Ufer. Das Wasser schäumte, der Felsen grollte.

Aber der Teufel war weg. Wieder einmal war er entkommen. Am Ufer blieben nur die Gummistiefel zurück, die er in der Eile von den Füßen geschleudert hatte, ehe er in die kalten, grundlosen Wellen des Inari getaucht war.

Die Bissspuren des Teufels brannten an seiner Wade. Heftig grübelnd kehrte Pirjeri in den Himmel zurück. Den Engeln erklärte er, dass man ihn in Versuchung geführt hatte und er sich im letzten Moment hatte retten können. Der Teufel war entkommen. Der Kampf zwischen Gut und Böse würde weitergehen.

Der Zusammenstoß zwischen Pirjeri und dem Teufel am Inarisee war so heftig gewesen, dass sich der Ukonkivi dreihundert Meter nach Nordnordost verschoben hatte. Schwarzer Rauch war aufgestiegen, auf dem See war eine große Flutwelle entstanden. Ringsum am ganzen Ufer gab es Augenzeugen dieser Naturerscheinung. Die Militärbehörden wurden informiert. Vor Ort erschienen Offiziere der Luftwaffe, und sie äußerten die Vermutung, dass wieder mal eine russische Übungsrakete in den Inarisee eingeschlagen war, ein Irrläufer aus Richtung Murmansk. Das war auch früher schon vorgekommen. Man machte sich daran, den Grund des Sees abzusuchen, beteiligt waren, jeweils mit ihren eigenen Geräten, einmal die Luftwaffe und zum anderen der zufällig herbeigeeilte Weihnachtsmann. Zwei Wochen lang wurden vom Inarisee in die ganze Welt Fernsehberichte übertragen, in denen zu sehen war, wie

der Weihnachtsmann den grundlosen See mit einem Netz nach einer russischen Rakete absuchte.
Die Militärbehörden fanden nichts im See, der Weihnachtsmann war erfolgreicher. In seinem Netz verfing sich ein rostiger Behälter, der mit ein paar Rohrenden verbunden war. Die Luftwaffe beschlagnahmte den kostbaren Fund und brachte ihn, unbemerkt von den Fernsehkameras, zwecks gründlicher Untersuchung in ihr Depot.
Als man den Behälter vom Schlamm befreit hatte, entdeckte man an seinem Boden den Gussstempel »Hackman & Sorsakoski 1926«. Auf der Grundlage von Expertengutachten, die sie im Offiziersklub eingeholt hatten, kamen die Militärs zu dem Schluss, dass es sich nicht um eine russische Rakete handelte, sondern um einen Schnapsbehälter der ortsansässigen Sami. Der Jahreszahl entnahmen sie, dass der Behälter während der Prohibition zur Destillation von Branntwein benutzt worden war. An sich zwar ein krimineller Vorgang, aber rein militärisch gesehen bestand kein Anlass zu weiteren Maßnahmen. Der Behälter wurde seinem Finder, dem Weihnachtsmann, übergeben, der ihn unter sachkundiger Anleitung des Museumsamtes restaurieren lassen wollte.

18

Ende Oktober, nachdem er gut anderthalb Monate als Gott geherrscht hatte, war Pirjeri schon so routiniert in seiner Arbeit, dass sie ihm von der Hand ging wie der Schöpfungsakt.

Pirjeri hatte mithilfe einiger Engel für sich einen Maßnahmenplan entwickelt, den er zu befolgen versuchte.

Zum Programm gehörten:

1. Erhaltung des Weltfriedens, 2. Sicherung der ökologischen Zukunft der Welt, 3. Umzug des Himmels nach Finnland, 4. Befreiung des Menschen von der Todesangst und 5. allgemeiner Kampf gegen das Böse.

Das Programm war in eine monatliche, wöchentliche und sogar tägliche Aufgabenliste unterteilt. Pirjeri verfügte über eine Lagekarte mit den Krisengebieten der Erde, also Gegenden, in denen Kriege geführt wurden, in denen Dürre oder Hunger herrschten oder Militärdiktaturen regierten. Ebenso hatte er sich für die Regelung der Großwetterlage eine riesige Wettertafel anfertigen lassen, mit deren Hilfe er das Klima auf der Erde besser beherrschen konnte, als wenn er sich nur auf sein Gedächtnis stützte.

Zusätzlich wurde im Himmel ein großes Gebetsbuch geführt, in das die verzweifeltsten und wichtigsten Gebete

der Menschen eingetragen wurden. Der größte Teil der Gebete landete nach der Auswertung in einem dicken Ordner, der auf dem Rücken in großen traurigen Buchstaben die Aufschrift »Kein Anlass zu weiteren Maßnahmen« trug.
Die Macht des heiligen Petrus und des Erzengels Gabriel hatte Pirjeri vorsichtig eingeschränkt, die unangenehmen Erfahrungen von Louhisaari waren ihm noch frisch in Erinnerung. Trotzdem waren die himmlischen Kanzleichefs immer noch sehr einflussreich. Über das Pflanzenreich und dessen Jahreserträge zum Beispiel durften sie vorläufig fast selbständig entscheiden.
Hinsichtlich eines neuen Standortes für den Himmel hatten die beiden immer wieder eigene, sonderbare Vorschläge gemacht, die Pirjeri jedoch nicht akzeptiert hatte. So hatten sie vorgeschlagen, den Himmel von Bulgarien in den Vatikan zu verlegen, aber der war nach Pirjeris Meinung für diesen Zweck völlig ungeeignet, denn dort liefen allzu viele lebende päpstliche Beamte herum. Es war gar nicht daran zu denken, zusätzlich noch die Engel, deren Schar in die Tausende ging, dort unterzubringen. Die Kanzleichefs hatten auch die Idee gehabt, den Himmel nach Malta zu verlegen, in die leerstehenden Gebäude des dortigen alten Ritterordens. Bei einem Besuch vor Ort stellte Pirjeri fest, dass selbst Louhisaari in einem besseren Zustand war als die uralte Ruine auf Malta. Petrus und Gabriel machten noch weitere Vorschläge, die allerdings nicht besser waren.
Zu den Aufgaben des Stellvertreters Gottes gehörten natürlich auch administrative Pflichten im Hinblick auf die Engel. Ihre Arbeit musste überwacht und im Bedarfsfall auch angeleitet werden. Als Arbeitskräfte waren die Engel

großartig, sie verlangten keinen Lohn und keinen Beifall, sie streikten nicht und stichelten nicht gegeneinander. Nur äußerst selten kam es zu geringfügigen Störungen der Ordnung, zu leisem Gezänk oder kaum spürbarer Faulenzerei. Pirjeri begnügte sich damit, diese Dinge verbal zu monieren, er bestrafte die Engel nur ungern. Zum Glück war bisher nichts Ernstes passiert. Petrus wusste allerdings zu berichten, dass im Frühjahr zwei Engel, die zu eigenmächtig gehandelt hatten, in die Hölle verbannt werden mussten. Sie hatten sich der Vetternwirtschaft schuldig gemacht. Die Engel verfügten über Möglichkeiten, ihren noch lebenden Verwandten vom Himmel aus zu helfen, aber das wurde nicht gern gesehen. Ein kriminelles Gebet darf nicht erhört werden, selbst wenn es von der eigenen Mutter oder der auf der Erde zurückgebliebenen geliebten Braut kam.

Einmal in der Woche, für gewöhnlich gerade montags, rief Pirjeri die frisch gestorbenen Engel in einem Raum zusammen und hielt eine kurze Begrüßungsrede. Im Allgemeinen waren es pro Woche fünfhundert Engel, die da zusammenkamen. Diese Zahl ist als gering anzusehen, wenn man bedenkt, dass auf der Erde jährlich im Durchschnitt hundert Millionen Menschen sterben. Das macht 280 000 Seelen pro Tag, unter ihnen sind für gewöhnlich etwa 70 000 Christen. Da nur jeder tausendste Christ ein Engel wird, treffen täglich im Himmel siebzig neue Engel ein. Pro Woche also ein Aufmarsch von fünfhundert Engeln.

Pirjeri registrierte, dass sich nur selten Finnen unter den Engeln befanden. Und die wenigen, die kamen, waren im Allgemeinen Laienprediger, fromme Frauen oder Kulturkritiker, in dieser Reihenfolge. Das stimmte den stellvertretenden Gott traurig, aber er konnte nichts machen. Verschlossene, neidische und gierige Menschen kommen nun mal nicht in den Himmel.

Pirjeri war soeben vom Inarisee zurückgekehrt. Er ahnte, dass der Teufel auf Rache sann, nachdem er auf dem Ukonkivi eine Niederlage erlitten hatte. Im Augenblick war jedoch nicht der richtige Moment, sich um die himmlische Verwaltung zu kümmern. Pirjeri musste sich an die Verfolgung machen, musste losstürzen und die Krisenherde auf der Welt unter Kontrolle bringen, damit nicht der rachedurstige Teufel Gewalt über sie bekam.

Die Verfolgung begann in Osttimor, wo immer wieder Bürgerkrieg droht. Pirjeri war es bisher gelungen, größere Bluttaten zu verhindern. Wie aber stand es aktuell um Timor? Das alte Elend konnte jedoch nicht auf ewig weitergehen, daher wollte Pirjeri rechtzeitig vor Ort sein.

Dann nach Afghanistan. Der Teufel tauchte auch dort nicht auf. Alles verlief hier planmäßig.

Also in den Kosovo, der ja ein wahrer Tummelplatz des Erzfeindes ist. Ohne Pirjeris Eingreifen hätte hier ein erneuter Bürgerkrieg gedroht. Der Satan war in Fahrt. Er hatte bitteren Nationalismus unter den Menschen gesät, aber jetzt machte Pirjeri dem ein Ende.

Dann nach Nordirland, wo der Satan zum Glück wenigstens zu diesem Zeitpunkt nicht wütete.

Von Nordirland aus eilte Pirjeri ans Horn von Afrika, nach Somalia und Äthiopien. Hier hatte sich der Erzfeind schon seit Jahren unbehelligt austoben können. Die unglücklichen Völker hatten unsägliches Leid ertragen müssen. Der Bürgerkrieg, die jahrelange Dürre und die Überschwem-

mungen mit den dadurch verursachten Epidemien hatten Millionen unschuldiger Menschen getötet. Pirjeri suchte nach dem Satan, um sich seiner zu bemächtigen, aber der passte auf und zeigte sich nicht.
Die Verfolgungsjagd ging weiter über den Nahen Osten, Israel, Libanon, Jordanien und den Irak bis in den Iran. Ein trostloser Erdenwinkel, auf dem Gottes Auge da ruhte. An diesem Tag wurden in der Region dank Pirjeri keine größeren Kämpfe ausgefochten. Leid und Hass gab es dafür umso mehr. In Nablus konnte Pirjeri gerade noch rechtzeitig ein lokales Geplänkel verhindern, etwa zehn Menschen blieben diesmal vom Tode verschont.
Es war bereits später Abend. Trotzdem schaffte Pirjeri es noch, die Kurden im Iran, im Irak und in der Türkei zu besuchen. Er dachte bei sich, dass es gut wäre, für sie einen eigenen autonomen Staat in der Gebirgsregion jener Länder zu schaffen. Wenn seine Zeit und Energie ausreichten, würde er das noch erledigen, als Überraschung für Gott. Im Spätwinter müsste er die Sache in Angriff nehmen.
Erst gegen elf Uhr abends kehrte Pirjeri nach Bulgarien zurück, wo er sich ins Turmzimmer zurückzog und, müde von der Verfolgungsjagd, in seinen Sessel fiel. Er sagte sich, dass er als Mensch eine Flasche kaltes Bier geschlürft, die Seele baumeln gelassen und die am Mond vorbeiziehenden Nachtwolken beobachtet hätte.
Es klopfte an der Tür. Wer kam noch um diese Zeit? Gönnte man ihm denn überhaupt keine Ruhe von den Angelegenheiten der Welt? Pirjeri konnte Gott inzwischen gut verstehen und beneidete ihn ein wenig um seinen geruhsamen Urlaub irgendwo am Rande der Milchstraße.
»Herein«, sagte er mit müder Stimme.

In das schummerige Turmzimmer trat ein streng wirkender, weißbärtiger Greis mit korrekter Haltung, der irgendwie an Leo Tolstoi erinnerte. Eindeutig irgendein alter, verknöcherter Heiliger, sagte sich Pirjeri, während er dem Besucher, der an der Tür stehen geblieben war, bedeutete, näher zu treten.

Der Alte kam angetrippelt, musterte Pirjeri aufmerksam und sagte dann:

»Man hat mir erzählt, dass wir einen neuen Gott im Himmel haben.«

Pirjeri bestätigte, dass er der neue Gott, der amtierende Stellvertreter, sei.

»Ich bin Moses«, stellte sich der Alte vor, während er sich tief vor Pirjeri Ryynänen verbeugte. »Ich dachte mir, ich komme den neuen Gott mal begrüßen, wenn es erlaubt ist«, fügte er hinzu.

»Bitte nehmen Sie Platz, Moses.«

19

Da saß also Moses, der alttestamentarische Volksführer, als leibhaftiger Engel. Pirjeri hatte die Bibel so weit gelesen und auch die entsprechenden Geschichten in der Sonntagsschule gehört, dass ihm der Auszug der jüdischen Stämme weitgehend bekannt war. Moses hatte sein Volk aus dem fremden Ägypten und aus der Sklaverei durch viele Widrigkeiten hindurch und innerhalb eines Zeitraums von vierzig Jahren ins gelobte Land, also nach Israel, geführt. Er hatte mit seinem Wanderstab Wasser aus dem Fels geschlagen, hatte sein Volk über das Rote Meer gehen lassen, hatte ihm Gesetze geschaffen und es, als der Hunger kam, versorgt, indem er Mannakörner aus der Erde gescharrt hatte.

Obwohl Pirjeri von der Tagesarbeit müde war, hatte er noch keine Lust, sich zur Ruhe zu legen. Er begann mit dem Alten zu plaudern, ihn nach seiner Vergangenheit auszufragen. Moses blickte ihn verschmitzt an und sprach:

»So so, allmächtiger Stellvertreter Gottes, Sie interessieren sich also für jene uralten Zeiten?«

Pirjeri fragte, ob es stimmte, dass Moses aus dem Stein Wasser geschlagen hatte oder ob es sich im eine jahrtausendealte Legende handelte.

»Tja, die Sache mit dem Wasser … man muss bedenken, dass ich, um kriegerischen Stämmen auszuweichen, mit meinem Volk häufig durch karge Gegenden wandern musste. Es mangelte uns ständig an Wasser, die Kamele, die Ziegen und die Menschen litten oft unerträglichen Durst. Da fiel mir ein, dass sich in den alten Rodungsgebieten der Zedernwälder Wasseradern unter der Erde befanden, also Grundwasser zu finden war. Wenn man aufpasste und sich das Gelände genau ansah, konnte man manchmal versiegte Quellen finden. Mein jüngerer Bruder Aaron war darin ebenfalls geschickt. Ich grub oft nachts die Quelle aus und besorgte dann am Morgen dem aufsässigen Volk demonstrativ frisches Wasser: Ich schlug mit dem Hirtenstab an den Stein und murmelte dies und das … und schon war das Wasser da.«

»Wäre es nicht einfacher gewesen, ein paar junge Männer zusammenzurufen und sie nach den Quellen graben zu lassen, statt selbst über Nacht im Sand zu wühlen?«, fragte Pirjeri.

»Natürlich, aber die primitiven Völker pflegen Personen zu ihren Königen zu wählen, die ihnen Speis und Trank sichern. Deshalb veranstaltete ich diese Schauspiele mit dem Wasser, sie glaubten, ich hätte göttliche Kräfte, und niemand wagte es, mir meine Stellung streitig zu machen.«

Pirjeri interessierte sich für die Überquerung des Roten Meeres. Wie hatte das in der Praxis funktioniert? War Gott Moses höchstpersönlich zu Hilfe gekommen bei diesem doch recht phantastischen Unternehmen?

Moses verriet, dass sie das Rote Meer während der trockenen Phase überquert und sich die Erscheinung der Gezeiten zunutze gemacht hatten. Sie hatten sich trotzdem eine große Zahl von Flößen und Booten bauen müssen, um überzusetzen. Viele der Wüstenwanderer hatten bei dieser

Gelegenheit schwimmen gelernt. Zusätzlich hatte Moses, wie er erzählte, auch um günstige Winde gebetet, in dieser Sache hatte Gott ihm geholfen. Mit Rückenwind und bei Ebbe waren sie hinübergesegelt. Fast zwei Wochen hatte die Überquerung des Meeres gedauert. Fünfhundert Menschen waren ertrunken, aber nur zwanzig Kamele. Diese Tiere sind ausgezeichnete Schwimmer, mit hoch erhobenem Kopf vermag das Kamel auch bei starkem Wellengang jedes Gewässer zu überqueren, wie groß es auch sein mag. Pirjeri wollte wissen, wie Moses Flöße bauen konnte, wenn doch die Zedernwälder abgeholzt worden waren.
Die Frage amüsierte den alten Patriarchen ein wenig. Er kannte den Brauch der nordischen Völker, Flöße aus Kiefernbalken zu bauen, nicht.
Wie Moses berichtete, wurden die Flöße zu jener Zeit aus Ziegenfellen genäht, man fertigte aus den Fellen röhrenförmige Behältnisse und blies sie auf. Die so gewonnenen Luftkissen wurden zusammengeflochten. Für größere Flöße brauchte man schon mal zwei Dutzend solcher Kissen, aber sie trugen dann auch jeweils zwei Pferde samt Streitwagen. Das Nähen war Frauenarbeit gewesen. Aaron hatte seinem Kamel beigebracht, die Ziegenfelle aufzublasen. Kamele haben eine große und starke Lunge.
Moses geriet in Eifer, trat ans Fenster des Turmzimmers und zeigte mit seinem Hirtenstab nach draußen.
»Als der Morgen des ersten Tages der Überfahrt anbrach und ein angenehmer Rückenwind blies, ging ich ans Ufer, zeigte mit dem Stock aufs Meer und brüllte: ›Los jetzt! Rüber mit euch, an den Stellen, wo das Meer am flachsten ist!‹ So ist das damals abgelaufen.«
Pirjeri fand, dass es eine großangelegte Operation gewe-

sen war, und die Durchführung zeugte von ausgezeichneten organisatorischen Fähigkeiten. Nicht mal mit heutiger Technik war es möglich, ganze Völker mit so wenigen Verlusten über ein schäumendes Meer zu verfrachten. Diese Worte erfreuten Moses, doch er spielte die Sache herunter. Er betonte, dass die Juden damals nur einige tausend gewesen waren. Zu Zeiten des Alten Testaments waren die Völker klein, aber aufsässig.

»Die Halunken hatten dauernd etwas zu murren! Mal gab es nicht genug Speis und Trank, mal setzten ihnen die Wüstenstürme und Skorpione zu. Sie starben an der Ruhr wie die Sandflöhe, aber kaum lief alles ein bisschen besser, musste man die ganze Zeit aufpassen, dass sie einem nicht den Hals umdrehten und irgendeinen Dummkopf zum König ausriefen.«

Moses knurrte, dass er kein zweites Mal ein solches Unternehmen starten würde. Was ihn anbetraf, so hätten die Juden in Ägypten bleiben können. An den Ufern des Nils würde heute ein höherer Lebensstandard herrschen, wenn die Juden mit ihren ägyptischen Herren verschmolzen wären und auf diese Weise ein neues Volk geschaffen hätten. Es gäbe kein Nahostproblem, und die Deutschen hätten niemanden gehabt, den sie in den Gasöfen ihrer KZs hätten verbrennen können, wenn er, Moses, sein Volk in Ägypten gelassen hätte.

»In jungen Jahren ist man so unbedacht, dass man ganze Völker ans Ende der Welt führt. Purer Unfug.«

Pirjeri gab zu bedenken, dass beim Auszug des israelischen Volkes vielleicht doch auch Gottes Fügung eine Rolle gespielt hatte. Moses murmelte:

»So wird ja allgemein behauptet, wer weiß … übrigens war

es nicht schön von Gott, dass er mich nach vierzig Jahren Wüstenwanderung nicht mal im gelobten Land, wie ich es nannte, sterben ließ. Ich habe es von einem Berg aus gesehen, das war alles. Mich ärgert immer noch, dass ich unterwegs sterben musste.«

Pirjeri hatte Lust, ihn für seinen Groll gegen Gott zu tadeln, aber dann betrachtete er die Sache aus Moses' Sicht. Zugegeben, es war bitter, vierzig Jahre lang mit einem murrenden Volk durch die Wüste zu marschieren und nach all den Anstrengungen nicht mal ans Ziel zu gelangen. Pirjeri lenkte das Gespräch auf die Jetztzeit und die Bedingungen im Himmel. Gefiel es Moses hier, wurde ihm, einem Mann der Tat, die Zeit nicht lang?

Moses knurrte:

»Offen gestanden bin ich heute vereinsamt, habe keine Freunde mehr. Die jetzige Verwaltung mag ich nicht, von Veteranen, wie ich einer bin, wird kaum mehr Notiz genommen.«

Pirjeri fragte, ob er mit Gabriel und Petrus nicht gut auskam. Gab es im Himmel Differenzen zwischen den alten Heiligen?

Moses erklärte, dass ein jüngerer Apostel, Paulus nämlich, schon vor einer Ewigkeit kaltgestellt worden war, offenbar durch Petrus' Betreiben. Auch vom Erzengel Michael hatte er schon lange nichts mehr gehört. Stattdessen steckte neuerdings Gabriel seine Nase überall hinein.

Weiter sagte Moses, dass er sich auch nach den kleineren Propheten sehnte, jenen aus den Zeiten des Alten Testamentes, Obadja, Hosea und durchaus auch Habakuk. Besonders gern würde er mit Obadja plaudern. Als er gelegentlich Petrus nach dessen Aufenthaltsort gefragt hatte,

hatte Petrus ihn nur angeschnauzt und erklärt, er habe Obadja in die Hölle geschickt. Mehr wusste er nicht.

Diese Worte versetzten Pirjeri in Bestürzung. War es wirklich so, dass der heilige Petrus und der Erzengel Gabriel im Himmel die Macht an sich gerissen hatten? Wenn man Moses Glauben schenken konnte, so herrschten im Himmel Oligarchie und gegenseitige Konkurrenz. War Gott so erschöpft gewesen, dass ihm die himmlische Administration entglitten und ein politisches Spiel möglich geworden war?

So ganz unbesehen mochte er Moses' Andeutungen nicht glauben. Man war immerhin im Himmel, und sowohl Petrus als auch Gabriel waren fromme alte Männer, der eine sogar Erzengel, und auch der andere immerhin einer der wichtigsten Apostel.

»Verehrter Moses, ich erkundige mich gleich morgen früh nach Obadja, das garantiere ich. Ich kann wahrhaftig nicht erlauben, dass hier im Himmel hinter meinem Rücken Machtspiele gespielt werden. Aber jetzt bin ich so müde, dass ich mich zur Ruhe legen möchte. Einigen wir uns darauf, dass du am Morgen noch vor Sonnenaufgang wiederkommst. Gabriel und Petrus erscheinen gegen sechs Uhr zur Entgegennahme der Arbeitsanweisungen. Wir werden sie ordentlich ins Gebet nehmen.«

Moses verbeugte sich tief und versprach, rechtzeitig da zu sein, wenn Petrus und Gabriel auf den Fall Obadja angesprochen würden.

Ein Klopfen weckte Pirjeri Ryynänen am Morgen: Der alttestamentarische Patriarch war bereits da und wartete auf das vereinbarte Gespräch mit den Kanzleichefs.

Inzwischen unterhielt sich Pirjeri mit ihm über das Thema

des vergangenen Abends, Petrus' und Gabriels Eigenmächtigkeiten. Pirjeri verriet, dass er mit den beiden in Louhisaari gewesen war, um nach einem geeigneten Himmelsstandort anstelle der gegenwärtigen düsteren Schlossruinen Ausschau zu halten. Petrus und Gabriel hatten Louhisaari scharf kritisiert und am Ende an ganz Finnland kein gutes Haar gelassen. Er, Pirjeri, musste zu seiner Schande gestehen, dass er ausgerastet war und damit gedroht hatte, den Himmel in die Moore von Pudasjärvi zu verlegen.

Moses fand, dass es keinen Hinderungsgrund gab, mit dem Himmel nach Finnland umzuziehen, und er wunderte sich über Petrus' und Gabriels Widerstand. Finnland war wahrlich ein schönes und entwickeltes Land und zu alledem auch noch lutherisch. Moses wies darauf hin, dass es seines Wissens in Finnland viele hundert Kirchen gab. Könnte man den Himmel nicht einfach dorthin verlegen? Die Kirchen waren ja schon an sich Gotteshäuser.

Pirjeri bestätigte, dass Finnland mit Kirchen vollgebaut war. In jeder Landgemeinde stand eine, und in den Städten sogar mehrere. Aber den Himmel dort anzusiedeln war ausgeschlossen, denn sie wurden anderweitig genutzt.

»Wie ›anderweitig genutzt‹?«, fragte Moses verwundert.

»Sie sind Eigentum der Kirchgemeinden. Und der Himmel passt auch gar nicht hinein.«

Moses war anderer Meinung:

»Ich habe gehört, dass gerade in Finnland gähnende Leere in den Kirchen herrscht, die Finnen fühlen sich in ihnen nicht wohl. Wo, wenn nicht dort, gäbe es reichlich geeigneten kirchlichen Raum für den Himmel?«

Pirjeri musste zugeben, dass Moses Recht hatte. Hunderte lutherischer Kirchen in Finnland standen leer. Aber sonntags wurden dort immerhin Gottesdienste veranstaltet, an denen ein paar alte Mütterchen teilnahmen. Wie stellte Moses sich das vor, die Engel konnten in der Kirche ja nicht arbeiten, wenn dort jeden Sonntag ein Pastor für einige alte Leute predigte. Das vertrug sich nicht recht miteinander, fand Pirjeri.

Moses machte darauf aufmerksam, dass sonntags auch im Himmel traditionell Ruhetag war. Die Engel konnten dann machen, was sie wollten, beispielsweise sich das Dorf ansehen. Und außerdem, ein Gottesdienst im Himmel war doch keine üble Sache! Pirjeri sollte bedenken, dass er ja momentan selbst Gott war. Da schien es doch nur wünschenswert, dass die Leute einmal in der Woche in den Himmel oder vielmehr in ihre Kirche kamen und ihm zu Ehren Lieder sangen.

»Und sollte es den Leuten nicht passen, dann würde ich die alten Omas zum Singen ins Altenheim und den Pastor als Missionar nach Ovamboland schicken.«

Die finnischen Kirchen waren allerdings zu klein, wenn man sie mit den großen europäischen Gotteshäusern verglich, mit dem Petersdom in Rom oder mit dem Kölner Dom. Finnland war ein armes Land, und obwohl im Laufe der Jahrhunderte jede Menge Kirchen gebaut worden waren, boten sie dennoch nicht den Raum, den der Himmel benötigte.

Moses behauptete jedoch, gehört zu haben, dass gerade in Finnland im Verhältnis zur Bevölkerungszahl ungewöhnlich große Kirchen gebaut worden waren:

»Man hat mir erzählt, dass in Finnland die größte Holzkirche der Welt steht. Ich weiß nur nicht mehr den Ort, ich bin ja kein spezieller Finnlandkenner.«

Auch Pirjeri erinnerte sich jetzt. Die Holzkirche von Kerimäki, natürlich! Auf der ganzen Welt gab es keine zweite von dieser Art und Größe. Pirjeri war vor ein paar Jahren mit seiner Freundin Eija Solehmainen dort gewesen, auf demselben Ausflug hatten sie auch das Kunstzentrum Retretti besucht. Er erinnerte sich, dass die Kirche von Kerimäki mehrere tausend Gottesdienstbesucher fasste. Platz war also genug, sogar der Himmel passte noch mit hinein.

»Moses, was hältst du davon, wenn wir hinreisen und uns die Kirche ansehen, du hast doch sicherlich Zeit, mich nach Finnland zu begleiten?«

Moses betrachtete es als große Ehre, mit dem Stellvertreter Gottes auf Reisen zu gehen. Und Zeit hatte er natürlich, bis zum Ende der Welt!

Der Erzengel Gabriel und der heilige Petrus erschienen zum morgendlichen Befehlsempfang. Sie erschraken, als sie im Turmzimmer den Patriarchen Moses in Gesellschaft des amtierenden Gottes antrafen. Mit stierem Blick gaben sie ihm die Hand.

Pirjeri erklärte in offiziellem Ton, dass er, bevor er das Wetter für die Erde regeln würde, eine wichtige Sache besprechen wollte, in der er sich von Petrus und Gabriel eine Klärung erhoffte.

»Barmherziger Herrscher, uns ist es recht«, sagten die heiligen Männer beflissen.

»Dann erzählen Sie mir doch, wo genau ein Prophet wie Obadja momentan wirkt. Moses hat mir gegenüber erwähnt, dass er seinen Freund schon seit Langem nicht mehr getroffen hat. Petrus, vielleicht weißt du etwas über ihn.«

»Tja ... Obadja? Also dieser kleine Kerl ... ja, Obadja. Da muss ich mal nachforschen.«

Der Erzengel Gabriel erklärte, dass Obadja keine wirklich bedeutende Stellung im Himmel innehatte, deshalb ließ sich nicht so auf die Schnelle sagen, wo er sich aufhielt. Aber man würde sich sofort darum kümmern.
»Moses hier behauptet gehört zu haben, dass Obadja in die Hölle verbannt worden sei. Was sagst du, Petrus, ist da was dran?«
Petrus und Gabriel wiesen die Behauptung strikt zurück. Obadja, diesen frommen alten Propheten, hatte man nie und nimmer in die Hölle geschickt, kein Gedanke daran. Der allmächtige Pirjeri möge sich ein Weilchen gedulden, man werde nach Obadjas Verbleib forschen und dann sofort Bericht erstatten.
»Dann forschen Sie doch auch gleich nach dem Verbleib des Erzengels Michael und des Apostels Paulus, ich glaube, ich sollte mich auch mit ihnen mal treffen.«
Petrus und Gabriel versprachen, zu tun, wie Herr Ryynänen befahl. Pirjeri sagte ihnen noch, dass er vorhatte, mit Moses nach Finnland zu reisen und die Kirche von Kerimäki zu besichtigen.
»Es ist die größte Holzkirche der Welt, und sie steht im Winter leer, wir wollen uns ansehen, ob sie sich als Himmel eignen würde. Aber jetzt ist es Zeit, das Wetter für diesen Tag zu planen. Was empfehlen die Herren Heiligen?«
»Wir würden für den Norden eine leichte herbstliche Kälte vorschlagen, und weiter südlich dachten wir uns …«
Moses verbeugte sich vor Pirjeri und entfernte sich, um nicht bei der Wettererstellung zu stören. Nach langer Zeit fühlte er sich wieder als geachteter Patriarch, der sogar eine lebendige Gottesbeziehung hatte.

20

Pirjeri hatte in dieser Woche mehr als sonst auf Erden zu tun, denn auf den Weltmeeren tobten zwei Orkanstürme gleichzeitig. Es galt, beide zu besänftigen, und da durfte der amtierende Gott nicht faulenzen.

Endlich legten sich die Winde, und Pirjeri konnte in den Himmel zurückkehren. Gabriel und Petrus empfingen ihn und verkündeten sofort, dass sie Obadja gefunden hatten. Ob der barmherzige Ryynänen den vermissten Propheten wohl sofort sprechen wollte?

Obadja wurde zu Pirjeri gebracht. Er war ein kleiner Mann mit einem verschmitzten Blick und um die sechzig Jahre alt, bekleidet war er mit einem abgetragenen Umhang. Wie ein großer Kirchenfürst wirkte Obadja auf den ersten Blick nicht.

Pirjeri fragte ihn, wo er die letzte Zeit gewesen sei. Habe er Klagen, was seinen Aufenthalt im Himmel angehe?

Obadja erzählte, dass er die letzten zweihundert Jahre mit zweitrangigen Aufgaben auf den Hinterhöfen des Himmels beschäftigt gewesen sei, man habe ihn dazu eingesetzt, die Neulinge unter den Engeln im Sortieren der Gebete zu unterweisen. Die Arbeit sei leicht gewesen, allerdings auch sehr eintönig. Die Gebete, die man seiner Gruppe zum Analysieren gegeben habe, seien im

Allgemeinen purer Unsinn gewesen, nichtiges Geseufze und Bitten mit niederer Gesinnung. Aber auch zu denen musste ja irgendjemand Stellung nehmen, das sei ihm klar, und er habe sich, wie er sagte, mit seinem Schicksal abgefunden.

»Holt Moses her«, befahl Pirjeri, und bald erschien der alte Patriarch im Turmzimmer. Als er Obadja sah, eilte er gerührt auf ihn zu, umarmte ihn und befragte ihn nach seinem Ergehen.

»Mir geht es gut«, erklärte Obadja leicht erstaunt. Petrus und Gabriel nickten dazu. Man hatte den Mann keineswegs schlecht behandelt.

Pirjeri erkundigte sich, ob man Obadja mit Ausweisung in die Hölle gedroht habe.

Der Prophet sah Petrus und Gabriel an, zögerte einen Moment, wollte anscheinend nicht gern über das Thema sprechen.

»Scheue dich nicht, die Wahrheit zu sagen«, forderte Pirjeri ihn auf.

»Nun ja, diese Situation hat es schon gegeben, das kann ich nicht leugnen, es war vor einem halben Jahrhundert, als mir eine Liste mit hunderttausend Gebeten abhanden gekommen war, sie war einfach verschwunden ... zu jener Zeit hatte ich alle Hände voll zu tun, der Weltkrieg war im Gange, und die Menschen beteten pausenlos. Als die verschwundenen Gebete nicht wieder auftauchten, kam der Gedanke auf, dass man mich ... in die Hölle schicken wollte ... keine Ahnung, was dann passiert wäre.«

Petrus räusperte sich und erklärte, dass das Verbummeln von hunderttausend Gebeten eine schwerwiegende Schlamperei sei, auf die im Allgemeinen eine Strafe folgte, sogar hier im Himmel. Er selbst erinnerte sich nicht mehr ganz genau an den Fall, möglich, dass mit der Hölle gedroht worden war, aber das war mehr ein deftiger Scherz, war schwarzer Humor gewesen.

Obadja nickte, ja, so habe auch er die Sache damals verstanden, obwohl Petrus' und Gabriels Drohung ihn schwer getroffen habe. Er habe versucht sich zu bessern, und danach war kein einziges Gebet mehr durch sein Verschulden abhandengekommen. Selbst die dümmsten von ihnen habe er sorgfältig abgeheftet.

»Gut, dass wir das geklärt haben. Merkt euch, Petrus und Gabriel, dass ihr kein Recht habt, jemanden aus dem Himmel zu vertreiben, am allerwenigsten alte Propheten. Und im Himmel ist auch kein Platz für schwarzen Humor. Ja, wie steht es nun mit Paulus und Michael, wo mögen sie sein?«

Der heilige Petrus beeilte sich zu erklären, dass alle beide ihre Ruhe haben wollten, sie hatten schon vor geraumer Zeit ihre administrativen Aufgaben niedergelegt und sich ins Privatleben zurückgezogen. Falls der amtierende Gott es wünschte, würden sie zur Verfügung stehen, aber sie wollten sich am liebsten aus den verworrenen Angelegenheiten der Menschheit heraushalten. Paulus weilte momentan in Argentinien, und Michael hauste in einer kleinen Nonnenzelle in der Kelleretage dieses Schlosses und wollte niemandem begegnen, wenn es nicht unbedingt sein musste.

Pirjeri kündigte an, irgendwann, wenn er mehr Zeit hätte, persönlichen Kontakt zu den beiden heiligen Männern aufzunehmen. Er dankte den anwesenden Heiligen und erklärte, dass er sich ausruhen wolle, denn er sei sehr erschöpft von seinem Kampf gegen die Orkane. Zuvor erinnerte er Moses noch einmal an die Reise nach Kerimäki.

»Da wir gerade von Gebeten sprachen«, warf Petrus rasch ein. »Die römisch-katholische Welt, also jene Menschen, die an den Papst glauben, beten ständig, dass der Papst ihnen das Recht auf Ehescheidung gewähren möge. Wie ist es, allmächtiger Pirjeri Ryynänen, wäre es denkbar, dass Sie den Papst kontaktieren und mit ihm sprechen?«

Der Erzengel Gabriel war derselben Meinung:

»Jetzt wäre es höchste Zeit, dass Gott dem Papst erscheint und Klartext mit ihm redet. Das bestehende Ehegesetz ist nicht das einzige Problem, das den Katholiken zu schaffen macht. Auch die negative Haltung des Papstes zur Geburtenregelung und zur Abtreibung bedrückt sie von Jahr zu Jahr mehr, wie wir aus den Gebeten der katholischen Frauen schließen können. Jede fünfte Frau aus Lateinamerika betet für die Vereinfachung von Ehescheidung, Geburtenregelung und Abtreibung.«

Pirjeri fragte nach Moses' und Obadjas Meinung. War es wirklich angebracht und empfehlenswert, dass er in seiner Eigenschaft als Gott den Vatikan besuchte und dem Papst erschien?

Moses erklärte, dass der gegenwärtige Papst ein konservativer Mann sei, der sich wohl kaum in Glaubensdingen belehren lassen würde, selbst wenn es Gott persönlich versuchte. Obadja hingegen fand, dass es immer den Versuch lohnen würde. Vielleicht würde sich der Papst, wenn er den lieben Gott selbst vor Augen hätte, aufgeschlossener für einen moderneren Glauben zeigen. So dachte auch Pirjeri.

Am Morgen begab sich Pirjeri in den Vatikan. Begleitet

wurde er von zwei katholischen Engeln, die früher dort tätig gewesen waren. Sie benachrichtigten die Kardinäle. Gott war in der Sixtinischen Kapelle eingetroffen und würde bald dem Papst persönlich erscheinen.

Pirjeri wusste, dass die Sache nicht ganz nach Protokoll ablaufen würde. Er war immerhin Gott, wenn auch nur stellvertretender, und der Papst war nach der katholischen Lehre sein Untergebener und im Bedarfsfall sein Stellvertreter auf Erden. Der Papst hätte ihn um eine Audienz bitten müssen und nicht umgekehrt. Pirjeri war jedoch kein eitler Gott und sagte sich, dass er dem Papst seinen großen Auftritt gönnen wollte, immerhin befand man sich auf seinem Boden, im Kirchenstaat.

Nach fünfzehn Minuten kamen Pirjeris Engelsbegleiter beschämt zu ihm zurück. Sie berichteten, dass der zuständige Kardinal in der päpstlichen Kanzlei sie nur widerwillig empfangen habe. Er habe ihre Worte nicht für voll genommen, habe angeblich genug von all den irren Besuchern und hatte damit gedroht, die Engel rauszuschmeißen, wenn sie nicht von allein verschwinden würden. Es gebe nicht die geringste Chance, den Papst zu sprechen, habe er den Engeln unmissverständlich mitgeteilt.

Pirjeri wurde wütend und beschloss, selbst zum Kardinal zu gehen. Die Engel führten ihn in die Privaträume des Vatikans, zur Wohnung des Papstes. Sie wanderten gemeinsam durch die Innenräume des Palastes, bis sie zu einer riesigen Treppe kamen, die in die obere Etage, in den Clementinasaal, führte. In dem großen Raum gab es keinerlei Möbel, aber ansonsten war er reich mit Skulpturen und Gemälden geschmückt. In diesem Saal war die Schweizer Garde postiert. Ein paar Wächter in prächtigen Uniformen wollten von Gott und seinen Begleitern wissen, in welcher Angelegenheit sie im Palast unterwegs seien. Pirjeri starrte dem Offizier der Gardisten nachdrücklich in die Augen, und der ließ sie bereitwillig passieren. Weiter ging es zur Wohnung des Papstes. Sie durchquerten mehrere Säle, bis sie vor der Tür des ungläubigen Kardinals standen, der die päpstliche Kanzlei bewachte. Pirjeri trat ein. Der Gesuchte saß im roten Mantel hinter einem großen Tisch aus Edelholz und rauchte eine Zigarre. Als er Pirjeri und die Engel entdeckte, blickte er gereizt und bedeutete ihnen mit einer Geste, sich zu entfernen.

Pirjeri warf einen strengen Blick auf den hochmütigen Kardinal. Der Unterkiefer des Mannes klappte herunter, die Zigarre fiel auf den Schreibtisch, und ihm entfuhr ein Ausruf ungläubigen Staunens. Der Kardinal sah zum ersten Mal in seinem Leben Gott in eigener Person. Demütige Andacht erfüllte ihn, er war jetzt überzeugt. Er drückte seine Zigarre aus, erhob sich, huschte herbei und warf sich ächzend vor seinem Gott auf die Knie. Pirjeri gab ihm ein Zeichen, er solle aufstehen, und befahl ihm dann, dem Papst die Bitte um eine Audienz zu überbringen. Der Kardinal rappelte sich auf und eilte mit flatternden Mantelschößen davon, um den Papst über Gottes Erscheinen zu informieren.

Stotternd erklärte er dem Papst, dass in der Kanzlei Gott in eigener Person warte, oder vielmehr dessen Stellvertreter, der gebürtige Finne Pirjeri Ryynänen. Gott sei in den Vatikan gekommen, um dem Papst zu erscheinen und ihm Anweisungen zur Weiterentwicklung der katholischen Lehre zu geben.

»Ich kenne den Mann nicht«, sagte der Papst.

Der Kardinal versicherte, dass in der Kanzlei tatsächlich der allmächtige Gott warte, da gebe es gar keinen Zweifel. Der Papst täte gut daran, Gott sofort zu empfangen. Und er fügte hinzu, dass er Gottes Zorn fürchte.
Der Papst dachte nach. Hatte der Kardinal den Verstand verloren? Das war gut möglich, denn gerade er war trotz seiner Begabung manchmal doch recht einfältig. Aber wenn er nun Recht hatte? Existierte Gott tatsächlich?
Der Papst spürte, dass sein Glaube auf die Probe gestellt wurde, und er musste sich eingestehen, dass er trotz seiner Frömmigkeit Zweifel an der Existenz Gottes hatte. Er hielt es für übertrieben, dass Gott sich die Mühe machte, persönlich auf die Erde zu kommen, um mit ihm, dem Papst, zu sprechen. Was hatte Gott im Vatikan zu schaffen? Da glaubte er schon eher, dass es sich wieder mal um einen jener durchgeknallten Besucher handelte, die immer wieder versuchten, zu ihm vorzudringen, jemanden, der eine Pistole in der Brusttasche trug oder der dem Vatikan den Diamantenschmuck seiner Großmutter schenken wollte.
»Nun, schauen wir mal, wer die Leute sind, bringen Sie diesen ›Gott‹ in Begleitung von Leibwächtern her.«
Der Kardinal machte sich auf den Weg, um Pirjeri mitzuteilen, dass der Papst ihn empfangen wolle.
Der hatte inzwischen genug davon, beim Papst anstehen zu müssen, und so wartete er bereits mit seinen Engeln hinter der Tür und trat ein. Der Kardinal stellte ihn dem Papst vor:
»Eure Eminenz, das hier ist Gott, von dem ich sprach.«
Der Kardinal und die Engel ließen die beiden allein. Pirjeri trat zum Papst und drückte ihm die Hand, gleichzeitig sah er ihm scharf in die Augen. Der Kirchenfürst musste sich

eingestehen, dass der Blick seines Gegenübers göttlichen Glanz hatte.

»Wie kann ich helfen?«, fragte der Papst. Er fingerte an seinem Briefbeschwerer aus weißem italienischem Marmor, der die Form einer Halbkugel hatte und in den eine Silberplatte eingelassen war, auf der zu lesen stand: »Für den heiligen Vater. Kniescheibe des heiligen Petrus, überreicht von der liebenden Synode der Nonnen des Mittelmeerbezirkes.«

»Im Himmel kommen in den letzten Jahren immer mehr Gebete besonders von gläubigen Katholikinnen an, in denen es fast immer um dieselben Probleme geht«, begann Pirjeri.

»Die Menschen haben ja laufend Probleme, besonders die Frauen«, bestätigte der Papst.

»Gerade darüber möchte ich mit dir sprechen«, sagte Pirjeri. »Speziell der römisch-katholische Glaube, der unter deiner Leitung steht, ist, offen gesagt, sehr konservativ und überhaupt nicht auf der Höhe der Zeit.«

Den Papst erschütterten diese harten Worte nicht sonderlich. Er bat Pirjeri, sein Anliegen näher zu erläutern.

Pirjeri sagte, dass sich Paare, die von einem katholischen Priester getraut worden waren, auch heute noch – zu Beginn des zweiten Jahrtausend – nicht scheiden lassen durften, mochte ihre Ehe auch nur mehr auf dem Papier Bestand haben. Auch eine Geburtenregelung sei unmöglich, und Abtreibungen seien nicht erlaubt. Hier sei die Religion hart und gnadenlos. Unter dieser konservativen Haltung der Kirche litten vor allem die Frauen. Er als Gott, so Pirjeri, erwarte, dass der Papst von nun an darüber nachdenke, wie sich die Fesseln des Glaubens in den katholischen

Ländern so weit lockern ließen, dass die Menschen und vor allem die Frauen freier leben konnten.
Der Papst bestritt die Behauptungen. Er erinnerte daran, dass die Ehe von Gott selbst eingesetzt worden sei, also könne weder er als Papst und schon gar nicht Pirjeri als ehemaliger Kranfahrer sie abschaffen. Geburtenregelung und Abtreibung seien Kindesmord schlimmster Natur, den er auch auf Geheiß des amtierenden Gottes niemals zulassen werde. Ansonsten jedoch wolle er in allem so handeln, dass Gott nichts auszusetzen habe.
»Ist das dein Ernst, mein Sohn?«, fragte Pirjeri erstaunt.
»In Glaubensdingen meine ich es immer ernst«, versicherte der Papst, ohne mit der Wimper zu zucken.
Pirjeri erklärte, dass er ihn in diesem Falle gegen eine liberalere Person austauschen werde.
Der Papst gab zu, dass Gott allein darüber zu entscheiden habe. Aber Pirjeri solle wissen, dass sein Nachfolger noch konservativer sein würde als er selbst. Er kenne seine Kardinäle.
»Ich bedaure, aber der katholische Glaube ist bei den hier im Vatikan tätigen Kardinälen so fest verankert, dass eine Veränderung leider und Gott sei Dank nicht mehr möglich ist.«
Pirjeri begriff, dass die Verhandlungen mit dem starrsinnigen Alten zu nichts führten. Er teilte dem Papst mit, dass er von seiner Haltung enttäuscht sei, und sagte ihm geradeheraus, dass er spätestens im Frühjahr seine Sachen packen könne. Bis dahin glaubte Pirjeri unter den Kardinalen einen jüngeren und liberaleren Mann gefunden zu haben, der dann von dem Konklave zum neuen Kirchenfürsten gewählt werden würde.

»Versuchen Sie es nur, allerdings glaube ich nicht, dass es klappt«, brummte der Papst. »Ich bin der Stellvertreter Gottes auf Erden, und ich bin nicht verpflichtet, der Stellvertreter seines Stellvertreters zu sein. Außerdem bin ich unkündbar.«
Pirjeri ärgerte sich so sehr über die Widerspenstigkeit des Papstes, dass er ihm zum Abschied nicht mal die Hand gab.
»Im Frühjahr sehen wir uns, mein Papst, und falls ich dann noch als Gott amtiere, brechen für dich harte Zeiten an, das schwöre ich. Denk an meine Worte, wenn du das nächste Mal deine konservativen Lehren zum Besten gibst.«
Nach diesen Worten verließ Pirjeri den Papst, verabschiedete sich von seinen Engeln und kehrte nach Bulgarien zurück. Er war enttäuscht von der Haltung des Papstes, sie machte ihn traurig. Spätestens im Frühjahr würde er seine Kontakte zum Heiligen Stuhl neu regeln.
Als Pirjeri weg war, blieb der Papst in seinem Arbeitszimmer allein. Er fühlte sich unglücklich, doch zugleich war ihm feierlich zumute, hatte er doch soeben mit Gott selbst in Fragen der Reinheit des Glaubens die Kräfte gemessen. Der Zusammenstoß war kurz, aber so gallig gewesen, dass der Papst spürte, wie sich sein alter Magenkatarrh wieder meldete. Sonst hatte er bei seinen Magenproblemen Gott um Hilfe gebeten, aber ihm war klar, dass die Beschwerden momentan auf diesem Wege nicht verschwinden würden. Stattdessen erhob sich der Papst und schlurfte zum Reliquienschrein, öffnete das Schloss mit einem geheimen Zahlencode und sperrte die schwere Tür auf. Er griff ins oberste Fach und holte die kostbarste Reliquie der römisch-katholischen Kirche hervor, ein dreißig Zentimeter

langes Stück vom Oberschenkelknochen Christi. Er führte es an die Lippen, küsste es und bekreuzigte sich mehrmals. Dann schloss er den kostbaren Knochen wieder ein und kehrte erleichtert an seinen Schreibtisch zurück. Er dachte bei sich, dass nicht mal Gott ihn umstimmen und ihn veranlassen könnte, Ehebrecher und Mörder ungeborener Kinder zu akzeptieren.

21

Pirjeri Ryynänen kehrte in gereizter Stimmung aus dem Vatikan zurück. Das hoffärtige und starrsinnige Verhalten des Papstes hatte ihn verletzt, nicht so sehr persönlich als vielmehr um der Sache willen: Der Papst war schließlich nur der Papst, Gott war Gott. Zu alledem war der Papst ein konservativer und machtlüsterner Kirchenfürst, der einen überlebten Glauben verkündete. Pirjeri dachte ernsthaft daran, den Mann auszutauschen.

Natürlich wäre der Papst leicht aus dem Weg zu räumen, indem er ihn zum Beispiel an einer Lungenentzündung erkranken ließe, die würde der hinfällige Greis nicht überleben. Aber Pirjeri erinnerte sich noch gut an die Drohung des listigen Kirchenmannes. Wenn man ihn aus dem Amt drängen würde, träte an seine Stelle ein noch konservativerer Vertreter. Wollte man die ganze Riege der Kardinäle gegen neue austauschen, wäre das schon schwieriger und würde in der römisch-katholischen Welt unliebsames Aufsehen erregen, besonders, wenn man mit der Säuberung beim Papst selbst beginnen würde. Das fiel flach, Pirjeri musste sich eine vernünftigere Methode ausdenken.

Er rief Petrus und Gabriel zu sich, erzählte ihnen von seinem Besuch im Vatikan und seinen missglückten Gesprächen mit dem Papst.

»Die Sache war schlecht vorbereitet, und es gab keine Ergebnisse. Ich habe beschlossen, dass der Papst ausgeschaltet werden muss. Sie beide können seine Entlassung planen. Die Kardinäle müssen vor dem Konklave irgendwie bearbeitet werden. Ich habe mir gedacht, dass das Ganze nach Weihnachten über die Bühne geht, vielleicht schon im Januar.«

Die Wendung in dem Fall verblüffte die heiligen Männer. Der allmächtige Pirjeri hatte den guten Plan verpfuscht. Anstatt den Papst dazu zu bewegen, den katholischen Glauben zu reformieren, hatte er das Band zwischen Himmel und Vatikan zerrissen. Das hatten die Kanzleichefs nicht im Sinn gehabt, als sie Pirjeri gebeten hatten, dem Papst zu erscheinen. Jetzt sollte jener konservative Mann entlassen und ein neuer, gemäßigterer an seine Stelle gewählt werden! Ein überraschender Gedanke, dessen Realisierung jedoch äußerst schwierig erschien. Was könnte ein Grund dafür sein, den Papst aus dem Amt zu entfernen? Sollte man ihn töten oder lächerlich machen? Hatte der allerhöchste Pirjeri bereits genauere Vorstellungen über die praktische Lösung des Problems?

Pirjeri hatte sich natürlich keine weiteren Gedanken über die Einzelheiten gemacht. Er ging davon aus, dass die Kanzleichefs in der Lage waren, so etwas selbständig zu regeln. Vielleicht könnte der Papst erkranken und freiwillig in Pension gehen?

Petrus hatte seine Zweifel an dieser Variante:

»Der Papst wird kaum freiwillig seinen Platz räumen, machthungrig und starrsinnig, wie er ist. Man könnte ihm höchstens eine Krankheit schicken, die ihre Wirkung zeigt und ihn umstimmt.«

Gabriel äußerte den Gedanken, dass man den Papst vielleicht loswerden würde, wenn man ihn mit einer Geisteskrankheit infizierte, Schizophrenie zum Beispiel ließ sich relativ leicht in jedem x-beliebigen Schädel installieren.
Petrus fand, dass der Mann bereits verrückt genug war. »Soweit ich die Päpste im Verlauf der Jahrhunderte kennen gelernt habe, waren sie einer wie der andere auf ihre Weise von Sinnen, und trotzdem saßen sie fester im Vatikan als die Scheiße an der Wand von Junttilas Stube, wenn mir in diesem Zusammenhang eine finnische Redensart gestattet ist.«
Pirjeri bat ihn, sich einer kultivierteren Sprache zu befleißigen. Das Problem war ernst und ließ keinen Raum für Scherze, man redete hier immerhin vom Oberhaupt der römisch-katholischen Kirche und vom Vatikan.
Er gab seinen Kanzleichefs zwei Monate Zeit, das Problem zu lösen. Das musste genügen. Sie sollten einen tragfähigen Plan erarbeiten, er, Pirjeri, würde ihn dann in die Tat umsetzen. Der Papst durfte jedoch nicht einfach um die Ecke gebracht werden, diese Methode war Gott nicht angemessen.
Pirjeri gab den beiden noch ein paar Anweisungen hinsichtlich der laufenden Angelegenheiten und verkündete dann, dass er wie besprochen mit Moses nach Kerimäki in Finnland reisen werde. Er rief Moses zu sich und erklärte ihm, dass er jetzt Zeit für die geplante Reise und die Besichtigung des neuen Standortes für den Himmel habe.
Moses war Feuer und Flamme. Er bat darum, dass Obadja mitkommen dürfe, denn der kleine Prophet wollte so gerne ebenfalls ein bisschen reisen. Er hatte jahrelang nur

dagesessen und belanglose Gebete sortiert, ohne sich zwischendurch mal auslüften zu können.
Pirjeri war einverstanden, dass Obadja mitkam, und ließ ihn herbeirufen. Dann verabschiedete er sich von den Kanzleichefs und schärfte ihnen ein, ihn sofort zu alarmieren, falls die Welt aus den Fugen geriet. Die heiligen Männer versprachen, darauf zu achten, dass der Erzfeind nicht die Oberhand gewinnen würde, während der allmächtige Ryynänen in seinem Heimatland unterwegs war.
Die drei brachen auf, Petrus und Gabriel blieben verstimmt in der alten Schlossruine zurück, um über die Situation im Himmel nachzudenken. Nach Meinung der beiden Heiligen hatte der neue finnische Gott dort ein schlimmes Durcheinander angerichtet, obwohl er erst seit dem Herbst im Amt war.
»Dieser Gott ist für uns zu einem echten Sorgenkind, ich würde sogar sagen zu einem göttlichen Ärgernis, geworden«, klagte Petrus. Gabriel war derselben Meinung.
»Allzu draufgängerisch, der Mann. Wie es aussieht, verlegt er den Himmel mit aller Gewalt in dieses Finnland, mitten in den Schnee. Und dann der Fall Obadja. Da hat Moses ganz schön was angerichtet! Viel fehlte nicht, und Pirjeri hätte uns was angehängt.«
»Ja, und seine Andeutungen über Paulus und Michael … wirklich düstere Worte«, sagte Petrus.
»Und die neue Ordnung hier im Himmel, Wochenprogramme, Arbeitspläne und all das! Früher bei Gott war es anders. Dieses neue Regime nervt allmählich. Jetzt sollen wir auch noch den Papst austauschen. Im Himmel gab es schon mal bessere Zeiten, das muss ich sagen«, seufzte Gabriel.

Petrus äußerte, gleichsam in Gedanken, dass er am liebsten einen Rapport über die gegenwärtigen Zustände an Gott schicken würde. Was würde wohl der urlaubende Allmächtige von all den Neuerungen halten, war Pirjeri nicht viel zu weit gegangen?
Gabriel gab zu, dasselbe gedacht zu haben. Aber Gott war hitzig und ernst, wie Petrus ja wohl noch wusste. Er, Gabriel, erinnerte sich, dass Gott einst pedantisch genug gewesen war zu verbieten, dass unnötig sein Name genannt wurde. Wenn man ihn aus nichtigem Anlass in seinem Urlaub störte, würde man nicht unbedingt Beifall ernten. Vielleicht wäre es also doch nicht klug, zumindest jetzt noch nicht, sich an ihn zu wenden, womöglich würde er in seinem Ärger sogar für Pirjeri Partei ergreifen. Und wenn sie den Zorn beider Götter gleichzeitig auf sich ziehen würden, hätten sie als Kanzleichefs einiges auszustehen.
Petrus gab zu, dass es zu riskant wäre, den Gott im Urlaub mit Pirjeris Angelegenheiten zu behelligen. Fürs Erste müssten sie also leiden und dulden.
»Ja, stimmt, das Leben besteht nur aus Mühsal und Leiden, auf der Erde wie auch im Himmel«, seufzte der Erzengel Gabriel. In dieser Stimmung begannen die Kanzleichefs darüber nachzudenken, wie sie den Papst ohne Aufsehen aus dem Amt drängen konnten.

22

Der Morgen im späten Oktober war hell und klar. Die Besucher erkannten schon von Weitem, dass die Kirche von Kerimäki tatsächlich riesig war. Sie beeindruckte sowohl Moses als auch Obadja, der die Worte äußerte:

»Kaum zu glauben ... hier in Kerimäki wohnen wahrscheinlich mindestens hunderttausend fromme Menschen.«

Pirjeri erinnerte sich, dass der Ort weniger als zehntausend Einwohner hatte. Moses vermutete, dass sie vielleicht größenwahnsinnig waren, doch Pirjeri nahm eher an, dass zu den Zeiten des Kirchenbaus ein größenwahnsinniger Pastor Regie geführt hatte. Schon bald würde man mehr wissen, denn ein paar Savolaxer Engel würden sie empfangen und ein wenig über die Kirche und die Ortschaft berichten.

Das heilige Trio schritt über den schmutzigen Sandweg zum Vorplatz der Kirche, vorbei am hohen Glockenturm, und dann schauten sie hinauf zu dem gelb gestrichenen Gebäude und der mit grüner Patina überzogenen Kupferkuppel. Jesus, wirklich gewaltig! Ganze Engelskolonnen passten hinein. Pirjeri sah sofort, dass die Kirche von Kerimäki mehr Platz bot als das Herrenhaus von Louhisaari.

Doch wo blieben die einheimischen Engel, die den Allmächtigen empfangen sollten? Auf den Stufen zum Eingang stand, auf seinen Stock gestützt, lediglich ein einsamer alter Mann mit Schnauzbart. Er trug einen altmodischen Anzug aus Tuch, an den Füßen Lappenstiefel, seine Augen blickten munter. Er war um die sechzig und bewegte sich schwerfällig, als er an seinem Stock die Stufen herunterkam und den drei Ankömmlingen entgegenhinkte. Schon von Weitem rief er mit kläffender Stimme:

»Ist wohl der neue Gott, der da kommt, oder? Ich bin Heikki Häyrinen!«

Es war der frühere Landpolizeikommissar von Kerimäki, geboren 1874 in Mikkeli und gestorben 1943 hier im Ort, von seinem militärischen Rang her Zahlmeister und ansonsten ein leidenschaftlicher Hobbyhistoriker, was die Geschichte des Ortes und das Sammeln und Bewahren entsprechender musealer Gegenstände anging. Man schüttelte sich die Hand.

»Ihr könnt mich Schrott-Heikki nennen, so haben mich zu Lebzeiten alle hier geschimpft.«

Pirjeri stellte ihm Moses und Obadja vor.

»Der echte Moses? Ist ja ein Ding, und Opatja! Dann mal willkommen in Kerimäki, wir gucken uns als Erstes Hytermä an, ganz in Ruhe.«

Schrott-Heikki erzählte, dass er seinerzeit ein ziemlich mächtiger Mann in Kerimäki gewesen war. Er war ausgerechnet während des Krieges gestorben, seine Beine hatten nicht mehr mitgemacht, und die Lähmung hatte den Rest besorgt. Na schön, das dazu, keine bösen Gedanken an Vergangenes! Bei den Engeln wollte man ihn zunächst gar nicht aufnehmen, er musste jahrelang im Fegefeuer auf den passenden Moment warten, um den richtigen Platz zu ergattern. Mehr als zwanzig Jahre Buße für die paar kleinen Sünden! Endlich, in den Sechzigerjahren, so erzählte er, war er in den Himmel gelangt, nach langem und ödem Warten. Seither wirkte er als Engel hier in Kerimäki, in vertrauter Umgebung und als Chef der anderen örtlichen Engel.

Pirjeri fragte, wo die anderen seien, er habe ein größeres Empfangskommando erwartet. Schrott-Heikki winkte ab und sagte, dass niemand Kerimäki so gut kenne wie er, weder einer der Lebenden noch der Toten. Man habe ihm gesagt, dass Gott nach einem passenden Ort für den Himmel Ausschau halte. Nun, Kerimäki sei der bestmögliche Standort, und dort wiederum die herrlichen Inseln von Hytermä.

»Da ist Platz genug für den ganzen Himmel, und schön ist es außerdem!«

Pirjeri betonte, dass er sich speziell die Kirche von Kerimäki ansehen wolle. Wie wäre es, wenn Heikki sie ihm zeigte, schließlich kenne er ihre Geschichte und auch den Baustil.

»Immer mit der Ruhe, lieber Gott… bloß nichts übereilen, das bringt gar nichts. Die Kirche ist gleich dran, erst mal gehen wir nach Hytermä, an den schönsten Ort der Welt!«

Da half alles nichts, Schrott-Heikki führte Pirjeri mit seiner Begleitung nach Hytermä. Es war ein aus drei Inseln bestehendes Naturschutzgebiet im Puruvesi-See, ein paar Kilometer vom Kirchdorf entfernt. Als sie die Hauptinsel erreicht hatten, konnten sie sehen, dass die Landschaft einmalig schön war, besonders Obadja war beeindruckt: gepflegter Kiefernwald auf sandigen Landrücken, sanft geschwungene Uferstreifen und wunderhübsche kleine Waldteiche.

Schrott-Heikki erzählte, dass Hytermä sein geliebtes Lebenswerk sei, fünfzig Hektar Freilichtmuseum, ein für kommende Generationen errichtetes Paradies, in dem man den Himmel sehr gut unterbringen könne. Heikki habe in den Dreißigerjahren Dutzende von Mühlsteinen auf die Insel geschafft, habe Scheunen und andere ländliche Gebäude dorthin verfrachtet und sie mit alten bäuerlichen Gegenständen vollgestopft. Während der Notstandszeit habe er hungernde Arbeiter gedungen, und sie hatten überall auf der Insel die verschiedensten Denkmäler errichtet, hatten sie unter großen Anstrengungen aus Natursteinen gemauert. Das größte sei das »Mahnmal der Arbeit«, ein mehrere Meter hohes Monument, das an sichtbarer Stelle am Ufer der Hauptinsel aufrage.

»Guck mal, Herr Pirjeri, ist es nicht prachtvoll? Dafür haben die Leute viele Jahre gebraucht, und es hat einen Haufen Geld gekostet. Aber ich hab hier auf der Insel alles selber bezahlt, die Museumsherren haben mir keinen einzigen Pfennig geschenkt.«

Sie durchwanderten die ganze Insel. Heikki erzählte, dass er zusammen mit seiner Frau Lilli ganz Hytermä testamentarisch dem Waldforschungsinstitut für museale Zwecke vermacht habe. Die wertvollen Wälder schien das Institut tatsächlich gut zu pflegen, aber die Gebäude verrotteten.

»Wenn ich hier noch das Sagen hätte, wäre jede Hütte tipptopp in Schuss«, schimpfte Heikki.

Sie zwängten sich durch den Eingang eines aus Balken gebauten alten Speichers, in dem verschiedene Gerätschaften ausgestellt waren: Netze, Reusen, Körbe, Hobel, Messer, Spinnrocken, Skier. Obadja machte dieser exotische Raum großes Vergnügen, und die ausgestellten alten hölzernen Gebrauchsgegenstände sprachen sein Formempfinden an. Er löcherte Schrott-Heikki, wofür die einzelnen Gegenstände verwendet worden waren, und Heikki erzählte gern: Dieser Bottich hatte dem und dem Zweck gedient, dieses Schleppnetz war so und so eingesetzt worden, die Wiege hatte die und die Funktion gehabt, auf dem Rost war das und das gebraten worden, und das Erbsenbrot hatte man in den schrecklichen Hungerjahren gegessen.

»Guck mal hier, Opatja, das ist ein Stoffgürtel. Früher in alten Zeiten haben die Weibsbilder mit kleinen Brettchen allerlei Gürtel gefertigt, das machte einen Haufen Arbeit, zuerst wurde das Kettengarn zwischen kleinen Pflöcken aufgeschlagen, die an der Wand befestigt waren, dann wurde das Garn in die Löcher dieser Bretter gefädelt, in das eine Brett von einer Seite und in das zweite von der anderen Seite. Kapierst du, Opatja? Bei acht Brettchen mit je vier Löchern brauchte man, lass mich nachdenken, genau, da brauchte man zweiunddreißig Fäden! Das angezettelte Gewebe kam dann ins Schnürbrett, dieses Ding hier, da mussten die Weiber ordentlich fingerfertig sein, um das hinzukriegen ... so musste es aussehen. Prima Erfindung, oder? Die Brettchen mussten immer genau richtig aufeinanderfolgen, dann wurden sie nachher im Uhrzeigersinn gedreht, pass auf, so, das Garn wickelte sich umeinander und das Band entstand! Klar, das Gewebe musste angezettelt werden, bloß mit Garn kriegt man kein Band hin. Ja, und so sah der Gürtel dann aus. Probier mal, Opatja, wie prima der passt!«

Obadja betastete entzückt das verrottete Stück Gürtel. Er probierte es auf seinem Umhang aus, drehte sich ein paar Mal vor den anderen und legte dann die Kostbarkeit wieder auf den Mühlstein, der als Ausstellungstisch diente, anschließend sah er Pirjeri bittend an.

»Hier zu wohnen, wenigstens für hundert Jahre, wäre großartig.«

»Was hab ich gesagt! Einer, der Sinn für so was hat, weiß hier jede Menge anzustellen! Dieser Ort ist einfach der Himmel für den, der ein Auge für alles Alte und Wertvolle hat«, rief Schrott-Heikki.

Pirjeri wollte wissen, ob Obadja es ernst meinte. Er wollte also wirklich aus dem bulgarischen Schloss und der Gesellschaft der Engel hierher in die Museumsgebäude von Hytermä umziehen?

»Mir gefallen dieses Ursprüngliche und der Frieden hier wirklich sehr. Ich war ja einst ein alter Hirte, in kalten und prunkvollen Schlössern habe ich mich noch nie heimisch gefühlt.«

Pirjeri fragte, wie Moses darüber dachte. Wäre es eine Lösung, wenn Obadja hier bei Schrott-Heikki in Hytermä wohnen bliebe? Moses fand den Gedanken recht absonderlich. Aber wenn Obadja der Ort gefiel, was hinderte ihn daran, sich hier niederzulassen.

Es war beschlossene Sache. Obadja sah ganz glückselig aus.

Schrott-Heikki zeigte auf ein altes Foto, das mit einer Reißzwecke an der Wand befestigt war und das eine Gruppe ernst dreinblickender Menschen in der Landschaft von Hytermä zeigte.

»Wir hatten hier früher schon mal vornehme Gäste! Als

die Gemeinde Kerimäki ihren dreihundertsten Geburtstag feierte, da hatten Lilli und ich all diese hohen Herren zu Besuch. Da links, das ist der Gemeindearzt Kalle Ruuskanen, daneben Bischof Erkki Kaila und Gouverneur Albin Pulkkinen, dann ich, die Frau Pastor Pohjannoro, die Frau Gouverneur Pulkkinen, meine Frau Lilli, und hier, ganz am Rand, sieht man noch die Iita Silvenoinen, die hat uns Herren schmackhaften Fisch gekocht. Pastor Pohjannoro hat das Bild geknipst, darum ist er nicht selber mit drauf, aber er war ein feiner Mensch.«

»Es sind wirklich noble Herrschaften«, bestätigte auch Moses, während er sich vorbeugte, um das alte Foto an der Wand des Speichers zu bewundern.

23

Obwohl Schrott-Heikkis geliebtes Hytermä wunderschön gelegen war, war es doch nicht als Himmel geeignet, das konnte Pirjeri als Gott der Praxis unschwer erkennen. Im Himmel brauchte man Platz für tausende Engel, und Hytermäs morsche Museumsgebäude mit all den Mühlsteinen und Häckselmaschinen reichten dafür nicht aus. Die Gesellschaft beschloss, ins Dorf zurückzukehren und die berühmte Kirche anzusehen.

Obadja mochte nicht mitkommen, er sagte, er habe genug von Kirchen und dem ganzen himmlischen Treiben, besonders von den belanglosen Gebeten der Menschen. Wäre es genehm, wenn er in Hytermä bliebe, um wenigstens ein paar Jahre lang den Stress abbauen zu können?

Nach Pirjeris Meinung konnte Obadja tun, was er wollte, als Prophet hatte er sich seine Ruhe verdient. Schrott-Heikki versprach, ihm später Gesellschaft zu leisten, er wollte nur erst den hohen Gästen die Kirche zeigen.

Die Kirche war bereits winterfest gemacht worden. Pirjeri und seine Begleitung traten in den riesigen Saal. Dort trafen sie dann doch noch auf einen örtlichen Engel, der sich aus der Deckung wagte und sich den Gästen vorstellte, dem zum Kommandieren neigenden Schrott-Heikki warf er schiefe Blicke zu. Der Engel hieß Vihtori Renkeinen und war Oberstufenlehrer an der Volksschule von Kerimäki gewesen, gestorben war er vor dem Winterkrieg. Renkeinen hatte sich zu Lebzeiten mit der Baugeschichte der Kirche befasst und brannte darauf, Gott und Moses davon zu erzählen. Schrott-Heikki rühmte sich damit, die Kirche genau zu kennen, aber bald zeigte sich, dass Lehrer Renkeinen der bessere Experte war. Schrott-Heikki war ein bisschen beleidigt, aber doch nicht so sehr, dass er gleich nach Hytermä zurückkehrte.

Sie besichtigten das Gebäude ausgiebig, bewunderten den gewaltigen Hauptsaal, stiegen auf die Empore und sahen sich die in der Sakristei eingebaute Winterkirche an. Die Farbgestaltung in der Hauptkirche war eine Mischung aus Neoklassizismus, Barock und Frührenaissance. Die Decke war himmelblau, wie es sich gehörte, die Wände auf der Ost- und Westseite blaugrau, die anderen schwach rötlich. Die Säulen hatten einen Anstrich mit Marmorstruktur.

Renkeinen erzählte, dass die Kirche in den Vierzigerjahren des 19. Jahrhunderts erbaut worden war. Der Kirchenbauer Tolpo aus Vihti hatte den Bau begonnen, später, nach seinem Tod, hatte sein Sohn ihn weitergeführt. Den Entwurf hatte Kondukteur Granstedt in einem Zeichenbüro in Helsinki gefertigt, und das gleich zwei Mal. Der erste Entwurf war nach Meinung der Einheimischen und besonders ihres zum Größenwahn neigenden Pfarrers zu bescheiden gewesen, und so hatte der Mann einen neuen vorgelegt.

»In die Kirche passen 5000 Leute«, erklärte Engel Renkeinen. »Die Plätze sind zwischen Hauptsaal und Empore so aufgeteilt, dass hier unten 2870 und oben 1830 Personen

untergebracht werden können. Insgesamt 4700 Menschen oder Engel können sitzen, der Rest sind Stehplätze.«
Moses fand die Kirche überraschend groß, größer als die bulgarische Schlossruine und somit besser als Himmel geeignet. Engel Renkeinen bestätigte:
»Groß ist sie wirklich, innen 45 Meter lang und 42 Meter breit. Die lichte Höhe beträgt immerhin 27 Meter! Da haben die Engel Platz zum Fliegen! Bis zur Spitze des Kreuzes draußen sind es 37 Meter. Würde man die Bänke aneinanderreihen, hätten sie eine Länge von gut anderthalb Kilometern.«
Das Altargemälde hatte laut Renkeinens Informationen eine gewisse Alexandra Såltin Ende des vorigen Jahrhunderts geschaffen. Es zeigt Jesus, während er die Worte sprach: »Kommet her zu mir alle, die ihr mühselig und beladen seid; ich will euch erquicken.« Moses erinnerte sich, dass diesen Ausspruch Jesu einst der Evangelist Matthäus aufgeschrieben hatte, ein begabter und frommer Mann.
»Nett gesagt, aber schwer in die Praxis umzusetzen«, urteilte Moses über Jesu Worte.
Die Kirche war sehr schön, in ihrer Weite und Großzügigkeit ein harmonisches Ganzes. Getragen wurde sie von den Wänden der 28-eckigen Hauptkirche, außerdem gab es im Saal noch Säulengänge in vier Reihen. Ihre oberen Enden waren mit vorgespannten Balken verbunden. Eine außerordentlich gute Zimmermannsarbeit.
»Wie Sie sehen, öffnet sich der untere Teil des Kuppelturmes unmittelbar in diesen Hauptsaal. Am oberen Rand des Triforiums verläuft eine Galerie, daran gelehnt ein Postament, gestützt von den Wänden der Zentralkuppel.«

»Schön und wirklich gewaltig, aber hält sie auch?«, meinte Moses zweifelnd, während er mit zurückgelegtem Kopf in die schwindelerregenden Höhen der Kirche hinaufblickte. Engel Renkeinen versicherte, dass die Kirche das Gewicht des ganzen Himmels trüge, denn das Fundament war sorgfältig berechnet und ausgelegt worden:
»Der äußere Rahmen der Kirche wurde seinerzeit in die tieferen Bodenschichten, die nicht im Winter gefrieren, gesetzt, dort hinein wurde der Steinsockel gemauert. Darauf entstand das Grundgerüst aus Balken, und erst dann zog man die Wände hoch. Für jede Säule wurde hier im Inneren der Kirche ein eigenes Loch ausgehoben, ebenfalls unterhalb der gefrierenden Bodenschicht. Seit fast hundertfünfzig Jahren steht die Kirche unbeweglich auf ihrem Platz. Nur die Säulen sind um ein paar Zentimeter geschrumpft, aber das ist in keiner Weise gefährlich für die Gesamtkonstruktion. Hier können jederzeit fünftausend Engel unbesorgt ihre Arbeit aufnehmen.«
Pirjeri erkundigte sich bei Moses, wie viele Engel im jetzigen Himmel ständig beschäftigt seien. Moses vermutete, dass es fünftausend seien, aber sie hatten nicht alle in der alten Schlossruine Platz gefunden, sondern seien zum Beispiel auf die Scheunen der umliegenden Dörfer verteilt worden, und einige von ihnen mussten auch in den feuchten Kellerräumen des Schlosses sitzen.
Pirjeri schritt durch den Mittelgang und plante die Sitzordnung der Engel. Sie sollten in den Bankreihen platziert werden, sodass jene, die die laufenden Angelegenheiten bearbeiteten, näher am Gang saßen, und die anderen, die mit aufwendigeren Arbeiten betraut waren, mehr zur Wand hin.

Der Erzengel Gabriel hätte reichlich Platz am Altar, und Petrus könnte von der Kanzel aus die Arbeit der Engel überwachen oder sogar eine Predigt halten, wenn er Lust hatte.

Pirjeri konnte sich durchaus vorstellen, dass sich die Arbeitsintensität im Himmel spürbar steigern würde, wenn die Engel in einem großen Landschaftsbüro sitzen würden und der Informationsfluss schnell und mühelos wäre. Zufrieden stellte er fest, dass die Kirche von Kerimäki vermutlich die einzige auf der Welt war, die sich so vorzüglich für himmlische Zwecke eignete, da sie im Winter stets leer stand. Natürlich gab es noch weit größere Gotteshäuser, aber in ihnen wimmelte es von Gläubigen, und wenn gerade keine Messen stattfanden, flanierten Scharen von Touristen durch die Gänge. Die Kirche von Kerimäki war der ideale Winterstandort für den Himmel, und in der warmen Jahreszeit könnten die Engel draußen in Hytermä in der freien Natur arbeiten.

Der Beschluss über den Umzug des Himmels nahm Gestalt an. Und wie dachte Moses nun über die Sache?

»Ich finde, dass sich diese Kirche wirklich ausgezeichnet als neuer Himmel eignet. Aber wo soll Ihr Platz in diesem Gebäude sein, Krone der Schöpfung?«

Pirjeri dachte nach. Als Kranfahrer war er es gewöhnt, allein in großer Höhe zu arbeiten, in dieser Hinsicht war der Turm in der bulgarischen Schlossruine ein guter Platz gewesen.

Engel Renkeinen äußerte die Idee, dass Gott im Glockenturm der Kirche residieren könnte. Der war sommers wie winters leer, dort störte nicht mal ein Küster die Ruhe, da die Glocken heutzutage elektrisch von der Sakristei aus geläutet wurden.

Gemeinsam sahen sie sich also an, inwieweit sich der Turm als Gottes persönliches Arbeitszimmer eignete.
Engel Renkeinen referierte:
»Hier gibt es Einflüsse aus dem Glockenturm der Kirche des heiligen Nikolaus in Salmi im heutigen Karelien. Von seiner Konstruktion her ist dieser Turm selbsttragend, eine Besonderheit, und jene Wandbohlen halten nicht eigentlich den Turm, sondern sind Verkleidung.«
Der unterste Teil des Glockenturms war aus Natursteinen gemauert, der mittlere Teil bestand aus verputzten Ziegeln, und die beiden obersten Etagen bestanden aus Holz. Insgesamt war der Turm nach Renkeinens Erinnerung siebzig Ellen hoch, also etwa so hoch wie die Kirche.
Die heilige Gesellschaft stieg nach oben. Von dort hatte man einen herrlichen Blick nach allen Seiten, am schönsten wirkte der Puruvesi-See, der sich im herbstlichen Wind kräuselte. Von der obersten Etage aus konnte man bis nach Hytermä sehen. Schrott-Heikki bekam Sehnsucht nach seiner geliebten Insel, und er verabschiedete sich von Pirjeri und Moses, zu Engel Renkeinen sagte er:
»Wir reden später noch über all das Lokale, ich muss jetzt erst nach Opatja sehen. Der ist nämlich ein Prophet und wirklich prima.«
Moses bat ihn, Obadja zu grüßen. Und so brach Heikki auf, schwebte über den See zu seinem Hytermä.
»Hier ziehe ich ein«, beschloss Pirjeri. »Und hierher zieht der ganze Himmel.«
Als der Entschluss feststand, besprachen sie noch ein paar praktische Dinge. Engel Renkeinen wurde beauftragt, dafür zu sorgen, dass der Küster und der Pastor im Winter nicht den Hauptsaal der Kirche betraten. Hinsichtlich der

Beleuchtung entschied Pirjeri, dass die tägliche Arbeitszeit der Engel auf die hellen Stunden begrenzt würde, so hätten sie zugleich mehr Freizeit als bisher. An den Sonntagen sollten die Engel während der Zeit des Gottesdienstes frei haben, obwohl das bisschen Gesang aus der Winterkirche kaum im Hauptsaal stören würde. Vielleicht wäre es sogar angenehm, einmal in der Woche die Lieder zu hören. Im Schloss in Bulgarien wurde ja nicht musiziert, da keine entsprechenden Räume vorhanden waren.

Sowie alles geklärt war, kehrten Pirjeri und Moses in den früheren Himmel zurück. Pirjeri rief Petrus und Gabriel zu sich ins Turmzimmer und teilte ihnen mit, dass er einen neuen Platz für den Himmel gefunden habe. Der Umzug nach Kerimäki würde vollzogen, sowie es sich praktisch einrichten ließe. Fünftausend Engel mitsamt ihrer Papiere würden mitkommen.

Moses lobte die Kirche von Kerimäki in den höchsten Tönen, pries ihre Größe und Schönheit. Er verriet, dass für Gabriel der ganze große Altar reserviert sei, und Petrus dürfte die Engel von der Kanzel aus kommandieren. Für die anderen Heiligen gebe es reichlich Platz auf der Empore, und Gott selbst würde in den Glockenturm ziehen.

Diesen Bescheid hatten die Kanzleichefs mit Schrecken erwartet und einen Gegenvorschlag ausgearbeitet. Petrus sagte, dass er sich durchaus nicht widersetzen wollte, aber war nicht diese nordische Waldgemeinde einfach zu abgelegen? Er schlug vor, mit dem Himmel nach Rom zu ziehen, in den nach ihm benannten Petersdom.

»Auch wenn ich es selbst sage, aber der Petersdom ist immerhin der stolzeste Tempel der ganzen Christenheit.

Dort passen auf einen Schlag achtzigtausend Engel hinein.«

»Vergiss nicht, Petrus, dass es in deiner Kirche keinen einzigen Sitzplatz gibt. Die Arbeit der Engel ist eine sitzende«, warf Moses ein. Pirjeri seinerseits betonte, dass man den Himmel nicht in einer Kirche unterbringen konnte, in der von morgens bis abends hunderte Mönche und Scharen von Touristen herumliefen. Im Petersdom gäbe es nicht die nötige Ruhe zum Arbeiten.

Petrus und Gabriel bestätigten dies, gingen aber davon aus, dass sich Abhilfe schaffen ließe. In der Kirche könnte die nötige Anzahl Bänke aufgestellt werden, das war kein unmögliches Problem für die Heiligen und erst recht nicht für Gott.

»Wir geben zu, dass nicht daran zu denken ist, dass sich im Himmel Menschen bewegen, weder Priester noch Mönche, geschweige denn Touristen. Aber wir haben auch für dieses Problem eine Lösung ausgearbeitet.«

Wie Petrus erläuterte, ließen sich die Mönche und Touristen vertreiben, indem man die Kirche beispielsweise mit einer tödlichen PCB-Lösung oder mit Uran vergiften würde.

»Wir sorgen dafür, dass ein verrückter Gottesleugner randaliert und eine ganze Traktorladung mit tödlichem Gift geradewegs durch das Hauptportal in die Kirche fährt. Solche Verrückten findet man überall, da braucht man gar nicht groß zu suchen. Wenn die Kirche lebensgefährlich geworden ist, wird sie geschlossen, und dann können wir den Himmel darin unterbringen. Wie Sie wissen, ist PCB ein Gift, das man nicht mal mit Wasser entfernen kann.«

Pirjeri lehnte den Vorschlag mit dem Gift rundweg ab. Er sagte, dass die mächtigste Kirche auf Erden jedenfalls nicht auf seinen Befehl hin vergiftet würde. Er wollte davon nichts mehr hören. Der Himmel würde nach Kerimäki umziehen, und damit basta. Dann fragte er, da die Rede gerade vom Vatikan war, mit welchen Mitteln Gabriel und Petrus den Papst zu stürzen gedachten. Petrus las von seinen Notizen ab: »Tja, dieses Problem … wir haben einen, wie wir finden, funktionierenden Plan erarbeitet. Unmittelbar nach dem Geburtstag des Sohnes unseres ehemaligen Herrn, also nach Weihnachten, beginnen wir damit, dem Papst eine geeignete Menge manischer Züge ins Bewusstsein zu träufeln, und gleichzeitig verstärken wir die Paranoia. Wir haben uns über seine Gemütsbeschaffenheit informiert. Diese eben erwähnten Züge passen absolut zu ihm. Dem Manischen wird ein kräftiger Schuss Radikalität beigemischt, sodass der Papst seine Lehren verkünden wird wie der eifrigste Kommunist. Das können die Kardinäle nicht billigen, und sie werden versuchen, ihn zur Vernunft zu bringen. Er wird wütend werden und – paranoid, wie er dann bereits sein wird – meinen, dass man ihn einer Gehirnwäsche unterziehen und so ausschalten wolle. Bis Mitte Januar dürfte das zu einem Eklat führen, eingedenk der Widerborstigkeit und Vitalität des Papstes. Auch diese letztgenannten Eigenschaften könnte man notfalls entsprechend verstärken. Vermutlich Anfang Februar steht dann der ganze Vatikan Kopf. Der Papst ist gezwungen, seine Entlassung zu beantragen, und das Konklave wird einberufen. So haben wir das Ganze geplant. Ist der Vorschlag akzeptabel?«

»Vorzüglich, Sie haben beste Arbeit geleistet«, lobte Pirjeri seine Kanzleichefs. »Denken Sie dann bitte daran, den geeigneten Nachfolger auszusuchen, und achten Sie darauf, dass der neue Mann liberaler in seinem Glauben ist.«

Der Erzengel Gabriel und der heilige Petrus verließen Pirjeri zufrieden. Im Gehen bestätigten sie sich gegenseitig, dass der neue Gott durchaus kein dummer Mann sei, auch wenn er für den Himmel den falschen Ort ausgewählt habe.

24

Geschäftsmann Torsti Rahikainen hatte eine heftige Romanze mit einer Ureinwohnerin gehabt, war dann aber wie aus einem tiefen Traum erwacht: Das Feuer seiner Liebe hatte plötzlich an Kraft verloren, war verglüht und schließlich erloschen. Rahikainen fühlte sich wie ein leerer Handschuh, betrübt und traurig, fern der Heimat, auf der anderen Seite der Erdkugel.

Nach Finnland mochte er auch nicht zurückreisen, das Leben kam ihm so sinnlos vor. Also schloss er sich in seinem Hotel in Auckland ein, aß auf dem Zimmer, und nur manchmal spätabends konnte er sich zu einem Ausflug in die Stadt aufrappeln. Er ging in den nahegelegenen Hafen und schaute, vorbei an Kais und Schiffen, aufs offene Meer. Das Wasser reichte bis weit in die Ferne, über tausende Kilometer, immer nur ein und dasselbe Meer.

Am Himmel leuchteten die Sterne, aber keines der bekannten Sternbilder war zu sehen, sie standen fern am nordischen Himmel. Hier herrschte im All das Kreuz des Südens, und das kannte Rahikainen nicht.

Kein einziges finnisches Schiff lag im Hafen von Auckland, die blauweiße Flagge suchte man zwischen den japanischen Fischtrawlern und koreanischen Tankern vergebens.

Wenn das Hafengelände zur Nacht abgeschlossen wurde, beobachteten die Wächter verwundert den einsamen Europäer, der wortlos den Kai verließ und in sein Hotel schlurfte. Sie sagten sich, dass der Mann offenbar irgendwelche Schwierigkeiten haben musste.
Im Hotel verbrachte Rahikainen seine Zeit damit, deprimiert in der Bibel zu blättern und Ansichtskarten nach Finnland zu schreiben. An Pirjeri Ryynänen schickte er eine Karte mit folgendem Text:
»Alles prima! Amüsiere mich mit den Maorifrauen, schaue auf die Wellen des Stillen Ozeans, fahre Taxi und verbrate Geld. Gruß, Torsti.«
Niedergeschlagen klebte er Marken auf die Karten und warf sie in den Hotelbriefkasten. Zu später Stunde genehmigte er sich manchmal in der Bar ein Glas Whisky, dann kehrte er still in sein Zimmer zurück, zog sich aus und kroch ins Bett. Er faltete die Hände und betete leise: »Müde bin ich, geh zur Ruh ...«
Der japanische Schutzengel Konko-Hito wachte Nacht für Nacht am Bett des traurigen Geschäftsmannes, denn Rahikainens Gemütszustand machte ihm Sorgen. Wie war es nur möglich, dass die finnischen Männer ihre Liebesaffären so furchtbar ernst nahmen? Konko erinnerte sich dunkel, was Verliebtheit und Liebe bedeuteten, aber dass ein erwachsener Mann wegen einer Tänzerin dermaßen litt, das wollte ihm nicht in den Kopf. Das Volk der Finnen empfand offenbar tiefer als die Japaner.
Nach zweiwöchiger Apathie gewann Torsti Rahikainen allmählich seine Lebenskraft zurück. Er las die örtliche Presse, verfolgte die Aktienkurse, prüfte die Lottoergebnisse. Eines schönen Frühlingstages nahm er an einem Ausflug

teil, der die Touristen zu einer Schaffarm in der Gebirgsregion der Nordinsel führte.
Den Bus hatte die Tourismusverwaltung von Neuseeland gechartert, die internationale Teilnehmerschar bestand hauptsächlich aus Amerikanern, Australiern und Japanern. Nur ein einziger Skandinavier war darunter, der Geschäftsmann Torsti Rahikainen aus Finnland, und mit ihm sein unsichtbarer Schutzheiliger Konko-Hito.
Das Ausflugsziel war eine hervorragend geführte Modellfarm. Die Besucher wurden überall herumgeführt, sie besichtigten die Reitpferde, warfen einen Blick in das Futtersilo, in die Maschinenhalle, in die farmeigene Molkerei. Der Besitzer, ein energiegeladener und leutseliger Mann mit Stetsonhut, erzählte von seiner Farm und nebenbei von der Landwirtschaft auf Neuseeland. Die Besucher erfuhren, dass es in Neuseeland mehr als siebzig Millionen Schafe gab, die auf den zahllosen Hügeln der grünen Insel weideten. Die Farm, auf der sie sich befanden, produzierte sowohl Wolle als auch Lammfleisch, beides wurde in die ganze Welt exportiert, nach Japan, in die USA, nach Europa, sogar ins ferne Finnland. Torsti Rahikainen horchte auf. Nach Finnland? Wieso um Himmels willen? Hatte sein Land nicht genug Schafe, zumindest für den eigenen Bedarf?
Der Rundgang endete in einer großen Halle, die für das Schauscheren und die Vorführung der einzelnen Schafrassen eingerichtet war. Etwa zweihundert Touristen waren versammelt. Der Farmer stellte sich auf eine Bühne, die vor der Halle aufgebaut war, und nahm das Mikrofon in die Hand, als wäre er ein Conférencier. Hinter ihm befanden sich zwölf Verschläge, in denen zwölf prächtige Rasse-

schafe lagen. Jedes gehörte einer anderen Rasse an, einige waren groß wie Bullen, andere hatten so dicke Wolle, dass weder Augen noch Ohren zu sehen waren, wieder andere hatten mächtige, gebogene Hörner wie die Wasserbüffel. Vertreten waren neuseeländische Muflons, Merinos, Fettschwanzschafe, Southdown-Schafe, neuseeländische Afghanen. Torsti Rahikainen hatte noch nie so prächtige Schafe gesehen. Die Tiere befolgten die Kommandos ihrer Pfleger, präsentierten sich wie Mannequins, standen auf und legten sich hin, je nachdem, welches Exemplar der Farmer gerade aufrief. Außer den Betreuern hielt ein schwarzer, aufgeregt wirkender Schäferhund die Tiere in Schach. Er rannte auf Befehl von einem zum anderen und bellte jedes an, dass sich nicht in der geforderten Weise benahm. In der Zwischenzeit legte er sich auf den Rücken eines der großen Wollproduzenten und schlief eine Runde, während der Farmer weitere Ausführungen über die neuseeländische Schafwirtschaft machte.

Der Farmer nannte Zahlen über Wollproduktion und Fleischmenge bei den entsprechenden Fleischrassen. Er ließ sich über die Fruchtbarkeit der Tiere aus und erklärte, dass er ein reicher Mann wäre, wenn es ihm gelingen würde, durch Zucht die Trächtigkeit zu verbessern. Auf der Welt gab es dem Vernehmen nach sehr fruchtbare Schafrassen wie zum Beispiel das finnische Landschaf, aber das war bisher nicht nach Neuseeland importiert worden, um dort die Fruchtbarkeit zu steigern. Finnland war so weit weg, und die finnischen Schafe waren zu klein, sie produzierten zu wenig Fleisch und Wolle. Wenn man allerdings das nordische Schaf und das neuseeländische Mufflon miteinander kreuzen könnte, dann wären die Probleme

der Fleischproduktion auf der Welt gelöst, schwärmte der energische Mann.
Der Tag endete mit einem Schauscheren. Der Scherer nahm das Wollschaf zwischen seine Beine, was das arme Tier gehorsam geschehen ließ, so als würde es zur Schlachtbank geführt. Innerhalb von zwei Minuten hatte der routinierte Mann das Schaf mit einer elektrischen Schere kahlrasiert. Kiloweise Wolle wurden mit den Füßen beiseitegestoßen, ein neues Opfer wurde gebracht, und bald war auch das von der Wolle befreit und stand kläglich da.
Das Publikum spendete donnernden Applaus. Der Schäferhund wedelte wichtig mit dem Schwanz, der Farmer dankte den Gästen und forderte sie auf, wiederzukommen, der Eintritt auf die Farm betrage schließlich nur ein paar neuseeländische Pfund.
Auf Torsti Rahikainen hatte der Aufenthalt so großen Eindruck gemacht, dass er beschloss, tatsächlich wiederzukommen, als Privatperson und Geschäftsmann. Den ganzen Tag über hatte sein Unterbewusstsein auf Hochtouren gearbeitet, und jetzt am Abend merkte er zu seiner Freude, dass er eine ausgezeichnete Geschäftsidee entwickelt hatte. Er würde der künftige Wegbereiter und Förderer der nordeuropäischen Schafwirtschaft sein. Die Arbeit würde er passenderweise in Finnland beginnen, in einem Land, in dem es fruchtbare Schafe und, soweit er sich erinnerte, Millionen Hektar stillgelegter Felder gab. Die könnte er nutzen und sich von der Landwirtschaftsbehörde das Weiderecht geben lassen.
»Eine vernünftige Zucht ist das A und O der Schafwirtschaft«, sagte Rahikainen, als er ins Hotel zurückkam. Er war jetzt voller Energie und Zuversicht, die wochenlange

Depression war vorbei. Rahikainen dachte nicht länger an seine erloschene Liebe zu der Maorischönheit mit den dicken Fesseln, sehnte sich nicht mehr nach der blauweißen Fahne seines Heimatlandes. Stattdessen überlegte er, wie er mit möglichst geringen Kosten prächtige Rasseböcke nach Finnland schaffen könnte, um sie mit dem dortigen Landschaf zu kreuzen.

Rahikainen ließ sich belegte Brote und Bier aufs Zimmer bringen und stellte schafwirtschaftliche Berechnungen an. Der Bildschirm des Taschenrechners blinkte in raschem Takt, als der impulsive Geschäftsmann seine Zahlenreihen eingab, mit dem Gewicht der Schafe, der Wollproduktion pro Jahr, den Preisen für Lammbraten zur Osterzeit und der nominellen Pacht für die Weiden auf den stillgelegten Feldern in Kainuu und Nord-Ostbottnien.

Zu seiner Freude stellte Rahikainen fest, dass ein fettes Schaf einträglicher war als ein Rentier, man erzielte für das Fleisch einen höheren Preis, und zusätzlich wuchs dem Schaf eine dicke Wolle. Rahikainen lachte innerlich: Rentiere zu scheren, konnte man sich sparen, aber ein von seiner Wolle befreites Mufflon meutert ein bisschen und lässt gleich wieder neue Wolle und zu allem Überfluss noch saftige Koteletts unter seinem Fell wachsen. Schafe ließen sich eindeutig leichter weiden als Rentiere. Der Schaffarmer brauchte nicht bei winterlichem Frost in die Fjälls zu stapfen, um seine Tiere vor den Wölfen zu schützen, es reichte, wenn er seine Knechte anwies, Strohballen in den Stall zu werfen. Man brauchte die Schafe nicht für die Scheidung ins Gatter zu treiben und musste sich nicht in der Weidegemeinschaft über die Ohrmarkierungen streiten. Der Schaffarmer konnte sich seelenruhig eine Zigarre anzünden, im Schlachthof anrufen und den Auftrag durchgeben, dass hundert Stück frisch geschorener Böcke abgeholt werden sollten.

Rahikainen rechnete sich aus, dass durch Kreuzung eines neuseeländischen Mufflonbocks mit einem finnischen Mutterschaf eine einzigartige Rasse entstehen würde, die jährlich mindestens zehn Lämmer warf und deren Woll- und Fleischproduktion zweimal höher war als beim jetzigen finnischen Landschaf. Das bedeutete bei einer Herde von tausend Stück für den Farmer einen Lebensstandard, der ihm ermöglichte, seine blökenden Viecher vom eigenen Helikopter aus zu weiden.

Und erst die Lebensqualität! Rahikainen stammte vom Lande und liebte Tiere. Er erinnerte sich, wie niedlich die kleinen Lämmer waren. Ein Geschäftsmann lebt nicht vom Geld allein, man braucht auch etwas fürs Herz in dieser harten Welt.

Zwar hatte Rahikainen seine Berufserfahrungen bis dato hauptsächlich als Schrotthändler gesammelt, aber er glaubte, rasch zu lernen, worauf es in der Schafwirtschaft ankam. Die eigentlichen Hirten könnte er sich von der Wollwirtschaftsschule – oder wie die gleich hieß – aus Mustiala holen. In der Branche waren bestimmt billige Arbeitskräfte zu haben, außerdem bestand die Möglichkeit, Hütehunde auszubilden und anstelle der Hirten einzusetzen, für den Fall, dass jene wegen der Löhne oder Sozialleistungen Rabatz machten. Ein Hütehund streikt nicht und tritt auch nicht in die Gewerkschaft ein.

Nach der ersten Begeisterung erkannte Torsti Rahikainen, dass die Realisierung der Geschäftsidee ihre eigenen Schwierigkeiten hatte. Der Transport der Rasseböcke nach Finnland wäre nicht einfach und auch nicht billig. Da brauchte man Impfzeugnisse und Einfuhrgenehmigungen. Damit glaubte Rahikainen ohne Weiteres fertig zu werden, hatte er doch sein Leben lang mit den finnischen Bürokraten um die Verkaufsgenehmigung für all den Eisenschrott gekämpft. Aber wie transportierte man ein Dutzend Schafböcke nach Finnland? Als Luftfracht würde es enorm viel kosten, hunderttausende Mark. Die New Zealand Airways machte Rahikainen ein entsprechendes Angebot: ein Dutzend Schafe in den Frachtraum eines stabilen Jumbojets, Zwischenlandung in Los Angeles, dort Wechsel der Maschine und über die Azoren nach Paris, von wo aus die Schafböcke per LKW in ihr neues Heimatland geschafft werden könnten. Der Preis beliefe sich insgesamt auf 170 000 Neuseeländische Pfund.

Rahikainen besaß nicht annähernd so viel Geld. Außerdem würden die Quarantänewochen in Frankreich viele tausend Mark kosten. Und wo sollte die Quarantäne in Paris überhaupt durchgeführt werden, doch wohl nicht auf den Grasstreifen am Rande des Flughafens Orly? Auch das musste geklärt werden.

Normalerweise wurde Vieh auf dem Schienenweg transportiert, das war für das Wohlbefinden der Tiere und auch sonst am günstigsten, aber in diesem Fall kam es nicht infrage. Ozeane werden nicht mit dem Zug überquert, ärgerlich aus Sicht von Rahikainens Schafböcken.

Während er das Transportproblem zu lösen versuchte, ging Rahikainen wieder einmal in den Hafen von Auckland, wie so oft in jenen Wochen. Er starrte intensiv auf den weiten Ozean, der seine Schafböcke von der nördlichen Halbkugel, von Europa und Finnland, trennte. Die japanischen

Fischtrawler, die im Hafen lagen, würden sich gut für den Transport eignen, auf der Rückfahrt zur Insel Hokkaido könnten gut hundert Tiere pro Schiff mitreisen, aber Rahikainen besaß in Japan keine Schafweiden. Finnland war lähmend weit von Hokkaido entfernt.

Rahikainen landete vor der Gangway des japanischen Ozeantrawlers *Fuji Maru* mit 6000 Bruttoregistertonnen, der vor einem Eisbrecher festgemacht hatte, und beschloss, an Bord zu gehen und über das Frachtproblem zu verhandeln. Dem wachhabenden Matrosen an Deck, der nach Fischabfällen roch, zeigte Rahikainen seinen Pass und sagte, er wolle den Kapitän sprechen.

Kapitän Shunjago Shiu willigte ohne Umschweife ein, als man ihm die Nachricht brachte, dass der skandinavische Geschäftsmann Mr. Rahikainen um ein Gespräch bat. Nach der gegenseitigen Vorstellung goss der Kapitän seinem Gast ein Glas Sake ein und hieß ihn auf seinem Schiff willkommen. Man prostete sich zu.

Konko-Hito bekam das Grausen. Er ahnte, dass bald wieder das Können eines Schutzheiligen gefordert sein würde.

25

Die Verlegung des Himmels nach Kerimäki war eine großangelegte Operation, sie fand an Allerheiligen statt.

Der Umzug wurde sorgfältig organisiert. Er vollzog sich in zwei Schichten, früh am Morgen gegen fünf Uhr flogen die ersten zweitausendfünfhundert Engel in einem großen Schwarm von Bulgarien nach Finnland und dort weiter nach Kerimäki. Vor Ort wurden sie von Engel Vihtori Renkeinen und Schrott-Heikki empfangen. Der Schwarm ließ sich auf dem Friedhof nieder, von dort marschierten die Engel in Viererreihen in die Kirche. Obadja, Moses, der heilige Petrus und Erzengel Gabriel wiesen ihnen jeweils ihre Bänke zu. Die Engel hatten ihr Archiv, die himmlischen Gebets- und Sündenregister, mitgebracht. Niemand besaß persönliche Gegenstände, denn im Himmel benötigt man keine irdische Habe.

Während sich die erste Welle am Bestimmungsort einrichtete, kümmerten sich die restlichen zweitausendfünfhundert Engel in Bulgarien um die Angelegenheiten der Welt. Sie mussten sich tüchtig anstrengen, denn sie waren ja nur halb so viele wie sonst. Ein Umzugstag ist stets mit viel Hektik verbunden. Aber alles klappte gut, der Menschheit blieben an diesem Feiertag große Katastrophen erspart. Vielleicht ahnte der Erzfeind nichts vom Umzug des Himmels.

Am Abend nach Einbruch der Dunkelheit wurde der alte Himmel geleert, und die restlichen zweitausendfünfhundert Engel machten sich als großer Schwarm auf nach Finnland, sie nahmen dieselbe Route wie jene am Morgen und trafen im Schutz der Dunkelheit in Kerimäki ein. Inzwischen hatten die morgens umgezogenen Engel bereits ihre Arbeit aufgenommen, sie lauschten in den neuen Räumen in gewohnter Manier den Gebeten der Menschen, durch die Übergangsphase war keine Störung im Ablauf entstanden. Die Engel der zweiten Welle wurden routiniert in ihren Bänken platziert, und so war es gelungen, den ganzen Himmel innerhalb eines Tages an einem neuen, besseren Ort unterzubringen.
Die Engel bewunderten die Kirche von Kerimäki, ihre Größe und schlichte Schönheit, und sie fanden, dass der neue Himmel bedeutend angenehmer war als die vorherige Schlossruine zwischen den düsteren Bergen. Sie tuschelten zufrieden miteinander, während sie sich häuslich einrichteten.
Wie bei jedem Umzug stellte man auch hier fest, dass Dinge mitgekommen waren, von denen man gar nicht ahnte, dass sie überhaupt existierten. Man entdeckte eine Mappe mit schwarzem Einband, für die sich kein Besitzer fand. Als man sie öffnete, stellte man fest, dass sie satanische Texte enthielt. Es handelte sich um ein Produkt schwarzer Engel, die sich in den Himmel eingeschleust hatten. Man brachte die Mappe eilends in den Glockenturm zu Pirjeri Ryynänen, damit er Einblick nahm.
Es handelte sich um den detaillierten Plan für eine Abfolge kriegerischer Ereignisse, die mit der Zerstörung der Welt

enden sollten, mit dem Atomkrieg, der im Text Dritter Weltkrieg genannt wurde.
Das Gelände um die Kirche wurde umstellt, und am nächsten Tag konnte man zwei schwarz gekleidete Engel festnehmen, die in den Verhören gestanden, die schwarze Denkschrift verfasst zu haben. Sie waren direkt vom Satan geschickt.
Die schwarzen Engel wurden unter Bewachung nach Hytermä gebracht, wo sie bis auf Weiteres verbleiben sollten. Inzwischen rief Pirjeri seine Kanzleichefs sowie Moses und Obadja zu einem Eilmeeting in den Glockenturm.
Die Vertreter des Erzfeindes verfügten über den vollständigen Plan für einen dritten Weltkrieg. Sie hatten bereits damit begonnen, ihre abscheulichen Absichten umzusetzen. Der Krieg sollte auf traditionelle Weise in Serbien beginnen. In der Region war jahrelang Zwietracht unter den Serben, Kroaten und Albanern gesät worden. Laut Plan sollten die nationalen Konflikte noch vor Weihnachten ausbrechen. Danach würde die Regierung in der gärenden Region den Ausnahmezustand ausrufen und ihre Truppen dorthin entsenden. Es käme zu einem Blutvergießen, auf das Albanien reagieren würde, indem es eigene Kriegstruppen über die Grenze schicken würde, um seine Landsleute zu schützen. Im Frühjahr noch würde der Konflikt in einen lokalen Krieg münden. Italien würde sich veranlasst sehen, die westlichen Teile Albaniens, das um seine Sicherheit besorgt war, zu besetzen. Gleichzeitig würden die NATO-Truppen in Mitteleuropa in Alarmbereitschaft versetzt. Die USA würden Japan an das bilaterale Militärbündnis erinnern. Japan würde seine Armee mobilisieren. Russland würde die Truppen der verbündeten Länder aufrufen, damit sie im Kampf gegen

die albanischen Eindringlinge bewaffnete Unterstützung leisteten. In Albanien käme es zum ersten Zusammenstoß zwischen russischen und italienischen Truppen.
China würde in der Mongolei Gebietsforderungen stellen und sich dabei auf die japanische Bedrohung beziehen. Auch die Türkei hätte Forderungen an Griechenland. Darauf würde Griechenland antworten, indem es der Türkei den Krieg erklärte. Die Flotten beider Länder würden einen U-Boot-Kampf beginnen, der sich auf das ganze östliche Mittelmeer ausdehnen würde. Libyen würde die Situation nutzen und mehrere Luftangriffe gegen Italien fliegen. Israel würde seine Marine an die Küste Libyens schicken, wo die Mittelmeerflotte der USA Tripolis beschießen würde. Die Seestreitkräfte Russlands im Mittelmeer würden das Ziel von Übergriffen durch die Israelis. Die nordischen Länder würden versuchen, den ausgebrochenen Konflikt in der UNO beizulegen.
Die in Afghanistan agierenden russischen Truppen würden nach Pakistan und, nach mehreren Kämpfen, bis an den Indischen Ozean verlegt. Indien würde sich mit Russland verbünden und China den Krieg erklären. China würde die nördlichen Teile Pakistans besetzen und im Rahmen von Kriegshandlungen eine Atombombe auf Kalkutta abwerfen. Die Streitkräfte der USA würden die Operation unterstützen.
In Mitteleuropa würde die NATO Österreich besetzen und daraufhin in Frontkämpfe mit den dort befindlichen Truppen geraten. In Skandinavien würden Norwegen und Dänemark die Seestreitkräfte der NATO um Unterstützung bitten. Schweden und Finnland würden ihre Truppen mobilisieren.

Die USA würden Nicaragua und Panama besetzen und in Kuba landen. Russland würde zum Schutz Kubas seine Atom-U-Boot-Flotte in die Karibik schicken. Die argentinische Flotte würde eines der russischen Atom-U-Boote in der Karibik versenken.
Südafrika würde Kernwaffen an Libyen liefern, das sie gegen Israel einsetzen würde. Israel würde Gleiches mit Gleichem vergelten. Die mitteleuropäischen Truppen der NATO würden in einem voll entbrannten Krieg stecken. Die russischen Verbände würden die NATO-Truppen aus Österreich zurückdrängen. Die Kriegshandlungen würden sich in die nördlichen Teile Italiens und nach Deutschland verlagern. In Europa würden die ersten Atombomben abgeworfen. Der Konflikt würde weiter eskalieren, bis der Atomkrieg voll im Gange wäre, große Teile Europas würden zerstört, ebenso die westlichen Großstädte Russlands und die Industriegebiete der USA an der Ostküste.
Der Krieg würde ein halbes Jahr dauern, dabei würden die am dichtesten besiedelten Regionen der Welt zerstört. Die Anbaugebiete würden verseucht, die Industrieproduktion würde zusammenbrechen, die Verkehrsverbindungen wären zerschlagen. Der Krieg würde im Chaos enden, Sieger gäbe es nicht. Die Menschheit würde auf das Niveau der Steinzeit zurückgeworfen. Hunderte netter Tierarten würden aussterben. Das Süßwasserreservoir der Erde wäre verseucht. Anderthalb Milliarden Menschen wären tot, eine Milliarde würde an den Folgen des Fall-Outs unheilbar erkranken. Die westliche Kultur wäre vernichtet.
Die Teilnehmer des himmlischen Eilmeetings in Kerimäki lasen erschüttert das abscheuliche Memorandum. Der Plan war umfangreich und sah mehrere Varianten für den

Verlauf des Krieges vor. Hauptzweck schien es zu sein, die Menschheit in einen Atomkrieg zu stürzen. Wenn man das Papier las, überlief es einen eiskalt, und die Möglichkeit eines Krieges schien zum Greifen nah.
Pirjeri alarmierte die kräftigsten Engel und Heiligen des Himmels und plante Gegenmaßnahmen. Auf der Stelle reisten sie nach Jugoslawien, um die Serben und Albaner zu beruhigen. Das war nicht leicht, denn die nationalen Gefühle waren inzwischen regelrecht hochgekocht.
Eine ganze Woche lang kämpfte Pirjeri mithilfe von hundert Engeln gegen die aufgeheizte Stimmung. Dann endlich kühlten sich die Gemüter so weit ab, dass er nach Kerimäki zurückkehren konnte. Die Gefahr eines dritten Weltkriegs war vorläufig gebannt, der Plan der schwarzen Engel zunichte gemacht. Trotzdem ließ Pirjeri zum Zwecke der Friedenssicherung fünfzig Engel in Albanien und Jugoslawien zurück.
Zusammen mit Moses betrachtete Pirjeri vom Glockenturm der Kirche aus den Puruvesi-See, der unter einer dünnen Eisschicht ruhte. Die bereifte Natur war wunderschön. Der Gedanke, dass diese in tiefem Frieden daliegende finnische Waldlandschaft im Sommer zu einem blutigen Kriegsschauplatz hätte werden sollen, schien unvorstellbar. Pirjeri sah noch einmal im Arbeitspapier der schwarzen Engel nach, welches Schicksal für Nordeuropa vorgesehen war. Ganz recht, auch Finnland sollte vom Krieg erfasst werden. Es gab in dem Text einen Vermerk, demzufolge eine Rakete über Kerimäki niedergehen sollte. Die Kirche, der Glockenturm und das ganze Dorf hätten dabei zerstört werden sollen. Damit wäre gleichzeitig der ganze Himmel eingestürzt, dachte Pirjeri entsetzt. Was

hätte Gott dazu gesagt? Hätte er alles neu begonnen, wenn der bisherige Himmel von einer Atombombe zerschmettert worden wäre? Pirjeri erkannte die ungeheuren Ausmaße des Plans und bekannte Moses gegenüber, dass er nie geglaubt hätte, in seiner Zeit als Gott mit so unglaublich grausamen Dingen konfrontiert zu werden.

Der alte Patriarch Moses bestätigte, dass Pirjeri eine furchtbare Woche hinter sich hatte. So etwas brachte auch einen Gott aus dem Gleichgewicht. Allerdings waren in der Geschichte der Menschheit allein in dem Zeitraum, den Moses kannte, viele erschütternde Dinge, teuflische Unglücke geschehen. Alles war relativ, fand Moses.

Er erzählte vom Ausbruch des Vulkans Krakatau, ein Ereignis, das Ende des vorigen Jahrhunderts in Indonesien stattgefunden hatte. Der gesamte Nordteil der gleichnamigen Insel, mehr als zwanzig Quadratkilometer, waren in die Luft geflogen. Im Ozean waren vierzig Meter hohe Sturzwellen entstanden, das Donnern war bis nach Indien und Australien zu hören gewesen. Die zerstörerischen Druckwellen hatten viermal den Erdball umrundet. Überall auf der Welt hatte man monatelang Morgen- und Abendröte sehen können, da die Asche des Vulkans die Sonne verdunkelt hatte. Sechsunddreißigtausend Menschen waren umgekommen. Alles ein Werk des Satans.

»Ich habe vom Himmel aus die Vernichtung der Hunnen mit angesehen, den schwarzen Tod, die großen Kriege der Welt, insbesondere die beiden letzten. Aber die Weltkriege hatten als Schlachtfeste immer noch nicht das Ausmaß wie jenes, bei dem Ende des vorigen Jahrhunderts in Amerika die Bisons getötet wurden. Es war grauenhaft. Siebzig Millionen Bisons wurden in der Prärie abgeknallt, für gewöhnlich akzeptierten die Amerikaner nur die Zunge als Speise.«

Moses erzählte, dass der nordamerikanische Bison, also der Büffel, zwischen sechshundert Kilo und einer Tonne wiegt. Wenn man bedachte, dass siebzig Millionen der Tiere umgebracht worden waren, so bedeutete das mehr getötetes Fleisch als in beiden Weltkriegen zusammen.

Moses verriet noch eine zusätzliche erschütternde Tatsache im Zusammenhang mit dem Büffelschlachten:

»Die Engel haben auf Wunsch die Möglichkeit, wieder am irdischen Leben teilzunehmen, indem sie den Körper irgendeines Tieres als Wohnstatt nehmen. Das ist seit jeher eine nette Methode, sich Abwechslung im eintönigen himmlischen Dasein zu verschaffen. Seit dem Mittelalter ist es Mode, in die Gestalt eines Bisons zu schlüpfen und in der windigen Prärie umherzulaufen. Vor dem großen Schlachten lebten mindestens siebenhunderttausend Engel unter einem Büffelfell. Als die Bisons abgeschossen und fast ausgerottet wurden, kamen auch all jene Engel um, die damals in der Prärie weideten. Das war eine abscheuliche Operation des Satans. Durchgeführt wurde sie von den Neusiedlern und Soldaten, hauptssächlich, um den Indianern ihre wichtigste Nahrungsquelle zu nehmen. Das Ziel wurde erreicht, man war Bisons und Indianer los, und gleichzeitig verschwanden siebenhunderttausend Engel aus der Welt. In vielen Bisons lebte ein Engelherz.«

Moses' Bericht erfüllte Pirjeri mit Schaudern, denn er bewies, wie gewaltig die Macht des Bösen auf der Erde war. Pirjeri stellte wieder einmal fest, dass das Gottesamt ganztägige Aufmerksamkeit erforderte. Ein Glück, dass er mit dem Himmel nach Kerimäki umgezogen war und in dem

Zusammenhang der Geheimplan der beiden teuflischen Engel aufgeflogen war. Der Welt war ein Atomkrieg erspart worden. Aber wer waren diese beiden Scheusale? Er machte sich mit seinem Stab nach Hytermä auf, um das herauszufinden.

Einer der beiden schwarzen Engel war der Neffe des Hunnenkönigs Attila, noch blutrünstiger als sein Onkel und bekannt für seinen Wahn. Der zweite war eine weniger bekannte Bestie aus neuerer Zeit, der sibirische Serienmörder Wlassow, der menschliche Schädel gesammelt und einen abscheulichen Ruf erworben hatte, und zwar während der Interventionskriege in Russland.

Pirjeri blieb nichts anderes übrig, als dieses satanische Duo auf direktem Wege in die Hölle zu schicken. Dorthin verschwanden die beiden, vielleicht sogar gern, da sie schließlich von dort stammten.

26

Geschäftsmann Torsti Rahikainen erkundigte sich bei Shunjago Shiu, dem Kapitän des Fangschiffes *Fuji Maru*, ob die Ausbeute gut gewesen sei. In welchen Seegebieten werfe er eigentlich seine Netze aus, und wie lief es sonst so für ihn? War ihm die Zeit lang geworden in diesen unendlichen Gewässern fern vom heimischen Hokkaido?

»Ich kann nicht klagen, in einem so großen Meer gibt es immer irgendwo Fisch«, brummte der Schiffskapitän mit dem gefurchten Gesicht. Er erzählte, dass er zwei Monate auf Seefisch in der Nähe der Antarktis aus gewesen war. Fang- und Verarbeitungsschiffe wurden ja heute nicht mehr verwendet. Dem Trawler folgte ein Fabrikschiff, das den Fisch abnahm, sowie er heraufkam, und ihn gleich zu Dosenfisch verarbeitete. Die *Fuji Maru* hatte vor drei Monaten die Bucht von Tokio verlassen, und jetzt lag sie zur Abwechslung für ein paar Tage in Auckland.

Rahikainen erzählte von seiner Absicht, ein Dutzend Rasseschafböcke in Neuseeland zu kaufen, und er erkundigte sich, ob es möglich wäre, sie in ihren Verschlägen auf einem Schiff dieser Art unterzubringen und mitzunehmen, gleichsam als Rückfracht nach Japan. Und wie viel würde das kosten? Er sagte, dass er sich für den Transport in sein Heimatland folgende Variante vorgestellt hatte: zuerst auf

einem Fischtrawler nach Japan und von dort dann irgendwie nach Wladiwostok, von wo es eine direkte Eisenbahnverbindung quer durch Sibirien bis nach Finnland gab.
Nach Meinung des Kapitäns war der Gedanke durchaus realisierbar, auf sein Schiff würden notfalls sogar hundert Schafe als Decklast passen, doch bedauerlicherweise kehrte er nicht auf der von Rahikainen gewünschten Strecke heim. Die *Fuji Maru* stand zwar kurz vor der Rückreise, aber sie würde die entgegengesetzte Route nehmen, zunächst durch den Stillen Ozean nach Panama, dann durch den Kanal in den Atlantik, und nach der Atlantiküberquerung wollte er noch in Europa Proviant bunkern, gleichzeitig würde das Schiff in einer belgischen Werft zwecks Auswechselns der Maschinen eingedockt. Die alte *Fuji Maru* war seinerzeit in Belgien gebaut worden, und die Wartung der Hauptmaschinen fand nach wie vor laut Vereinbarung in Rotterdam statt. Außerdem hatte er so die Möglichkeit, im Frühjahr im Nordatlantik Schellfisch zu fangen, eine große Delikatesse in Japan. Nach Tokio würde er dann die Route durchs Mittelmeer nehmen.
»Ja, wir sind also leider erst wieder in vierzehn Monaten daheim in Tokio. Die Mannschaft wird während der Reise zweimal ausgetauscht, aber für die Schafe dürfte die Seereise wohl zu lang werden.«
Torsti Rahikainen erkannte sofort, dass die Route der *Fuji Maru* nach Europa aus seiner Sicht wahrscheinlich die beste Alternative war. Von Rotterdam aus könnte er die Schafe per LKW nach Finnland transportieren.
Er fragte, wann das Schiff in Belgien ankäme. Der Kapitän schätzte, dass die Reise wohl anderthalb bis zwei Monate dauern würde. Ein Fischtrawler war kein schnelles Fracht-

schiff, bei einer Ladung von sechstausend Tonnen Konservendosen musste er sich vor Stürmen in Acht nehmen, und sowieso war der Trawler nicht für eine rasche Fahrt ausgelegt.

»Wenn ich pro Schafbock hundert Neuseeländische Pfund als Frachtgebühr zahle, nehmen Sie dann zwölf Stück als Deckfracht mit? Ich würde die geeigneten Verschläge anfertigen lassen und für zwei Monate Futter besorgen, ein paar Heuballen, mehr wird es bestimmt nicht sein.«

»Das ginge in Ordnung«, stimmte der Kapitän zu. »Aber es setzt voraus, dass Sie oder ein Vertreter mit auf das Schiff kommen. Meine Mannschaft hat keine Zeit, neben der eigentlichen Arbeit noch Schafe zu füttern oder sich anderweitig um sie zu kümmern.«

»Das ist klar, ein Seemann ist kein Schafhirte«, gab Rahikainen zu. Er rechnete sich aus, dass er auf diese Weise umsonst zu einer Rückfahrt käme, er brauchte also kein teures Flugticket zu bezahlen und würde unterwegs sogar noch seemännische Kenntnisse erwerben. Mit dem Kapitän vereinbarte er, dass er für Unterbringung und Essen die Arbeit eines Matrosen übernehmen würde.

Gemeinsam stiegen sie an Deck, um auf dem Mittelschiff den geeigneten Platz für die Tierverschläge auszusuchen. Der Kapitän schlug vor, dass diese leicht zu transportieren und möglichst niedrig sein sollten und dass mindestens eine Wand aus Maschendraht bestehen sollte. Seine Erfahrungen besagten, dass Tiere krank wurden, wenn sie nicht zwischendurch aufs Meer blicken konnten.

In zwei Tagen sollte die *Fuji Maru* ihre Anker lichten, bis dahin sollte Proviant gebunkert werden, und der Mannschaft blieb Zeit, sich an Land zu erholen.

Torsti Rahikainen musste sich beeilen. Er fuhr gleich am nächsten Morgen zu der Schafsfarm, der er seine Geschäftsidee verdankte, und erbot sich, Böcke von sechs verschiedenen Rassen zu kaufen, zwei von jeder, die Tiere sollten jung und gesund, registriert und geschlechtsreif sein. Auf kastrierte Exemplare legte er keinen Wert, denn er brauchte tüchtige Böcke, die ihrer Mannespflicht nachkamen, gutes Vererbermaterial, das er in den fernen Norden mitnehmen wollte.

Gleichzeitig gab er drei Verschläge in Auftrag. Sie sollten aus stabilen Brettern bestehen, in jeden mussten vier Böcke passen, auch waren eine Futterkrippe, eine Tränke und eine bedeckte Liegefläche erforderlich. Außerdem kaufte er zehn Ballen Heu und zwei Sack voll Mineralfutter. Der Farmer schrieb für die Tiere die notwendigen Impf- und Registerzeugnisse aus. Rahikainen bezahlte für die ganze Chose viertausend Pfund und vereinbarte, dass die Schafböcke samt Verschlägen und Futter am nächsten Tag bis sechzehn Uhr in den Hafen von Auckland geliefert würden.

Er kehrte wieder in die Stadt zurück und kaufte in der Buchhandlung zwei englischsprachige Werke über Schafzucht, an diesbezüglicher Literatur besteht in Neuseeland kein Mangel. Rahikainen rechnete sich aus, dass er auf der langen Überfahrt das Material studieren und sich so professionelle Kenntnisse aneignen könnte.

Der Schutzheilige Konko-Hito überlegte, ob er Rahikainens neue Pläne nach Kerimäki melden sollte. Dann sagte er sich, dass das Züchten von Schafen ja an sich keine Sünde sei. Die Propheten des Alten Testaments waren nach seiner Erinnerung alle Schafhirten gewesen. Vielleicht war es un-

nötig, Pirjeri mit Rahikainens geschäftlichen Aktivitäten zu behelligen. Konko beschloss, als Rahikainens unsichtbarer Beschützer auf der *Fuji Maru* mitzufahren. Er bekreuzigte sich bei dem Gedanken an eine eventuelle Seekrankheit der Schafböcke.
Die Tiere wurden planmäßig eingeschifft, und die *Fuji Maru* nahm Kurs aufs offene Meer. Der Kapitän wies Rahikainen eine Koje im Achterdeck zu. Die Räume der zwölfköpfigen Besatzung befanden sich im Bug, wie es die alte Seemannstradition verlangt.
Rahikainen fütterte seine Tiere im Mittelschiff und blickte dann hinüber zu dem Inselstaat, der langsam am Horizont verschwand. Es war Abend, kurz vor Eintritt der Dunkelheit, sanftester Frühling. Die Erinnerungen an die Romanze mit der Maorifrau ließen das einsame Herz des Mannes aus dem hohen Norden pochen.
Der Fischtrawler nahm Kurs auf Panama. Der Ozean war fast ruhig, nur ganz sacht schaukelten die Wellen das große Schiff.
Rahikainen ging auf die Kommandobrücke, um mit dem Kapitän ein wenig über die begonnene Seereise zu plaudern. Shunjago Shiu zeigte ihm den Kompass und das Radar. Eine angenehme Überfahrt war zu erwarten. Das Radio hatte gutes Wetter vorhergesagt für die Route, die der Kapitän gewählt hatte, und die führte von Neuseeland nach Panama, südlich vorbei am Tuamotu-Archipel. Nördlich des Äquators entwickelte sich zwar ein Taifun, aber aller Voraussicht nach würde er sich im Seegebiet zwischen Neuseeland und Panama nicht auswirken. Das Barometer war ebenso zuversichtlich. Auch die Schafe waren mit ihrem Dasein zufrieden. Der Kapitän hielt das für ein

gutes Zeichen: Tiere wittern die Gefahr, auf dem Lande wie auch auf dem Meer.

Der Mensch denkt, Gott lenkt. Am nächsten Tag war der auf Hawaii registrierte Taifun bereits so stark, dass aus Honolulu aufgeregte Gebete in Kerimäki eingingen und die Leute Gott anflehten, den Sturm zu besänftigen. Nach der üblichen Vorgehensweise wurde Pirjeri Ryynänen über die Gefahr informiert. Er hatte die ewigen Stürme allmählich satt. Bereits drei Mal hatte er während des Herbstes gegen einen teuflischen Taifun oder Tornado kämpfen müssen. Diesmal entschloss er sich, die Richtung des Sturms zu ändern und ihn in solche Gewässer des Stillen Ozeans zu schicken, in denen er sich nach Herzenslust austoben konnte. Pirjeri begab sich rasch nach Hawaii und lenkte den beginnenden Sturm radikal nach Süden.
Einen Tag später hatte der Taifun auf dem Weg, den Pirjeri ihm gewiesen hatte, bereits den Äquator überquert und tobte, mächtige Wellen aufwühlend, nahe der Marquesas-Inseln. Gleichzeitig tuckerte der japanische Fischtrawler *Fuji Maru* seelenruhig geradewegs ins Auge des Sturms. Das Meer war noch ruhig, die Sonne schien, aber die Stimmung auf dem Schiff war merkwürdig angespannt. Als Erste registrierten Rahikainens Rasseschafböcke die veränderte Atmosphäre. Sie mochten nicht fressen und trinken, begannen zu blöken und liefen in ihren Käfigen herum, als hätten sie große Angst. Rahikainen rief den Kapitän und machte ihn auf das Verhalten der Tiere aufmerksam.
»Das sieht nicht gut aus«, murmelte Shunjago Shiu mit dem Instinkt des erfahrenen Seebären. Zusammen mit Rahikainen ging er auf die Kommandobrücke. Dort wurde

ihnen der Grund für die Nervosität der Schafe klar: Das Barometer, das am Morgen noch 1020 Millibar angezeigt hatte, war auf 880 gefallen, und es fiel kräftig weiter.

»Bald geschieht etwas Schreckliches«, äußerte der Kapitän.

Im Radio hörten sie, dass der Taifun von Hawaii am Vortag überraschenderweise seine Richtung geändert hatte. Er hatte den Äquator überquert, obwohl er laut Vorhersage um diese Zeit in Richtung Philippinen unterwegs sein müsste.

Nach Meinung des Kapitäns verhielt sich der Sturm, als würde er durch eine übernatürliche Kraft gelenkt. Shunjago Shiu studierte die Seekarten und beschloss, den Kurs zu ändern und Polynesien anzusteuern. So hoffte er dem rasch nach Süden preschenden Sturm auszuweichen. Den Meteorologen wünschte er die Pest an den Hals.

In dieser Phase mischte sich der Schutzheilige Konko-Hito ein und ergriff Maßnahmen, den Sturm wieder in seine frühere Richtung zu lenken. Nach zwei Stunden der größten Anstrengung konnte er feststellen, dass das Zentrum des Sturms abgedreht hatte und langsam nach Norden weiterzog. Es sah so aus, als würde die *Fuji Maru* mit dem Schrecken davonkommen.

Von Kerimäki aus wurde der eigenwillig umherirrende Taifun wieder in seine vorherige Richtung gezwungen. Die Folge war, dass sich dessen Zentrum mit wachsender Kraft und wie entfesselt der fortstrebenden *Fuji Maru* näherte.

Die Ladeklappen des Schiffes wurden fest verschraubt und die Verschläge der Schafböcke mit Seilen und Stahltrossen an Deck festgebunden. An die Mannschaft wurden Rettungswesten und ein Schuss Sake ausgegeben. Alles, was lose war, wurde in die Schränke eingeschlossen. Kapitän Shunjago Shiu betete zu den Göttern der Seefahrer, sie mögen die *Fuji Maru* vor der bevorstehenden Prüfung bewahren.

Sechs Stunden später, mitten in der Nacht, geriet das Schiff in den Sturm. Es war schrecklich: Sturzwellen, höher als ein mehrstöckiges Haus, warfen den Trawler nach Belieben hin und her, über das Deck spülte massenhaft Wasser, die Schafböcke in ihren Käfigen wurden von einer Ecke in die andere geschleudert wie nasse Wollmützen. Die Käfige wären über Bord gegangen, wären sie nicht vorsorglich an den Deckaufbauten festgebunden worden. Das Schiff kämpfte in dunkler Nacht mit dröhnenden Maschinen gegen die anrollenden Wellen.

Es war wie ein Wunder, dass sich der Trawler nicht auf die Seite legte und im kilometertiefen Ozean versank. Das wäre auch sicherlich passiert, wenn nicht der Schutzheilige Konko-Hito an Bord gewesen wäre, der mit dem Heldenmut des japanischen Marineoffiziers gegen den Sturm ankämpfte, Welle für Welle, Stunde um Stunde, die ganze Nacht.

Am Morgen flaute der Sturm überraschend ab. Das Meer glättete sich, draußen wurde es hell. Am Himmel war hinter einer schleierähnlichen Wolkenmasse die Sonne zu sehen, die von einem blutroten Ring umgeben war. Das Schiff befand sich genau im Auge des Taifuns.

Der Kapitän konstatierte, dass sie über Nacht in die Gewässer von Polynesien getrieben waren und sich irgendwo vor den Cook-Inseln befanden. Als Rahikainen Gott für die Rettung dankte, sagte Kapitän Shiu nur kurz und knapp, dass noch nicht alles überstanden sei. Zwar sei jetzt alles ruhig, aber das Glück würde höchstens zwei, drei Stunden andauern, denn man dümpelte im Auge des Sturms. Sie würden unausweichlich erneut ebenso Schreckliches erleben, wenn der hintere Rand des Taifuns über sie hinwegfegen würde. Der Kapitän fürchtete, dass das alte Schiff den neuerlichen Schleudergang nicht überstehen würde. Schon jetzt war die halbe Mannschaft aufgrund von Verletzungen oder Seekrankheit nicht voll einsatzfähig. Es galt, schleunigst die Befestigungen an Deck nachzubessern, die Verletzten zu verarzten und die Sturmschäden notdürftig zu beseitigen.

Rahikainen tränkte die Schafe, jetzt nahmen sie das Wasser an, sie lagen nass in ihren ramponierten Verschlägen. Zum Glück war keines ertrunken, obwohl die Sturzwellen sie mehrfach gezwungen hatten zu schwimmen.

Der erfahrene Kapitän hatte Recht gehabt: Drei Stunden später verdunkelte sich der Himmel, und ein furchtbarer Wind kam auf, wieder bildeten sich haushohe Wellen, das Schiff schlingerte und schoss durch die Wellen hindurch, die erschrockenen Klagen der Schafe gingen im Fauchen des Taifuns unter.

Wieder nahm Konko-Hito seinen Kampf zur Rettung des Schiffes auf, mühte sich einen halben Tag ab, und auch diesmal gelang es ihm, den Trawler vor dem Untergang zu retten. Zwei Schafe ertranken, einer der Matrosen riss sich den Unterschenkel ab, aber als der Sturm vorbei war, schaukelte das Schiff auf riesigen Wellen, ramponiert und mit Schlagseite. Die Hauptmaschinen hatten sich um sechzehn Zoll verschoben und waren nicht mehr zu gebrauchen. Aus dem Wellentunnel quoll Wasser in den Schiffsraum,

die Schäden waren irreparabel, ein Wunder, dass sich die *Fuji Maru* noch an der Oberfläche hielt. Sie trieb in nördliche Richtung. Die elektrischen Anlagen waren kaputt, aber Shunjago Shio konnte mithilfe des handbetriebenen Sextanten ausmachen, dass man sich vor den Cook-Inseln befand.
Drei Stunden später tauchte am Horizont ein Fleck auf, der von einer kleinen Insel kündete. Der Kapitän vermutete, dass es sich um Rarotonga, ein tropisches Atoll, handelte. Das Schiff trieb auf die Insel zu, aber auch das bedeutete nichts Gutes, denn eine Stunde später sah man, dass es von weiß umschäumten Korallenriffen umgeben war. Der Kapitän teilte der Mannschaft die unumgängliche Tatsache mit, dass die *Fuji Maru* zerschellen würde. Alle sollten in die Rettungsflöße springen und versuchen, den Riffen auszuweichen. Die Schafe mussten ins Meer geworfen werden, damit sie von allein auf die Insel schwammen. Shunjago Shiu forderte jeden Anwesenden auf, zu dem Gott zu beten, zu dem er die besten Kontakte hatte.
Konko-Hito sorgte dafür, dass die *Fuji Maru* auf ein flaches Riff lief. Die Schafe wurden über Bord geworfen. Mit zielstrebig wippenden Schwänzen schwammen sie auf den Palmenstrand zu. Alle verließen das Schiff. Die Mannschaft schwamm durch das ruhige Wasser einer Lagune an Land. Dort warteten ein paar Eingeborene mit ihren Mopeds, sie halfen den Schiffbrüchigen ans Ufer und kredenzten ihnen Ananasschnaps. Die jungen Eingeborenen fingen zwei Schafböcke ein, den anderen Tieren gelang es, in den dichten Urwald zu flüchten. Später wurden die eingefangenen Schafböcke in den Kochtopf gesteckt und mit

gutem Appetit verzehrt, während die Trommeln durch die tropische Nacht dröhnten.

Geschäftsmann Torsti Rahikainen und der unglückliche Schiffskapitän Shunjago Shiu saßen mit nassen Hosen in der Strandbar des einzigen Hotels von Rarotonga, unter einem vom Taifun zerfetzten Sonnendach. Trübsinnig blickten sie auf den feindlichen Ozean. Der blinkende stählerne Rumpf der *Fuji Maru* klebte, einen halben Kilometer entfernt, an einem weiß umschäumten Korallenriff. An den vom Mond beschienenen Sandstrand trieben ramponierte Schafskäfige, sie sahen aus wie Reusen, die ein eiliger Fischräuber zerstört hatte.

27

Die fromme Sau Elisapet, Herdbuchnummer SSK 7544/86, seufzte mütterlich besorgt. Elisapet wohnte in einem auf die Ferkelproduktion spezialisierten Schweinebetrieb in Vihti im Dorf Kirvelä. Außer ihr gab es dort zehn weitere Sauen, und jede von ihnen hatte eine ganze Horde kleiner Ferkel um sich. Elisapet hatte zuletzt Anfang des Herbstes geworfen. Ihre Ferkel, sechzehn an der Zahl, waren schon zwei Monate alt und tüchtige Brocken, fröhliche Burschen, die noch keine Sorgen kannten. Natürlich wusste Elisapet nicht genau, wie viele Ferkel sie besaß, sie konnte nicht lesen, und zählen konnte sie nur bis fünf. Sie begnügte sich mit der Schätzung, sie hatte reichlich mehr als fünf Ferkel, vielleicht dreimal so viel oder etwas in der Art.

Schweine sind immerhin sehr kluge Tiere, obwohl sie keinen Zugang zu Unterricht, nicht mal der primitivsten Art, oder zu anderer Bildung haben. Alles, was sie nicht instinktiv wissen, müssen sie sich selbst durch Erfahrung aneignen. Außerdem inspiriert das Gequieke und Gegrunze in einem Schweinestall nicht gerade zu höherer Beschäftigung.

Doch trotz dieser Bedingungen war Elisapet zu einer recht gebildeten Sau geworden, die außer körperlichen auch geistige Bedürfnisse hatte und entsprechende Aktivitäten zeigte. Elisapet konnte die Uhr nicht lesen, dennoch hatte sie ein gutes Zeitempfinden. Sie wusste genau, wann die Fütterungszeiten waren, wann am Abend im Schweinestall das Licht gelöscht und wann es am Morgen wieder angeknipst wurde. Sie kannte persönlich und mit Namen Huismanen, den Betreiber der Schweineanlage, seine Frau und seine beiden Kinder, sie wusste, dass sie Huismanen gehörte, für ihn arbeitete. Sie ahnte auch mehr oder weniger, dass Huismanen sie nicht umsonst ernährte, obwohl es so aussah. Als junge Ferkeldame hatte sie gesehen, wie Huismanen hinter dem Schweinestall einen jungen Eber erschossen und den blutigen Kadaver aufgehängt hatte, dann hatte er den armen Burschen, das unschuldige Wesen, ausgenommen und abgebrüht.

Im Schweinestall kursierten besonders jetzt, vor Weihnachten, die wildesten Gerüchte von bevorstehenden Massenschlachtungen. Um diese Jahreszeit erschienen fremde Männer im Schweinestall, die zusammen mit Huismanen gemein zu Werke gingen. Sie trieben dicke Ferkel aus ihren Koben und geradewegs in einen draußen vor der Tür wartenden Lastwagen. Die Ringelschwänze kreischten vor Entsetzen, wenn sie in den dunklen Laderaum gestopft wurden. Die Türen wurden zugeschlagen und verschlossen. Dann dröhnte es, und das Auto fuhr ab. Elisapets Koben war insofern günstig gelegen, als sie all das beobachten konnte, ohne sich zu recken. Ihre Ferkel waren jeden Herbst auf diese Weise fortgeschafft worden. Im Frühjahr wurden die kleinen Ferkel in Säcken weggebracht. Elisapet verstand nicht, warum die Menschen es im Frühjahr so eilig hatten, dass sie ihr die Kleinen schon wegnahmen, wenn sie noch Babys waren.

Die Sau Elisapet war beim Beobachten dieser Ferkelraubzüge gläubig geworden. Sie war der Überzeugung, dass fern hinter dem Stall, vielleicht noch weiter weg als der Waldrand, eine große und schweinische Gottheit existierte, die ihr in diesem Leben helfen und die rettend eingreifen konnte. Elisapet hatte sich angewöhnt, zu dieser Kraft, sagen wir ruhig zu Gott, zu beten. Wenn sie nett zu ihren Nächsten war, dann half ihr vielleicht jene Höchste Kraft durch die Härten des Lebens.

Im Moment allerdings war die Sau Elisapet wieder mütterlich besorgt um ihren Nachwuchs. Alle sechzehn Ferkel waren dick und rund, und ihr sauberes Fell glänzte. Oh, sie waren so schön und so gut erzogen! Hätten sie doch ein gutes Leben vor sich! Mehr konnte die Sau sich nicht wünschen, und diese Bitte richtete sie an Gott. Sie hob die Schnauze zu dem aus Eisenrohren geschweißten Zaun ihres Kobens, schloss die Augen und sandte im Interesse ihrer Ferkel ein geseufztes Gebet bis in den Himmel.

»Lieber Gott, lass nicht die Ferkel, die im Herbst geboren wurden, verschwinden, nimm lieber mich an ihrer Stelle mit…«

Der amtierende Gott Pirjeri Ryynänen hatte um diese Zeit den Umzug nach Kerimäki bewältigt und im letzten Moment den Ausbruch des Dritten Weltkriegs verhindert. Nach diesen geglückten Großvorhaben beschloss er, sein irdisches Heim zu besuchen und seine Lebensgefährtin Eija Solehmainen zu treffen.

Es war Wochenende, und Eija hatte frei. Die lange Trennung trug dazu bei, die beiden einander näherzubringen. Pirjeri liebte seine Partnerin, und sie ihn. Eija brachte die Möglichkeit einer Abtreibung zur Sprache, aber Pirjeri

wollte nichts davon wissen. Ihm erschien es unpassend, die Geburt eines Gotteskindes zu verhindern, schließlich hatte auch Jesus seinerzeit ungehindert zur Welt kommen dürfen. Er versprach, zu Eijas Unterstützung da zu sein, wenn das Kind käme. Bis dahin würden sie sicher auch heiraten, wenn Eija es wollte. Sie könnten eine richtig prachtvolle kirchliche Hochzeit feiern! Er bekannte, nach dem Sommer gläubig geworden zu sein. Auf seiner neuen Arbeitsstelle herrschte eine sehr fromme Atmosphäre.
Pirjeris Aufgaben in dem internationalen Projekt erlaubten ihm nicht, länger zu bleiben. Er verabschiedete sich von Eija und versprach, zu Weihnachten wiederzukommen.
Er machte einen Abstecher zum Markt am Südhafen, um sich Helsinki bei Novemberwetter anzusehen. Es war eine Weile her, seit er zuletzt in seiner Heimatstadt gewesen war. Verglichen mit den Slums von Kalkutta, sah das Zentrum von Helsinki wirklich hübsch aus, auch jetzt gegen Ende des Herbstes, bei kaltem Novemberwind.
Pirjeri sah, dass am Rathaus ein Wagen vorfuhr, dem Raimo Ilaskivi entstieg. Da marschierte ein echter finnischer Bürgerlicher zu seinem Arbeitsplatz, ehemaliges Zugpferd der Konservativen Partei und jetziger Oberbürgermeister, lang gedienter Politiker, der bald in Pension gehen würde. Pirjeri verfiel auf die Idee, Ilaskivi in die Spur zu schicken und gegen die in Finnland bis zum Siedepunkt erhitzte Kasinowirtschaft angehen zu lassen. Wenn er bewirken könnte, dass Ilaskivi vehement gegen die Spekulation Position bezog, würde das vielleicht die Geldgier der Kapitalisten dämpfen. Pirjeri wusste natürlich, dass es göttlicher Kräfte bedurfte, einen unverbesserlichen Bourgeois zur Vernunft zu bringen – aber wer, wenn nicht er, besaß diese Kräfte?

Pirjeri drang in Ilaskivis Bewusstsein ein und installierte dort eine ganze Reihe neuer Gedanken, die so stark und radikal waren, dass der Oberbürgermeister selbst erschrak. Auf der Stelle machte er kehrt, stieg wieder in seinen Dienstwagen und wies den Fahrer an, ihn zu seiner Wohnung am anderen Ende des Viertels zu fahren. Er hatte kaum den Mantel ausgezogen, als er auch schon einen Stift in der Hand hielt. Fieberhaft verfasste er den Entwurf einer Meinungsäußerung, die er an die Zeitung zwecks Veröffentlichung in der Leserbriefspalte schicken wollte. Abends schrieb er sein Pamphlet ins Reine und schaffte es eilends zur Redaktion. Dort weckte die Story Misstrauen. Wie konnte es möglich sein, dass ein pechschwarzer Bürgerlicher von der Kasinowirtschaft genug hatte und verlangte, dass sie eingedämmt werden sollte? Die Redaktion veröffentlichte den Text dennoch, und er erregte ungeheures Aufsehen, genau wie Pirjeri es beabsichtigt hatte.
Somit hatte er erreicht, dass aus bürgerlichen Kreisen Kritik an der Kasinowirtschaft laut wurde, und damit beschloss er, nach Kerimäki zurückzukehren. Unterwegs überflog er das Dorf Kirvelä in Vihti. Da drang ein sonderbares Gebet in sein Bewusstsein, ein schlichter und inbrünstiger mütterlicher Appell für eine große Kinderschar, ebenjenes Gebet, das die Sau Elisapet kurz zuvor an Gott gerichtet hatte.
Pirjeri suchte nach dem Ort, von dem das Gebet ausgegangen war, und fand sich in einem großen Schweinestall wieder. Erlaubte sich da jemand einen Scherz mit ihm? Wie konnten aus einem Schweinestall inbrünstige und mütterlich besorgte Gebete kommen?
Er wanderte in dem Gestank umher, um den Absender zu

suchen, aber um diese Tageszeit war kein Mensch anwesend. Stattdessen entdeckte er in einem Koben die fromme Sau Elisapet, die aufgeregt grunzte. Als er in ihre besorgten Triefaugen sah, erkannte er, dass er seine fromme Dienerin gefunden hatte. Die Sau blickte Gott mit rührender Demut an, ihr Herz war von großer Andacht erfüllt. Pirjeri kraulte sie hinter dem Ohr und gab ihr ein freundliches Versprechen:

»Wie es auch um dich stehen mag, ich verspreche dir, dass du von nun an keine irdischen Sorgen mehr hast.«

Die Sau Elisapet zeigte mit der Schnauze auf den Nachbarkoben, in dem sechzehn rosa Ferkel umhertollten. Pirjeri begriff, dass es sich um das Objekt ihrer mütterlichen Besorgnis, ihren eigenen Wurf, handelte.

Er gelobte, sich um ihre Kinder zu kümmern, dann begab er sich auf direktem Wege nach Kerimäki und rief Petrus und Gabriel zu sich in den Glockenturm. Er erzählte ihnen von seiner Begegnung mit der gläubigen Sau und gab ihnen Anweisungen zur Lösung des Ferkelproblems. Dann nahm er kritisch Stellung zur prinzipiellen Seite der Angelegenheit:.

»Warum hat man mir nie gesagt, dass auch Tiere religiöse Gefühle haben und dass auch sie manchmal zu Gott beten? Ist es so, dass sich der Himmel ausschließlich auf die Belange der Menschen spezialisiert hat? Hat man die frommen Tiere absichtlich sich selbst überlassen?«

Die Gescholtenen machten Ausflüchte. Sie behaupteten, dass Tiere überhaupt nicht oft beteten, die meisten von ihnen waren Heiden. Man hatte es nicht für notwendig erachtet, für sie besondere Regelungen zu treffen. Nach alter Sitte war man im Himmel davon ausgegangen, dass sich die Tiere, zum Beispiel die Würmer auf der Erde und die Vögel im Himmel, selbst ihre Nahrung suchten und sich selbst um ihr Seelenleben kümmerten. Wenn Tiere, was sehr selten vorkam, fromm wurden, bedeutete das nicht, dass für sie ein eigener Himmel geschaffen werden musste. Tiere konnten keine Engel werden, und sie kamen nach ihrem Tod nicht in den Himmel.

Pirjeri gab sich mit diesen Erklärungen nicht zufrieden. Er beschloss, dass im Himmel eine neue Abteilung geschaffen werden würde, die des Tierreichs, und ihre Aufgabe wäre es, besonders das Schicksal gequälter und schlecht behandelter Haustiere zu beobachten. Im Bedarfsfall sollten die Gebete der Tiere notiert und, wenn irgend möglich, auf sie eingegangen werden.

Pirjeri überlegte eine Weile, dann hatte er die Lösung gefunden. Er ließ Moses in den Glockenturm rufen.

Moses erschien, und da erzählte Pirjeri ihm von seiner Begegnung mit der Sau Elisapet. Dann fragte er ohne Umschweife, ob Moses gewillt wäre, die Verantwortung für den neu zu gründenden Himmel zu übernehmen, als eine Art Gott der Tiere.

Der alte Patriarch war von dem Angebot überrascht, erkannte aber bald, dass die Position einflussreich und anspruchsvoll war. Er erklärte sich mit Freuden bereit, Herr der Tierwelt zu werden. Seiner Meinung nach war gerade er geeignet, dem neuen Himmel vorzustehen, denn er hatte Erfahrungen darin, wie man mit streunenden Massen umging. Das murrende israelische Volk war seinerzeit sehr schwer zu führen gewesen, im Vergleich damit wäre es ein Kinderspiel, die in den Himmel strebenden Tierherden zu hüten.

Anschließend unterhielten sich die beiden über einige praktische Dinge. Wo sollte der Himmel der Tiere eingerichtet werden? Wie viele Arbeitskräfte waren erforderlich? Welche Wesen sollte man im Himmel aufnehmen?
Moses hatte die Idee, dass die rechtschaffenen Tiere im ehemaligen Himmel der Menschen in Bulgarien untergebracht werden könnten, denn der war ja jetzt leer. Die Schlossruine stand in einer Gebirgsgegend, dort gab es viele schöne Hügel und Höhenzüge, auf denen die müden Tiere weiden konnten. Und in den Innenräumen des Schlosses ließen sich die verschiedensten Arten unterbringen, mehr als seinerzeit in der Arche Noah.
Pirjeri beschloss, für den Zweck hundert tierliebe Engel loszueisen und sie Moses' Kommando zu unterstellen. Moses selbst machte sich stehenden Fußes auf den Weg nach Bulgarien, um den Himmel der Tiere zu gründen.
Der heilige Petrus und der Erzengel Gabriel verließen erschüttert den Glockenturm. Ihrer Meinung nach war Pirjeri Ryynänen damit, dass er im Himmel eine extra Tierabteilung gegründet hatte, zu weit gegangen. Was würde Gott dazu sagen? Der finnische Stellvertreter war erschreckend eigenwillig, und seine Beziehungen zu ihnen, den Kanzleichefs, waren nicht in Ordnung, das ließ sich nicht leugnen. Jetzt war Moses zum neuen Gott ernannt worden, wenn auch nur im Himmel der Tiere. Die Kanzleichefs begannen ernsthaft um ihre Stellung zu fürchten. Sie mussten sich irgendein Mittel ausdenken, um den hitzigen Pirjeri milde zu stimmen und die Beziehungen zu ihm zu verbessern.
Gabriel hatte einen guten Einfall. Er schlug vor, Gottes ledernen Sessel aus dem früheren Himmel zu holen und in

Pirjeris Glockenturm aufzustellen. Das wäre ein großartiges Geschenk für den finnischen Amtsinhaber. Vielleicht würde Pirjeri versöhnlich gestimmt, wenn er den geliebten Sessel unter dem Hintern hätte?
Petrus fand die Idee ausgezeichnet. Die beiden machten sich sofort Gedanken, wie es ihnen gelingen könnte, das schwere Möbelstück von Bulgarien nach Finnland und in den Glockenturm von Kerimäki zu transportieren.

In Vihti verteilte Landwirt Huismanen Futter an seine Säue. Bei Elisapet hielt er inne, um mit ihr zu reden:
»Ich habe mir vorhin überlegt, Elisapet, wie es wäre, wenn wir deine Ferkel diesmal nicht für die Schinkenherstellung verkaufen. Sie wirken so putzmunter, ich denke, wir heben uns den ganzen Wurf für die Zucht auf, lassen die Kleinen zu Ebern und Säuen heranwachsen. Wie gefällt dir der Gedanke, Elisapet?«
In die Triefaugen der frommen Sau stiegen Freudentränen, als sie die wunderbaren Worte ihres Herrn hörte.

28

Im Gebirgsdorf Hjornakurdzali, nahe dem ehemaligen Himmel, wohnte der fünfzigjährige orthodoxe Landarbeiter Stepan Gyrnözal. Der heilige Petrus erfuhr, dass dieser Mann kräftig und fromm war, zu allem Überfluss besaß er einen Esel und einen Karren. Eine bessere Kombination für den Abtransport des göttlichen Sessels aus der bulgarischen Schlossruine konnte man sich nicht wünschen. Petrus reiste zu Stepan und erschien ihm eines schönen Morgens.

Trotz seines orthodoxen Glaubens, der vom byzantinischen Prinzip abwich, verneigte sich Stepan andächtig vor dem heiligen Petrus, dem ersten der Apostel. Petrus gab ihm den vertraulichen Auftrag, ein altes, wertvolles Möbelstück aus dem Turm des nahen Gebirgsschlosses zu holen und auf den Bahnhof von Dospati zu schaffen. Wenn der Transport glückte, ohne dass das Ledermöbel beschädigt wurde, konnte Stepan mit einem Platz im Himmel rechnen.

Dann bekam Moses die Anweisung, alle Tiere, die möglicherweise bereits im Himmel waren, für einige Zeit in den Keller zu schicken, denn ein örtlicher Landarbeiter würde ins Schloss kommen, um den Thron Gottes abzuholen.

Stepan Gyrnözal spannte seinen Esel vor den Karren, befahl seiner Frau, ihm für drei Tage Proviant einzupacken,

erschwindelte sich und seinem Neffen eine Krankschreibung und klatschte dem Esel auf den Hintern. Gemeinsam machten sie sich auf den Weg zum Schloss.
Petrus wies ihnen den Weg in den vereinsamten Himmel. Am Ziel angekommen, stiegen sie in den Turm hinauf, und Petrus deutete auf den Sessel: Das sei das bewusste Stück, es sei Umzugsgut und müsse nach unten geschafft, auf den Karren geladen und nach Dospati transportiert werden.
Der Sessel war wirklich riesig, ein mit dickem Leder bezogenes Ungetüm. Die Armlehnen waren mit unfreundlich dreinblickenden Adlerköpfen verziert. Das Wappen aus Eichenholz, das den Rücken zierte, zeigte einen Adler, die Sonne und einen Hammer. Das Gerippe des Sessels bestand aus Eiche, er hatte eine dicke Polsterung und eine gusseiserne Stützkonstruktion. Das ganze Ding wog mindestens zweihundert Kilo.
Stepan Gyrnözal fixierte den Sessel wie einen gegnerischen Ringer, bekreuzigte sich mehrmals, spuckte in die Hände und befahl seinem Neffen:
»Fass mit an!«
Mit geschwollenen Stirnadern schleppten er und sein junger Verwandter den Sessel auf der engen Steintreppe nach unten. Ihr Schweiß floss in Strömen, und viele Ruhepausen waren nötig, ehe das massive Möbel draußen auf dem Karren stand.
Stepan schätzte, dass er zwei Tage für den Weg nach Dospati brauchen würde, Petrus möge die Last dort entgegennehmen. Er, Stepan, hatte kein Geld und auch sonst keinen Grund, den Sessel auf eigene Kosten auf die Weiterreise zu schicken. Petrus versprach, am Bahnhof zu sein, und wünschte den beiden einen guten Weg und Gottes Segen.

Der Sessel traf am Abend des vereinbarten Tages in Dospati ein. Stepan und sein Neffe hatten unterwegs in ihrem Heimatdorf einen stabilen Holzkasten um das Ungetüm herumgebaut, durch die Ritzen waren das dunkle Leder und das patinierte Eichenholz zu erkennen. Die beiden Männer halfen, die Kiste in einen Güterwaggon zu laden, dann fuhren sie in ihr Dorf zurück, als Lohn winkte ein sicherer Platz im Himmel.
Der heilige Petrus besorgte den Frachtbrief und bezahlte die Fahrt nach Sofia, wo das stabile Möbel zwei Tage später eintraf. Die Eisenbahner luden es am Güterbahnhof aus und stellten es vor dem Gebäude ab. Petrus erschien, um es entgegenzunehmen. Die Sendung sei für das Ausland bestimmt, sagte er. Was sei dafür an Papieren erforderlich? Der Bestimmungsort sei Nordeuropa, um genau zu sein, Finnland.
Ein leitender Beamter der Abteilung für Auslandsfracht erschien, um sich das Objekt anzusehen, und als er in der Holzkiste ein altes, wertvoll aussehendes Möbelstück entdeckte, weigerte er sich, den Frachtbrief und die Zollpapiere auszustellen.
»Ich glaube, dass man diese Kostbarkeit nicht einfach aus dem Land schaffen darf, das verbietet das Antiquitätengesetz. Sie müssen eine offizielle Genehmigung bei der Museumsbehörde beantragen.«
Petrus begab sich ins Museumsamt der Volksrepublik Bulgarien, wo man ihn in das Zimmer einer staubig wirkenden Frau führte. Sie weigerte sich entschieden, einen Wertgegenstand der genannten Art zu exportieren. Der heilige Petrus musste ihr lange gut zureden, ehe sie einwilligte, auf den Bahnhof mitzukommen und sich den

Sessel anzusehen. Als die Staubfee durch die Ritzen in die Kiste lugte, entfuhr ihr ein schriller Schrei. Offenbar hatte sie etwas wirklich Absonderliches entdeckt. Sie verlangte, dass die Kiste geöffnet würde, und als das geschehen war, machte sie noch mehr Theater.

Die Frau telefonierte. Ein Lastwagen fuhr vor, dem sechs kräftige Männer entstiegen. Sie luden die Holzkiste mit dem darin befindlichen Schatz auf und fuhren zum Museumsamt. Petrus blieb nichts anderes übrig, als ihnen zu folgen.

Als die Träger gegangen waren, stellte sich die Frau als Abteilungsleiterin vor, deren Aufgabe es sei, darüber zu wachen, dass keine nationalen Kunstschätze heimlich außer Landes geschafft würden. Nun hätte sie dank ihrer unermüdlichen Aufmerksamkeit ein besonders wertvolles Möbelstück für die kommenden Generationen ihres Landes gerettet. Sie sah Petrus anklagend an und sagte, dass er vermutlich zu jenen Staatsfeinden gehöre, die aus Niedertracht das bulgarische Kulturerbe zu dezimieren versuchten, indem sie die wichtigsten Stücke ins Ausland verkauften.

Hintergrund für die heftige Tirade war, dass der Sessel aus dem ehemaligen Himmel offenbar überraschend viel Wert hatte. Er stammte angeblich von 1879 und war, laut Aussage der Frau, einst vom ersten bulgarischen Fürsten, der nach Lockerung der türkischen Oberherrschaft an die Macht gelangt war, Prinz Alexander von Battenberg, in Auftrag gegeben worden und hatte als Thron im Sommerpalast gedient. Der Stil des Sessels und die Verzierungen bewiesen die Echtheit. Er war bulgarisches Nationaleigentum und wurde jetzt offiziell beschlagnahmt, wie die Frau erklärte.

Sie war bereit, Petrus eine Quittung auszuschreiben, aber eine Entschädigung hatte er nicht zu erwarten. Er konnte froh sein, wenn ihm nach diesem frechen Raubversuch eine lange Gefängnishaft erspart bliebe.
Das war zu viel für Petrus. Er überlegte einen Moment, ob er seine Kräfte als Heiliger an dem Weibsstück erproben sollte. Viel fehlte nicht, und er hätte ihr Keuchhusten oder eine Gallenblasenentzündung angehext. Das hätte ihm in der Sache allerdings nicht weitergeholfen, im Gegenteil, ein fiebernder Staubwedel hätte nur noch mehr Ärger gemacht. Petrus beschloss, den Sessel vorläufig im Sofioter Museumsamt stehen zu lassen, nach Kerimäki zurückzukehren und mit Gabriel über die Wendung, die der Fall genommen hatte, zu beraten.
Als er von dem missglückten Sesseltransport hörte, brach Gabriel – entgegen seinen Gewohnheiten – in Lachen aus. Er hätte nie geglaubt, dass Petrus so ungeschickt und phantasielos sein könnte, dass es ihm nicht gelingen würde, einen einzelnen Sessel nach Kerimäki zu schaffen.
Petrus dagegen war nicht in so launiger Stimmung. Er forderte Gabriel auf, den Sessel selbst aus Sofia abzuholen, denn er persönlich sei das ganze Unternehmen leid. Außerdem sei Pirjeri Ryynänen ein so unberechenbarer Gott, dass es bei näherem Nachdenken sowieso müßig sei, ihn mit Gottes abgenutztem Sessel zu belohnen.
»Ich werde das Ding herholen«, entschied Gabriel. Er überließ Petrus die Erledigung der laufenden Angelegenheiten und begab sich ins Museumsamt von Sofia, um sich anzusehen, was er für den Sessel tun konnte.
Es war dann allerdings doch nicht so einfach, einen vom bulgarischen Staat beschlagnahmten Thron an sich zu

bringen und in den Glockenturm der Kirche von Kerimäki zu schaffen, wo er Gott als Sitz dienen sollte. Gabriel merkte, dass er Petrus wohl vorschnell verspottet hatte. Erzengel und Heilige können zwar mühelos Dinge auf geistiger Ebene bewirken, aber der Transport eines schweren Sessels von einem Staat in den anderen und über die Hürden einer hartnäckigen Bürokratie hinweg war dann doch schwieriger, als es auf den ersten Blick schien.

Gabriel erwog mehrere Lösungen. Sollte er einen Papierkrieg beginnen und den Sessel für viel Geld vom bulgarischen Staat kaufen? Eine unendlich langsame und unsichere Methode. Und wenn er nun einen Beamten bestach, dass der ihm den Sessel verkaufte, sodass er ihn anschließend über die Grenze schmuggeln konnte? Auch dieser Gedanke war nicht wirklich gut, ein Erzengel, der Leute bestach, so etwas passte nicht zum himmlischen Arbeitsstil.

Gabriel beschloss, sich zur Lösung seines Problems mit Ermei Lahodzev, dem orthodoxen Erzbischof von Sofia, in Verbindung zu setzen. Er hatte den Mann vor etwa zehn Jahren kennen gelernt, als der noch ein gewöhnlicher Bischof gewesen war. Damals war es um eine örtliche himmlische Angelegenheit gegangen, die Gabriel zusammen mit einem lebenden Bischof geregelt hatte. Jetzt fiel ihm Erzbischof Ermei wieder ein, und er suchte ihn auf. Der fromme Mann war sehr geschmeichelt, dass ihm der Erzengel persönlich erschien und ihn um Hilfe bat.

Gabriel erzählte ihm, dass er den alten Thron aus dem Sommersitz des Battenberger Prinzen Alexander nach Finnland transportieren wolle. Es handele sich um einen Sessel, der zuletzt Gott selbst gehört habe, sodass das vom bulgarischen Staat geltend gemachte Besitzrecht mindestens fragwürdig sei. Ob Erzbischof Ermei in dieser Sache wohl behilflich sein könnte?

»Ja, aber allerhöchster Erzengel! Natürlich kann man einen alten Stuhl bewegen, wenn man die Sache nur richtig anpackt!«

Der Erzbischof rief umgehend im Museumsamt an, sagte, er habe gehört, dass das Amt Eigentum der bulgarischen Kirche beschlagnahmt hätte. Er erklärte, dass es seit dem vergangenen Jahrhundert in Bulgarien üblich gewesen sei, die Monarchen in einer christlichen Zeremonie zu krönen. Der Patriarch von Konstantinopel hatte seinerzeit, im Jahre 1879, wenn sich Ermei richtig erinnerte, Prinz Alexander unter den Schutz der Kirche gestellt, hatte die Krone und den Thron gesegnet und diese gleichzeitig de jure in die Obhut der Kirche übernommen. Juristisch bedeutete dies, dass sowohl die Krone als auch der Thron der Kirche gehörten und nicht dem Staat, der damals schließlich noch gar nicht existiert habe.

»Es handelt sich nicht um die Krone des Prinzen Alexander«, lautete die Antwort aus der Behörde.

»Aber dafür haben Sie den Thron seiner Hoheit bei sich versteckt! Sie haben Erbstücke der Kirche an sich gebracht und lagern diese in Ihren muffigen Sälen.«

Der Erzbischof hob die Stimme und verlangte, dass der Thron des Prinzen umgehend in die Krypta des Doms von Sofia gebracht würde. Das Museumsamt verfüge doch über entsprechende Fahrzeuge und Arbeitskräfte, oder solle er, der Erzbischof, die Miliz mit der praktischen Realisierung der Aufgabe betrauen?

Bereits eine halbe Stunde später wurde der uralte Lehnsessel in die Krypta des Doms geschleppt. Der Erzbischof quittierte die Übernahme und äußerte sich Gabriel gegenüber zufrieden darüber, dass inzwischen auch in Bulgarien das Wort von Kirchenleuten Gewicht habe, besonders wenn sie überzeugend genug auftraten.

»Noch vor nicht allzu langer Zeit hätte man mir den Kopf abgeschlagen, wenn ich meine Stimme gegen die Bürokraten erhoben hätte«, freute sich der Erzbischof über seine Frechheit.

Gabriel erklärte, er wolle dem Sofioter Dom den alten Sessel abkaufen. Das war jedoch nach Meinung des Erzbischofs nicht die geeignete Methode.

»Am besten wäre es, wir machen ein Tauschgeschäft. Kirchenschätze sollte man nicht verkaufen. Vielleicht findet sich in Finnland irgendetwas ebenso Wertvolles, das man gegen diesen Sessel eintauschen könnte? Der Tauschgegenstand müsste kirchlichen Ursprungs sein, am liebsten eine Reliquie, so wirkt es in den Dokumenten ganz offiziell.«

Der Erzengel konnte so aus dem Stegreif keine finnische kirchliche Kostbarkeit nennen. Er bezweifelte, dass es dort überhaupt einen Gegenstand gab, der diese Anforderungen erfüllte. Finnland war ein raues lutherisches Land, dort wurden keine Kirchenschätze angehäuft, geschweige denn Reliquien.

»Jedenfalls müsste es etwas Altes sein«, verlangte der Erzbischof.

Da erinnerte sich Gabriel an Hytermä. In Schrott-Heikkis Freilichtmuseum gab es alten Krempel noch und noch, vielleicht fände man darunter etwas Wertvolles und Kirchliches. Er sagte dem Erzbischof, dass er an Ort und Stelle

nachsehen wolle, ob er vielleicht doch einen Tauschgegenstand fände.
In Hytermä sprach er mit Schrott-Heikki über das Problem. Er musste eine geeignete alte kirchliche Kostbarkeit finden, die er gegen den Sommerthron des Prinzen Alexander eintauschen konnte, weil den nämlich Pirjeri Ryynänen haben sollte – zuletzt hatte der Sessel Gott persönlich gehört. Was also schlug Heikki vor?
Heikki zeigte dem Erzengel seine Bestände. Da gab es Unmengen von Gegenständen, doch kaum einer war kirchlichen Ursprungs. Aber dann fand sich doch noch etwas Passendes. Heikki empfahl lange Waldskier, die dem Vernehmen nach einst dem Pietistenpropheten Paavo Ruotsalainen gehört hatten. Dann gab es da noch eine Reuse, mit der der erste Pfarrer der Muttergemeinde von Sääminki gefischt hatte. Wäre das nicht etwas zum Tauschen? Für besonders wertvoll hielt Schrott-Heikki einen morschen Bootsschuppen, der in den Jahren 1877 – 1890 im alten Valamo am Ufer gestanden hatte. Und wie wäre es mit den Mühlsteinen, mit denen Pfarrer Maconi Gottesgaben hatte mahlen lassen, als die Kirche von Kerimäki gebaut worden war.
Der Erzengel Gabriel stieß mit dem Fuß gegen die schneebedeckten Mühlsteine. Aus seiner Sicht waren sie ein gutes Pendant zu dem alten ramponierten Sessel, wogen sogar noch mehr. Das Erzbistum Sofia könnte sich glücklich schätzen, wenn die Finnen ihm Maconis Mühlsteine vermachen würden, im Tausch gegen einen alten Sommerthron, in den die Ratten und Fledermäuse ihre Löcher gefressen hatten.
»Dann nur zu, die Dinger gibt es sogar umsonst«, versprach Schrott-Heikki großmütig.

Jetzt war die Sache schnell geregelt. In Sofia wurden die Übergabepapiere der Kirchenschätze ausgefertigt, und der alte Sessel wurde als Luftfracht nach Finnland geschickt. Er wurde sachgemäß im Helsinkier Flughafen Seutula verzollt, dann nach Joroinen geflogen und von dort aus mit dem Lastwagen nach Kerimäki transportiert. Der Küster und sein Schwiegersohn schleppten das schwere Möbel in die oberste Etage des Glockenturms.

Auf Gott wartete eine angenehme Überraschung. Er war gerührt über seine aufmerksamen Kanzleichefs, ließ sich in den vertrauten Sessel fallen und dankte ihnen herzlich für das Geschenk.

»Ein himmlisches Gefühl, wieder hier zu sitzen ... Sie sind wirklich aufmerksame Heilige.«

Die schweren Mühlsteine von Pfarrer Maconi konnten erst kurz vor Weihnachten aus Hytermä abgeholt werden, als das Eis auf dem See dick genug war, um einen Radlader zu tragen. Es ergab sich die Möglichkeit, die Steine mit in dem Fernlaster unterzubringen, der die nach der Methode von Doktor Pulliainen produzierten Hühnereier aus der finnischen Überproduktion in die Türkei transportierte.

Maconis Mühlsteine wurden in Bulgarien von dem Eiertransporter abgeladen und anschließend im Dom von Sofia zu beiden Seiten des Altars platziert, der untere Stein links, der obere rechts. Die Gläubigen erwiesen ihnen andächtig die Ehre, es wurde zur guten Sitte, die Steine zum Zeichen der Frömmigkeit zu küssen, erst den linken, dann den rechten. Die Frauen allerdings küssten erst den rechten und dann den linken Stein.

29

Pirjeri Ryynänen saß glückselig in seinem Lehnsessel im Glockenturm der Kirche von Kerimäki, als seine Ruhe gestört wurde. Der heilige Petrus und der Erzengel Gabriel erschienen zum Gespräch.

Im Himmel war unlängst ein aktiver junger amerikanischer Engel angekommen, der Computerhändler Tom Wheeler, der bei einem Flugzeugunglück ums Leben gekommen war. Tom war nach den üblichen Gepflogenheiten zum Dienst eingeteilt worden, er saß auf der Empore und erfasste per Hand die Gebete der Amerikaner. Da er an elektronische Geräte gewöhnt war, konnte er beim himmlischen Arbeitstempo nicht mithalten. Er hatte von Anfang an beklagt, dass die Methoden hoffnungslos veraltet seien. Außerhalb seiner Arbeitszeit hatte er einen detaillierten Plan entwickelt, wie die himmlische Buchführung so umgestellt werden könnte, dass sie den Anforderungen der heutigen Zeit entsprechen würde. Er hatte versucht, mit seinem Plan zu Gott vorzudringen, aber Petrus hatte das verhindert. Petrus fand es unpassend, dass ein junger texanischer EDV-Mann gleich selbst zur Krone der Schöpfung rennen und sie mit seinen zügellosen Ideen behelligen wollte.

Pirjeri warf einen Blick auf das Papier. Darin schlug Tom vor, dass in der Kirche von Kerimäki ein Computer installiert werden sollte. An den Rechner würden zweitausendfünfhundert Monitore angeschlossen, sodass immer zwei Engel gemeinsam einen Monitor benutzen könnten. Tom hatte auch bereits erste Berechnungen über den Nutzen angestellt, den die EDV-Anlage bringen würde. Im Vergleich mit dem derzeitigen manuellen System würde sich die Arbeitsleistung verzehnfachen. Das würde einen ungeheuren Fortschritt bei der Betreuung der Menschheit mit sich bringen. Sämtliche Gebete könnten mühelos im Rechner erfasst werden, keines würde unberücksichtigt bleiben. Auch die Sünden der Menschen bis hin zu den kleinsten Vergehen könnten auf der Festplatte gespeichert werden.

Gott könnte im Glockenturm seinen eigenen Monitor bekommen, dort ließen sich ohne Weiteres das Wetter und die weltweiten Krisengebiete einprogrammieren. Auch das Wirken des Satans ließe sich auf diese Weise intensiv verfolgen. Die Kanzleichefs bekämen ebenfalls ihren eigenen Monitor, so könnten sie jederzeit und schnell Kontakt sowohl zu Gott als auch zu den Engeln herstellen. Wenn der Himmel ins Computerzeitalter eintreten würde, hätte der Teufel nichts mehr zu lachen.

Pirjeri fand, dass die Gedanken des jungen Amerikaners Unterstützung verdienten. Er hatte bereits selbst die Anschaffung eines Computers in Erwägung gezogen. Millionen Gebete von Hand zu erfassen war wirklich ein hoffnungslos veraltetes Vorgehen.

Die Kanzleichefs zögerten. Ihrer Meinung nach war es verwegen, das alte und bewährte System zu verändern. Sie scheuten sich vor der neuen Technik, glaubten, die Bedienung der Geräte könnte für die Engel zu kompliziert sein.

Pirjeri kümmerte sich nicht um ihre Einwände, er wollte den Engel Wheeler sehen.
Tom Wheeler war um die dreißig, ein gut gekleideter Computervertreter aus Texas. Zu Lebzeiten hatte er den amerikanischen Computerriesen ABS vertreten, dessen Geräte in die ganze Welt verkauft wurden. Sie waren dem Vernehmen nach marktführend, sowohl technisch als auch ökonomisch. Tom überschlug, dass der Rechner, also die elektronische Gebetseinheit, mit den zweitausendfünfhundert Monitoren fünfzig Millionen Finnmark kosten würde, Großhandelsrabatt und Kundenrabatt würden den Preis um zwanzig Prozent senken. Die Finanzierung ließe sich auf verschiedene Weise regeln. Die einfachste Methode wäre es, die Geräte über einen Sponsoringvertrag zu bezahlen. Das würde bedeuten, dass der ABS-Konzern in seiner weltweiten Werbung den Namen des Himmels, die Empfehlungen der Engel und Gottes Fotos verwenden dürfte.
Pirjeri lehnte ab. Seiner Meinung nach war Werbung eine Erfindung des Teufels, dazu würde sich der Himmel nicht hergeben.
Gemeinsam rechneten sie aus, dass bei einem Kredit über fünfzig Millionen Mark bei einer beliebigen Geschäftsbank die Zinsen bald unerträglich wären. Sie mussten sich eine andere Methode ausdenken.
Petrus fand, dass sie die neuen Geräte auch bar bezahlen könnten, dazu brauchten sie nur einige Kunstwerke aus dem Vatikan zu verkaufen. Aber Pirjeri willigte nicht ein. Der Himmel betrieb keinen Handel auf Kosten der Kunst.
Nun schlug Tom vor, dass sie das Vorhaben finanzierten, indem sie Reginald Harway, dem Oberhaupt der Eigentümerfamilie von ABS, der zugleich Generaldirektor des Kon-

zerns war, einen Platz im Himmel versprachen. Daraufhin würde der Mann auf der Stelle und mit Freuden die teuren Geräte kostenlos nach Kerimäki liefern.
Aus Pirjeris Sicht erinnerte die Methode an den mittelalterlichen Ablasshandel, aber Gabriel und Petrus sahen in dem Gedanken an ein riesiges Geschenk nichts Negatives. Ein Mensch, der um seiner selbst willen dem Himmel etwas schenkt, kann nicht durch und durch schlecht sein. Zu allen Zeiten hatten die Menschen für ihre Sünden gebüßt, indem sie Gott Opfer brachten. Die Kanzleichefs fanden es unwesentlich, ob es sich um das Scherflein einer Witwe, ein Opferlamm oder zweitausendfünfhundert Monitore handelte. Sie informierten sich über Reginald Harweys aktuelle Sündenlast, um zu klären, ob es überhaupt – wenigstens in der Theorie – möglich sei, dem Mann ein Leben nach dem Tod zu versprechen.
Wie sich zeigte, war Reginald Harwey nicht ganz sündenfrei. Er hatte in der Schulzeit leichten Sadismus an den Tag gelegt, war an der Universität ein Streber und später im Arbeitsleben ein harter Chef gewesen. Andererseits gab es an ihm auch viel Gutes. Er war gesellig, freigiebig, ein treuer Ehemann und seinen Kindern ein liebevoller Vater. Außerdem ging er jede Woche in die Kirche. Er hatte sogar in seinem Privatflugzeug eine kleine tragbare Kapelle.
Das entschied die Sache. Tom Wheeler wurde beauftragt, seinem früheren Chef zu erscheinen und den Erwerb der Computer in der Praxis zu regeln. Einen schriftlichen Vertrag über den Platz im Himmel würde es nicht geben, auch der Generaldirektor von ABS musste auf Gottes Wort vertrauen. Pirjeri machte außerdem darauf aufmerksam, dass Reginald von nun an keine Sünden mehr begehen durf-

te, nicht mal im früheren geringen Ausmaß, andernfalls müsste sein Fall neu geprüft werden.
Eine Woche später, in einer milden verschneiten Nacht, fuhr ein riesiger Fernlaster an der Kirche vor. Er war über den Freihafen von Hanko eingereist und trug die internationalen TIR-Kennzeichen. Wegen der Geheimhaltung waren außerdem Aufkleber mit der Aufschrift *Rohr und Isolierung AG Savonlinna* angebracht worden. Tom Wheeler saß mit im Auto, dessen Ladung aus EDV-Spitzengeräten bestand. Der Laster fuhr rückwärts an die Kirchentür heran. Zehn amerikanische Computertechniker trugen die teuren Geräte hinein. Der Rechner wurde unter der Kanzel platziert, die Stromquelle auf der Empore. Große sichtbare Veränderungen wurden in der Kirche nicht vorgenommen, die Kabel wurden hinter den Lehnen der Bänke versteckt, die dicksten unter dem Fußboden verlegt. Die Monitore fanden ihren Platz auf den Haltebrettern für die Gesangbücher. Gearbeitet wurde im Akkord und mit religiösem Eifer. Für die Installation wurden fünf Nächte gebraucht.
Tom Wheeler begann mit einem Computerkurs für fünftausend Engel. Der Unterricht erfolgte auf Englisch, das alle Schüler beherrschten, denn die Engel sind ja allsprachig. Die Ergebnisse des Unterrichts waren allerdings nicht so gut wie erwartet. Es kam zu vielen ärgerlichen Fehlern. Besonders die ältesten Engel hatten viel Scheu vor den modernen Geräten.
In der darauffolgenden Woche wurde der Computer in der Praxis ausprobiert. Die Monitore funktionierten ausgezeichnet, der Rechner summte tadellos unter der Kanzel. Trotzdem waren die Ergebnisse ausgesprochen schlecht. Als die Gebete in die PCs eingetippt wurden, kam es zu

zahlreichen bedauerlichen Fehlern: Es verschwanden Texte, das Sicherheitssystem des Computers streikte, in einigen Fällen wurden aus den Sünden der Menschen Verdienste und umgekehrt.
Die Engel bekamen zusätzlichen Unterricht, und sie wurden gebeten, sorgfältiger als bisher mit der Datentechnik umzugehen. Auch das half nichts.
Der Gedanke drängte sich auf, dass es sich um die üblichen Startschwierigkeiten handelte, aber als die Fehler nicht verschwanden, eher noch verstärkt auftraten, untersuchte Tom Wheeler die Sache genauer. Hatte sich ein feindlicher Virus im Programm eingenistet?
Nach genauer Prüfung konnten Tom und seine Gehilfen feststellen, dass sich im Rechner der neuen Superanlage tatsächlich ein besonders bösartiger Virus befand. Als sie weiter nachforschten, fanden sie heraus, dass irgendjemand in das Programm eingegriffen und es lahmgelegt hatte. Petrus und Gabriel hegten den Verdacht, dass es dem Satan persönlich gelungen war, das himmlische EDV-Programm unbrauchbar zu machen.
Die Fehler mehrten sich. Es gab Tage, da gelang es den fünftausend Engeln lediglich, ein paar tausend Gebete im Computer zu speichern. Wenn diese dann zwecks Weiterbehandlung erneut aufgerufen wurden, waren sie inzwischen völlig unverständlich geworden. Es erwies sich als unmöglich, ein Sündenregister der Menschheit zu erstellen. Serienmörder, Vergewaltiger, Folterer und andere Übeltäter befreite der Computer von ihren Sünden und deklarierte sie als himmelstauglich. Hingegen hängte er grundanständigen Menschen abscheuliche Grausamkeiten und rabenschwarze Verbrechen an. Hunderttausende

liebenswerter und tadelloser Personen hätten demzufolge auf direktem Wege in die Hölle geschickt werden müssen. Die Himmelsbücher waren gründlich durcheinandergeraten. Die Situation war unerträglich.
Pirjeri mischte sich ein. Eine Gruppe von Engeln, die sich zu Lebzeiten mit EDV befasst hatten, wurde zusammengestellt, und sie sollte die Computerfehler noch gründlicher als bisher untersuchen. Unter der Leitung von Tom Wheeler machten sich die Engel an die Arbeit. Die schlimmsten Befürchtungen bestätigten sich, der himmlische Computer war infiziert. Ganz offensichtlich hatte der Satan Macht über das Programm bekommen. Die schlimme Wahrheit bestätigte sich endgültig, als einer der EDV-Engel unter den Ausdrucken eine eindeutig satanische Schrift fand.
Pirjeri fasste einen schweren Entschluss. Sie mussten auf das Computerprogramm verzichten und zu den früheren Methoden zurückkehren. Die gesamte himmlische Buchhaltung musste durchgesehen, die Fehler mussten korrigiert werden.
Die Monitore wurden von den Gesangbuchhaltern abgeschraubt, der Rechner wurde in der Kiste verpackt, die Energiequelle von der Empore geholt. Das Abbauen und Verpacken dauerte länger als eine Woche, denn es mussten örtliche Arbeitskräfte hinzugeholt werden. Die amerikanischen Monteure hatten mit ihrem Tagegeld bereits das Land verlassen. Für die geheime Aktion konnten fünf Elektriker aus Savonlinna, zwei Waldarbeiter aus Kitee und ein paar landwirtschaftliche Urlaubsvertreter aus Kerimäki gewonnen werden. Sie alle waren tiefreligiös und versprachen, die Art ihrer delikaten Aufgabe streng geheim zu halten. Sie verrichteten die Arbeit für einen Sündenlohn. Für jeden ab-

montierten Monitor wurde dem Betreffenden eine kleine Sünde vergeben, für zehn eine große.
Der Laster holte die Geräte in der Nacht aus Kerimäki ab und brachte sie im Namen des Herstellers in den Freihafen von Hanko, wo sie auf einen möglichen Käufer warten sollten. ABS bot die teuren Geräte vielen Käufern an, aber da sie gebraucht waren und da der Hersteller keine Garantie für das Computerprogramm übernehmen wollte, war der Weiterverkauf schwierig.
Endlich fand sich ein Abnehmer. Die Geräte wurden auf ein Schiff geladen und in den Iran gebracht, wo man reichlich Verwendung für sie hatte. Die iranischen EDV-Ingenieure triumphierten geradezu, als sie den vom Satan infizierten Computer ausprobierten, dessen Programm sich ihrer Meinung nach ganz ausgezeichnet für die Bedürfnisse des Staates auf dem Gebiet der Datenverarbeitung eignete.
Zu jener Zeit verbreitete sich in Kerimäki das Gerücht, dass es in der Kirche spukte. Man hatte angeblich den Geist von Schrott-Heikki gesehen, wie er große Pappkartons in die Kirche hinein- und wieder herausgeschleppt hatte, die Kartons hatten an der Seite in großen schwarzen Lettern die Aufschrift ABS getragen. Die Leute meinten, es sei das magische Kürzel für »AktionsBündnis Satan«. Der Pfarrer der Gemeinde versuchte diese heidnischen Gedanken zu entkräften, aber sie hielten sich hartnäckig im Volk. Ihm blieb nichts anderes übrig, als gemeinsam mit dem Küster bei Vollmond auf den Friedhof zu gehen und gesegnetes Weihwasser an jede Ecke der Kirche zu spritzen, um die Geister so zu vertreiben. Das Mittel wirkte, fortan wurden rund um die Kirche von Kerimäki keinerlei verdächtige Geschehnisse mehr registriert.

30

Geschäftsmann Torsti Rahikainen und Kapitän Shunjago Shiu vom japanischen Fischtrawler *Fuji Maru* saßen in der Strandbar des einzigen Hotels von Rarotonga und schlürften schweigend ihre Drinks. Die *Fuji Maru* lag als Wrack auf einem Korallenriff. Die Mannschaft war in Hütten mit Blechdach untergebracht, der Kapitän wartete im Hotel auf Telexe aus Tokio. Rahikainens Schafherde war in alle Winde verstreut, zwei Tiere waren ertrunken, zwei weitere in den Kochtöpfen der Einheimischen gelandet, die restlichen im Dschungel verschwunden.

»Ich kann eigentlich nicht wirklich traurig sein«, äußerte Kapitän Shiu. »Die Versicherung zahlt für das Schiff, das sowieso schon alt war. Ich werde wohl in Pension gehen. Zum Glück konnte ich die Dokumente und die Geldkassette samt Inhalt vom Schiff retten. Auf der Insel gibt es immerhin einen Flugplatz, sodass wir nach Hause kommen.«

Rahikainens Situation war nicht ganz so gut, wenn auch nicht hoffnungslos. Er hatte seine Schafherde verloren, aber Pass und Portmonee waren vorhanden. Nun musste er sich nur überlegen, was er als Nächstes anstellen sollte. Der wunderbare Gedanke von der Schafzucht in Finnland war buchstäblich in den Wellen des Ozeans versunken.

Vielleicht könnte er eine Weile auf der kleinen tropischen Insel bleiben und seine Lebenssituation überdenken.
Die Japaner flogen nach Hause, Rahikainen blieb auf Rarotonga. Die Insel war klein, ihr Umfang betrug nur drei Meilen. Wellenumtoste Korallenriffe umgaben sie, und dahinter erstreckte sich ein türkisfarbener Lagunenring mit ruhigem Wasser, in dem man angenehm baden und sich sonnen konnte. Es herrschte warmes Wetter, nachmittags stieg das Thermometer bis auf dreißig Grad. Der kühle Südseewind erfrischte, die Bedingungen waren paradiesisch. Entlang des Ufers verlief eine schmale Straße, die mit Ölsplitt gedeckt war und an der die Hütten der Polynesier, ein paar Kioske und Geschäfte sowie dutzende prächtiger Missionsstationen standen. Die Insel hatte nur etwa zehntausend Einwohner, jeder zehnte von ihnen war Angestellter einer europäischen Mission. In der Mitte der Insel ragten bedrohlich dunkle vulkanische Berge auf. An ihren Hängen wuchs dichter Urwald, und am Strand wiegten sich herrliche Palmenhaine.
Rarotonga wurde Rahikainen bald vertraut, denn er mietete sich ein Fahrrad und fuhr viele Male rings um die Insel auf der Suche nach seiner verschwundenen Herde. Er fragte die Leute, ob ihnen Schafe begegnet waren, bekam aber ausweichende Antworten. Niemand hatte neuseeländische Rasseschafböcke gesehen. Rahikainen unternahm ein paar Erkundungsfahrten ins Gebirge, rief nach seinen Tieren, aber der Urwald blieb stumm. Nicht alle Schafböcke waren aufgegessen worden, fünf Stück hielten sich wohlweislich im Dickicht verborgen. Sie machten sich auf die Suche nach passender weiblicher Gesellschaft durch Mutterschafe der Eingeborenen, und so entstand eine neue Rasse von Urwaldschafen.

Nach einer Woche fühlte sich Rahikainen bereits so heimisch auf Rarotonga, dass er überlegte, ob er für den Rest seines Lebens dort bleiben sollte. Die Menschen waren freundlich und lachten gern, die Lebenskosten waren erstaunlich niedrig. Niemand arbeitete, denn dazu bestand keine zwingende Notwendigkeit. Rarotonga gehörte zum James-Cook-Inselstaat, für dessen Wirtschaft, Außenpolitik und Verteidigung Neuseeland verantwortlich war. In der Praxis bedeutete das massive Entwicklungshilfe. Den Inselbewohnern wurden von Neuseeland aus Lebensmittel, Brennstoff, Kleidung, einfach alles geschickt. Die örtliche Verwaltung nutzte das freigiebige Mutterland weidlich aus. Denn sollten die geforderten Summen an Entwicklungshilfe nicht gezahlt werden, würde Rarotonga seine Unabhängigkeit erklären und Russland, die USA, zumindest aber Frankreich, oder wen auch immer, um militärischen Beistand bitten, und dieser Beistand war immer zu haben. Neuseeland blieb nichts anderes übrig, als zu zahlen. Andererseits verbot Rarotongas eigenes strenges Grundgesetz den Neuseeländern und besonders den Europäern und Amerikanern, sich auf der Insel niederzulassen. Grund und Boden wurde nur unter gebürtigen Insulanern weitervererbt, man konnte kein Land kaufen oder verkaufen. Dank eines entsprechenden Schutzgesetzes hatte Rarotonga seinen ursprünglichen Charakter bewahrt, es gab nur Geschäftsunternehmen Einheimischer, ein Hotel, einen Flugplatz, einen Hafen, zwanzig ausländische Missionen und ein Freudenhaus, allerdings arg in Mitleidenschaft gezogen durch einen der Stürme in jüngster Vergangenheit. Die paradiesischen Bedingungen gipfelten in maßloser Faulheit und fleißigem Saufen. Alkohol wurde

aus Neuseeland geliefert, und er war billig. Die Insulaner machten sich nicht einmal die Mühe zu fischen, denn aus Neuseeland kamen Fischkonserven, die es praktisch umsonst gab und die in Japan hergestellt worden waren.
Die Einheimischen fuhren zum Vergnügen mit ihren knatternden Schrottautos über die Insel. Nachts dröhnten die Trommeln, und Rockmusik dudelte. Die Leute badeten im Mondschein in der warmen Lagune oder widmeten sich der Fortpflanzung ihres Inselvolkes. Spätestens mit fünfzehn waren die Mädchen in anderen Umständen. Um die Väter der Kinder sorgte sich niemand, am allerwenigsten die Väter selbst. Einen Fernsehsender gab es nicht, aber die Leute schauten sich auf Video »Dallas« und die seltsamen Geräte des Motorsägenmörders an, alles bemerkenswerte Früchte des Fortschritts.
Diese freien und glücklichen Bedingungen gefielen Torsti Rahikainen immer mehr. Er überlegte, wie er auf Pump oder durch Spekulation an ein nettes Grundstück unter Palmen am Meer kommen könnte. Vielleicht kaufte er es über einen Strohmann und baute dort ein prächtiges Hotel? Abends in der klimatisierten Kühle seines Zimmers zeichnete er schon mal den Grundriss.
Sein Schutzheiliger Konko-Hito war auf der Hut. Er hatte mehr als genug von Rahikainens Geschäftsideen, sie hatten bisher nur Ärger gebracht. Konko-Hito beschloss, Rahikainen religiös zu erwecken, so zwingend und vehement, dass ihm die Geldgier nicht länger den Kopf vernebelte. Konko war der Auffassung, dass ein frommer Christ nur seinem Glauben verfallen war, andere Torheiten hatten dann keine Chance mehr.
Bereits in Neuseeland hatte er begonnen, Rahikainen christ-

liche Gedanken einzuträufeln. Sie hatten sich nur mühsam im Kopf des Geschäftsmannes verfestigt, aber trotzdem hatte so etwas wie Frömmigkeit zu keimen begonnen. Rahikainen sprach bereits jetzt gewohnheitsmäßig ein Abendgebet, und auch in Notsituationen pflegte er zu beten. Der Weg zu tieferer christlicher Erweckung war bereitet.

Konko-Hito schritt eines Abends zur Tat, als Rahikainen wie gewohnt in der Strandbar von Rarotongas einzigem Hotel saß, vor sich einen Cocktail, der den Namen »Flut der Südsee« trug. Er tippte mit funkelnden Augen Zahlenreihen in seinen Taschenrechner ein, die ihm, wie er glaubte, zu wirtschaftlichem Erfolg und innerem Glück auf dieser fernen paradiesischen Insel verhelfen würden.

Konko flößte ihm eine so tüchtige Portion Andacht ein, dass er aus seiner Arbeit auffuhr, seinen Cocktail ansah, als wäre es abgestandenes Speiseeis, ihn aber trotzdem austrank und sich sogar einen neuen bestellte, aber mit dem deutlichen Gefühl, etwas Sündiges zu tun.

Während er mit einem Seitenblick die Bewegungen der braunen Arme und Schenkel des Barmädchens verfolgte, wurde ihm auf einmal klar, dass es nichts weiter war als aufdringliches Glotzen. Überhaupt, je weiter der Südseeabend voranschritt, desto schmutziger fühlte sich Rahikainen. Seine Seele dürstete nach religiöser Erquickung, nach reinigender Erweckung. Es handelte sich um einen Wettstreit zwischen irdischen Genüssen und religiösem Verzicht, der in seinem Unterbewusstsein ausgefochten wurde.

Konko-Hito verstärkte den Druck. Um Rahikainens Seele entbrannte ein harter Kampf zwischen den beiden Kontrahenten. Viel fehlte nicht, und der arme Mann hätte den

Verstand verloren, während Gut und Böse um seine elende Seele stritten. Konko-Hito gewann. Geschäftsmann Torsti Rahikainen erfuhr eine Erweckung, dass es nur so krachte, er bezahlte seine Rechnung und schritt in der tropischen Nacht ans Meeresufer, wo er unter einer schützenden Palme niederkniete und Gott um seinen Segen bat. Konko antwortete auf das Gebet, indem er ihm verkündete, was nun anstand:

»Der Weg, die Zukunft und das Leben.«

In dieser Nacht schlief Rahikainen nicht. Feurig pries er seinen Gott und dankte ihm für die wunderbare Erweckung. Jetzt eröffnete sich vor dem Sünder hell leuchtend ein gerader Weg, nicht so breit wie bisher, aber auf festem Grund, ein erhabener Pfad, der ihn weit in eine herrliche, lichte Zukunft führen würde.

Am Morgen mietete sich Rahikainen ein Fahrrad und radelte zur nächstgelegenen Missionsstation, damit man dort das religiöse Brennen in ihm lindern sollte. Die Station war nur einen Steinwurf weit entfernt und wurde von Anglikanern betrieben. Dort konnte er nicht getauft werden, auch nicht in den beiden nächsten, denn die Priester waren um diese Zeit noch beim morgendlichen Fischen. Erst in der vierten Missionsstation wurde Rahikainen empfangen. Es war zufällig eine Station der Presbyterianer, dort taufte man ihn und behandelte ihn auch sonst gastfreundlich. Nach der Taufe bot man ihm Tee und Pfefferkuchen an.

Der Schutzheilige Konko-Hito verfolgte zufrieden dieses glückliche Ereignis. Einen eingefleischten Geschäftsmann kann nun mal nur eine religiöse Erweckung retten.

Der Presbyterianerpastor Iswin Hunttington war schottischer Abstammung und bereits an die siebzig Jahre alt. Er hatte während des letzten Krieges zum Glauben gefunden, nachdem es ihn mit der britischen Marine in den südlichen Stillen Ozean verschlagen hatte. Als Maschinengewehrschütze an Bord eines Frachtschiffes hatte er vom Krieg genug gehabt, sich aber auch nicht ins verregnete Schottland zurückgesehnt. Er hatte sich den Missionaren angeschlossen, war zufällig hier auf der Insel gelandet und nicht wieder nach Europa zurückgekehrt. Er war gesegnet mit einer Eingeborenen als Ehefrau und einem hübschen Heim ganz in der Nähe. Sein Gehalt wurde von Europa aus bezahlt. Zu Hause hatte er ein Auto und zwei tüchtige Dienstmädchen. Was brauchte ein bescheidener Glaubensbruder mehr? In diesem Paradies kam man mit so Wenigem aus.

Torsti Rahikainen äußerte sein Erstaunen über die Vielzahl von Missionsstationen auf der kleinen Ozeaninsel. Soweit er wusste, war jeder zehnte Bewohner Missionar, die Ehefrauen mitgerechnet. Waren diese entlegenen Gegenden denn wirklich so gottlos?

»Sündig sind sie zweifellos, diese Eingeborenen. Hoffnungslose Heiden, anders kann ich es nicht sagen. Man hat so seine Arbeit mit ihnen, sie sind beklagenswert unzuverlässig in ihrem Glauben. An einem Tag sind sie bekehrt, am nächsten haben sie es schon vergessen, am Tag darauf singen sie in einer anderen Glaubensgemeinde. Gleich hier in der Nachbarschaft wohnt ein heidnischer alter Mann, der in sechs verschiedenen Sekten getauft worden ist, und trotzdem grölt er, wenn er besoffen ist, seine alten heidnischen Weisen, und er ist fast jeden Abend voll bis obenhin.«

Wie sich im Gespräch herausstellte, hatten nur die Missionsstationen das Recht, in Rarotonga Land zu kaufen.

Diese Regel war im Grundgesetz festgeschrieben, und es wurde eifrig davon Gebrauch gemacht. Auf der Insel befanden sich englische, französische, amerikanische, spanische, sogar italienische Missionsstationen und außerdem noch die Niederlassungen zahlreicher Sekten. Von den nordischen Ländern war Dänemark vertreten. Aufopferungsvolle seelsorgerische Arbeit war hier gefordert, angesichts der religiösen Haltlosigkeit der einheimischen Bevölkerung, erklärte Pastor Hunttington.

Nachdenklich radelte Torsti Rahikainen zum Hotel zurück. Ihm war ein frommer Gedanke gekommen. Wie wäre es, wenn er ein gottgefälliges Werk tun und in Rarotonga eine finnische Missionsstation gründen würde? Nun, da er zum Glauben gefunden hatte und sogar von einem örtlichen Pastor getauft worden war, hinderte ihn nichts mehr daran, ein Grundstück am Strand zu erwerben. Das garantierte das hiesige Grundgesetz. Er musste natürlich nach Finnland fahren und mit der Kirche die Kostenfrage diskutieren ... bei der Gelegenheit könnte er einige – möglichst religiöse – Bauarbeiter anwerben, mit deren Hilfe er den Bau seines Hotels in Angriff nehmen könnte. Er besaß ja bereits den weit fortgeschrittenen Entwurf für ein anspruchsvolles Missionshotel, darin mussten nun einige Veränderungen vorgenommen werden.

Rahikainen plante die Hotelzimmer als klosterähnliche Meditationszellen. Soweit er wusste, wurde zum Beispiel im Neuen Valamo in Heinävesi gerade diese hotelähnliche Seelsorge betrieben. Gehobene Küche, vom Hotel veranstaltete Messen und Andachten, gemeinsame Taufen und dergleichen würden zum Standardangebot gehören. Das alles könnte man ohne Weiteres preislich dem internatio-

nalen Spitzenniveau anpassen, im Namen der Ökumene, und das Trinkgeld könnte man in Form einer Kollekte einsammeln.
Vermarkten müsste er das Ganze über die europäischen und amerikanischen Kirchen. Das finnische Hotelpersonal sollte sich spätestens beim Eintreffen auf der Insel taufen lassen – die Taufe wäre die Bedingung für den Arbeitsplatz auf der paradiesischen Insel. Außerhalb der Saison könnte das Personal nach Gutdünken missionarisch tätig werden und ökumenische Besuche auf den Missionsstationen der Konkurrenz abstatten.
Rahikainen beschloss, eine finnisch-rarotongische Missionshotelstiftung zu gründen, deren Leitung er selbst übernehmen würde. Für die Finanzierung bekäme er sicherlich Mittel aus dem Missionsfonds der Kirche Finnlands. Es könnte auch nicht schaden, wenn die Kirche der Stiftung ein paar Mitarbeiter bezahlen würde, vielleicht einen Pastor oder zwei, und auf jeden Fall mehrere Diakonissen und weitere Frauen, die sich um den Service und die Reinigung kümmern würden.
Wie stets bei Leuten, die eine Erweckung erfahren haben, so folgte auch bei Torsti Rahikainen eine eifernde, manische Phase. Er zeichnete einen neuen Grundriss seines Hotels, plante die Kapelle und die erforderlichen Kreuze auf dem Hoteldach. Für die Glocken könnte er einen stabilen Turm errichten lassen, den er an die neuseeländische Regierung als Leuchtturm vermieten könnte. Rahikainen wandte sich an die örtliche Verwaltung und ließ sich in ausgezeichneter Lage nahe dem Flugplatz ein geeignetes Grundstück für den Bau seines Hotels reservieren. Dem Gouverneur der Insel erzählte er, dass dort

anstelle der langweiligen und abgeschotteten Missionsstationen ein finnisches Missionshotel entstehen würde, wo auch die Einheimischen im Bedarfsfall ihre religiösen Riten vollziehen könnten. Ein Vorvertrag wurde unterzeichnet, der Rahikainen berechtigte, das Grundstück in den Besitz der zu gründenden Stiftung zu überführen, zu einem Spottpreis.

Der Schutzheilige Konko-Hito verfolgte die Vorgänge mit Entsetzen. Torsti Rahikainen war zwar zum Glauben bekehrt, befand sich sogar in religiöser Ekstase, aber statt sich einer Gewissensprüfung zu unterziehen, schob er ein großangelegtes Hotelprojekt in Rarotonga an. Konko ahnte, dass das Gott nicht gefallen würde. Auf der Insel gab es bereits genug, wenn nicht sogar zu viele religiöse Angebote. Rahikainen war unverbesserlich.

Als Torsti Rahikainen die praktischen Vorkehrungen auf der Insel getroffen hatte, flog er über Tahiti nach Los Angeles und von dort heim nach Helsinki. Er nahm Kontakt mit der Leitung der Missionsgesellschaft der finnischen Kirche auf und lud die Vertreter zu einer Beratung ins Hotel *Emmaus* ein, Thema sollte die Ausweitung der missionarischen Aktivitäten in der Südsee sein. Die Einladung wurde gern angenommen. Rahikainen zeigte schöne Dias von Rarotonga und präsentierte die Entwürfe für seine Missionsstation. Dann bat er um geistliche und finanzielle Unterstützung für die zu gründende Stiftung. Diese würde das trunksüchtige Naturvolk vor der Verdammnis retten, zugleich aber auch die vom Geld verdorbenen westlichen Touristen, die jene Gegend bereisten.

31

Gott hat es wahrlich schwer. Pirjeri Ryynänen fühlte sich erschöpft, und das war kein Wunder. Er hatte den Himmel nach Kerimäki verlegt, hatte den Ausbruch des Dritten Weltkriegs verhindert und für die Tiere einen eigenen Himmel gegründet. Er hatte einen tückischen Angriff des Satans auf das Computernetz vereitelt, durch den er beinahe das Kommando über den Himmel verloren hätte. Pirjeri hatte das Bedürfnis, allein zu sein, seinen eigenen Interessen nachzugehen.

Kreative Betätigung dient der Weiterentwicklung des Menschen und erst recht der Weiterentwicklung Gottes. Getreu diesem Prinzip machte es sich Pirjeri zur Gewohnheit, heimlich den südamerikanischen Dschungel in den weiten Regengebieten des Amazonas aufzusuchen. Dort hatte er seine Ruhe, lediglich ein misstrauischer Indianer schlich manchmal durch die tiefen feuchten Wälder. Von Tieren hingegen wimmelte es nur so, da waren Vögel, Affen, Ameisenbären, die unterschiedlichsten Geschöpfe. Und all die Reptilien, Termiten, großäugigen Nachttiere! Pirjeri kam aus dem Staunen gar nicht heraus. Er sagte sich, dass sein Vorgänger wohl in sehr ausgelassener Stimmung gewesen war, als er diese Vielfalt geschaffen hatte. Ein verrückter Gott!

Dieser Schöpfer hatte offenbar eine sehr ausgefallene Phantasie, hatte er doch das Warzenschwein oder eine stinkende fleischfressende Rose geschaffen, die nur nachts blüht und lebende Beute fängt.

Kein Wunder also, dass auch Pirjeri der Gedanke kam, die eigenen Künste zu erproben. Er war ja ebenfalls ein Schöpfer, warum also sollte er sich nicht schöpferisch betätigen? Allerdings war ihm das Entwickeln und Erschaffen neuer Tierarten bei Amtsantritt streng untersagt worden, daran konnte er sich gut erinnern. Aber war es denn wirklich eine so große Sünde, in jenem undurchdringlichen Dschungel wenigstens eine neue Tierart zu erschaffen, zumal durch die Industriegesellschaft ständig und mit zunehmendem Tempo alte Arten verdrängt und ausgerottet wurden?

Die Idee von einer neuen Tierart war unwiderstehlich, ein unschuldiger kleiner Gedanke. Pirjeri fand, dass ein Versuch niemandem schadete, und es reizte ihn so sehr, seine Schöpferkraft zu erproben.

Er grub aus den dunklen Bodenschichten des Dschungels ein paar höchst seltsame, zehn Zentimeter lange Würmer aus. Aus ihnen könnte er, so sagte er sich, zum Spaß ein neues, höheres Leben entwickeln.

Die Schöpfungsarbeit erwies sich als schwieriger und zeitaufwendiger, als Pirjeri geglaubt hatte. In der Bibel heißt es, dass die Erde innerhalb einer Woche geschaffen wurde, aber das konnte nicht stimmen.

Pirjeri setzte einen der ausgegrabenen Würmer auf seine Hand und begann mit der Arbeit. Er starrte intensiv auf das idiotische Wesen, ihm sollten zunächst Augen und irgendwelche Fühler wachsen. Nachdem Pirjeri seine Schöpferkraft tüchtig angestrengt hatte, erwachte der Wurm tatsächlich aus seiner Lethargie, und siehe da, aus seinem Kopf schob sich ein Augenpaar – offenbar Netzaugen – und zu beiden Seiten Fühler. Pirjeri gab dem Wurm anstelle der bisherigen glitschigen Haut einen Panzer aus Chitin. Nun hob er die anderen Würmer auf und behandelte sie in gleicher Weise. Schließlich machte er sie allesamt ein bisschen größer, bis sie ungefähr dreißig Zentimeter lang waren. Neue Geschöpfe waren entstanden, eine neue Tierart. Der finnische Gott hatte seinen ersten Schöpfungsakt vollbracht.

Das Gefühl war göttlich. Pirjeri Ryynänen, ehemaliger Kranfahrer auf der Baustelle von *Haka,* hatte der Erde eine neue Tierart geschenkt! Das Wunder der Entstehung neuen Lebens ließ den Schöpfer den Atem anhalten. Selbst das Gewirr der exotischen Klänge des Dschungels verstummte vor diesem Wunder, der Wind legte sich, die Vögel schwiegen, und die Affen blickten mit offenen Mündern von ihren Ästen herab.

Eine Woche später kam Pirjeri erneut zu einer Stippvisite nach Südamerika und suchte jene Stelle, an der er aus drei Würmern neuartige Kriechtiere geschaffen hatte. Die Tiere lebten ortsfest, waren also leicht zu finden. Innerhalb der Woche hatten sie sich weiterentwickelt und waren jetzt vierzig Zentimeter lang. Die Fühler waren gewachsen, ebenso der Bauchumfang. Sie hatten Pflanzenblätter gefressen und schienen sich sehr wohl zu fühlen. Pirjeri griff sich eines nach dem anderen und fuhr mit seiner Schöpfungsarbeit fort.

Er machte aus den Netzaugen gewöhnliche Augen – er beschloss, die Kriechtiere zu Säugetieren umzuformen, aus zweien machte er Weibchen, aus dem dritten ein Männchen. Er verstärkte den Chitinpanzer und entwarf dafür gürtelähnliche Muster, die Oberfläche nahm auf seine Veranlassung hin ein schönes Grün an. Anschließend setzte er die Tiere auf die Erde und beobachtete, wie sie sich bewegten. Er war wie ein kleiner Junge, der ausprobiert, ob sein neues Spielzeugauto funktioniert. Dummerweise kamen die Tiere nicht vorwärts, da sie keine Beine hatten. Pirjeri schuf ihnen kleine O-Beine, erst vorne, dann hinten, und verkürzte den Körper im Verhältnis zum Umfang. Es knackte leise, als die Tiere zunahmen, der Chitinpanzer machte leise Geräusche. Es tat den Tieren weh, doch Pirjeri tröstete sie mit den Worten, dass sich gewisse Qualen beim Schöpfungsakt nicht ganz vermeiden ließen.

Als er die neuen Vierbeiner auf die Erde setzte, merkte er, dass sie zu dick waren, um auf ihren Beinen zu laufen. Ihr Bauch schleifte scheußlich über den Boden, während sie vorwärtsrobbten. Pirjeri drehte sie auf den Rücken und sah, dass zwischen den Gürtelschichten des Panzers faulende Blätter steckengeblieben waren. Das durfte nicht sein, Pirjeri wollte keine unsauberen Wesen erschaffen. Er löste das Problem auf ungewöhnliche Weise, indem er nämlich jedem Tier ein neues Beinpaar mitten unter dem Bauch verpasste, so etwas wie Zwischenbeine. Als er erneut ihre Bewegungseigenschaften prüfte, konnte er zu seiner Freude feststellen, dass sie jetzt auch in dichtem Gras vorwärtskamen, ohne dass ihr Bauch durch den Morast schleifte.

Die Tiere spielten unter einem Mangrovenbaum herum, fraßen Lianenblätter und schienen sich ausgezeichnet zu fühlen.

Nun kam Pirjeri auf die Idee, die Fühler gegen beinerne verzweigte Geweihe auszutauschen, wie sie die Rentiere in Lappland haben. Das allerdings war ein Fehler. Die Geweihe verfingen sich im Unterholz. Die lebhaften Tiere litten enorm, während sie versuchten, ihre Freiheit wiederzuerlangen. Pirjeri entfernte die Geweihe und warf sie in den Gipfel eines Mangrovenbaums. Die Tiere bezeugten ihm ihre Dankbarkeit, indem sie ihm die Wange leckten. Zwischendurch musste Pirjeri in Kerimäki nach dem Rechten sehen, aber eine Woche später kehrte er zu seinem Hobby zurück. Er rief die Tiere zu sich – sie kannten inzwischen ihren Schöpfer und kamen flugs angelaufen. Wieder waren sie gewachsen. Sie waren jetzt einen halben Meter lang und wogen mindestens sechs Kilo. Ihre Beine hatten sich gekräftigt, und ihre lebhaften Augen blickten unbefangen.

Pirjeri begann mit dem Feinschliff. Er ließ die Tiere durch den Dschungel laufen, um herauszufinden, was an ihrem Bewegungsapparat zu tun war; dann nahm er die notwendigen Veränderungen vor. Er brachte ihnen bei, auf einen Baum zu klettern. Als das nicht gleich klappte, machte er ihnen einen elastischen Schwanz, mit dem sie sich an den Zweigen festhalten konnten. Außerdem musste er ihre Füße noch mit Zehen versehen. Jetzt flitzten sie hinauf in die Bäume, dass der Dschungel nur so rauschte, schwangen sich mutig von Baum zu Baum und kehrten bald wieder auf die Erde zu ihrem Gott zurück, wobei sie zutraulich mit ihren langen, elastischen Greifschwänzen wedelten.

Der Körper der neuen Tierart war fertig, jetzt musste er nur noch mit der erforderlichen Menge an Hirntätigkeit, an Verstand, versehen werden. Da war Vorsicht geboten: Pirjeri wusste, dass ein zu kluges Tier Probleme machen konnte. Mit Dummen wird man immer fertig, aber jene, die zu klug sind, werden gefährlich, das haben die großen Herrscher schon immer gewusst. Trotzdem flößte Pirjeri den Tieren so viel Verstand in den Schädel, dass sie Laute zu bilden begannen, sie sagten:

»Trek, trek, tsuit! Spit, krelekkulei!«

Die Stimme der Wesen war rau und schmeichelte nicht gerade den Ohren. Pirjeri verhalf ihnen zu neuen Tonhöhen, indem er ihre Stimmlippen spannte. Die Weibchen erhielten eine Alt-Stimme, das Männchen wurde zum Tenor. Gleichzeitig verlieh er ihnen auch Rhythmusgefühl.

Die Geschöpfe hatten noch das Gemüt eines Wurms, daneben aber schon einigen Verstand. Pirjeri gab ihnen ein fügsames Wesen, jedoch so, dass sie, wenn sie bedroht wurden, durchaus reizbar reagierten. Humor gab er ihnen vielleicht sogar ein bisschen zu viel, aber ist es denn schlecht, wenn ein Geschöpf diese lausige Welt mit Augen betrachten kann, aus denen kluge Freude blitzt?

Als krönenden Abschluss ließ Pirjeri seinen Tieren Reißzähne wachsen und schärfte ihr Gehör. Er brachte ihnen auch das Schwimmen bei, was viel Spaß machte. Pirjeri zog seinen Anzug aus und hängte die Sachen an den Ast eines Mahagonibaums. Dann glitt er mutig mit seinen Geschöpfen ins klare Wasser eines Baches. Die Tiere prusteten zunächst, dass es nur so spritzte, aber bald schwammen und tauchten sie routiniert.

Ein paar dreiste, blutrünstige Piranhas näherten sich, aber Pirjeris Geschöpfe schnappten nach ihnen und verschlangen sie mit gutem Appetit. Die Tiere waren so reinlich, dass sie ans Ufer gingen, um ihre Notdurft zu verrichten, sie wischten sich das Hinterteil im Gras ab und sprangen erst danach wieder zu ihrem Schöpfer ins Wasser. Ach, was waren das für Glücksmomente!

Als Pirjeri sich anzog, dachte er, dass die Pädagogen einfach Recht haben, die sagen, dass schöpferische Betätigung dem Leben Inhalt gibt und ein Gefühl tiefer Befriedigung hinterlässt.

32

Weihnachten nahte, der Geburtstag Jesu, des einzigen Sohnes Gottes. Die Menschheit schickte sich an, dieses friedliche Fest auf die unterschiedlichste Art zu feiern, in den westlichsten Ländern vor allem durch ausufernden Konsum. Im Himmel von Kerimäki wartete man insofern ungeduldig auf Weihnachten, als Gott selbst auf die Erde kommen würde, um seinen Sohn und dessen Freund Rutja zu feiern. Besonders Pirjeri wartete auf Gottes Besuch, denn er brannte darauf, ihm zu erzählen, was er in seiner Abwesenheit alles vollbracht hatte.

Gottvater traf am Vortag von Heiligabend, von der Kehrtkugel kommend, in Bulgarien ein. Ihn erwartete eine böse Überraschung. Sein geliebter Himmel war nicht mehr am alten Platz, aber dennoch herrschte lebhaftes Treiben. Im großen Saal blökte eine Schafherde, in den Ecken lagen Schweine, und in den Fenstervertiefungen hockten gackernde Hühner. In der Bibliothek tollten fröhliche kleine Füchse umher, unten im Hof lagen drei wiederkäuende Kamele.

Erschüttert stürmte Gott in sein Turmzimmer. Der Treppenaufgang war voller Hunde und Katzen, Gott konnte sich nur mit Mühe seinen Weg bahnen. Aus seinem Zimmer drangen Wiehern und die Stimme von Moses.

Der Allmächtige trat ein. Moses saß auf einem alten Wallach und tätschelte dessen Mähne. Gottes geliebter Sessel war fortgeschafft worden.
Gott hatte bereits viel Merkwürdiges auf der Welt gesehen, aber so etwas noch nie.
Moses stieg ab und erzählte, dass der Wallach aus Polen stamme, dort habe er als Zugtier auf einem Staatsgut gearbeitet. Er sei brav und fromm, ein gutartiges Tier, und so habe man ihm das Recht gewährt, nach dem Tod in den Himmel zu kommen. Der Wallach sei zwei Wochen zuvor getötet worden. Man habe Wurst aus ihm gemacht, die Mettwurstenden seien auf dem Schwarzmarkt verkauft und inzwischen größtenteils verzehrt worden.
Das Pferd wieherte Gott freundlich an. Aus seinen feuchten Augen sprach frommes Vertrauen in die Größe des Allmächtigen.
Sie schickten das Pferd auf den Hof zu den Kamelen. Moses erzählte stolz, dass er neuerdings Herrscher über den ehemaligen Himmel sei, eine Art Gott der Tiere. Pirjeri Ryynänen nämlich habe den Himmel in bessere Räume nach Finnland verlegt. Laut Moses war Pirjeri ein außerordentlich fähiger Gott, der viel bewirkt hatte. Unter anderem hatte er die Entstehung des dritten Weltkrieges verhindert und den frommen Tieren einen eigenen Himmel eingerichtet.
Der Allmächtige tobte. Mit welcher Berechtigung hatte sein finnischer Stellvertreter seinen Himmel aus der alten, gewohnten Umgebung an eine andere Stelle verlegt? Und wo waren die Engel? War Ryynänen verrückt geworden, oder war er dem Satan verfallen?
In seinem Zorn war Gott streng und ernst. Auf der Stelle begab er sich unter Moses' Führung nach Kerimäki.

Gottes Zorn legte sich ein wenig, als er am Ziel ankam. Die winterliche Seenlandschaft war, von oben betrachtet, wirklich schön. Die waldigen kleinen Inseln und die zahlreichen Landzungen und Buchten wirkten im weichen Licht des Wintertages malerisch. Auf dem Eis des großen Sees saßen hier und dort Männer mit Pelzmützen andächtig beim Eisangeln.
Schön war auch die Kirche, dazu überraschend groß. Sie war voller Engel. Erstmals sah Gott alle seine Engel in einem Raum beieinander. Er musste zugeben, dass die Kirche auf ihre Art vielleicht praktischer und für himmlische Zwecke besser geeignet war als das alte Nonnenkloster in Bulgarien. Der heilige Petrus wachte von der Kanzel aus über die Engelsschar, und der Erzengel Gabriel residierte am Altar. Auf der Empore saß eine Reihe von Heiligen. Die Engel in den Kirchenbänken wirkten zufrieden. Alles schien in Ordnung zu sein.
Gottes Zorn erlischt jedoch nicht so leicht, und so begab er sich zusammen mit Moses und den Kanzleichefs in den Glockenturm zu Pirjeri. Die Begegnung war kühl. Pirjeri erntete nicht den erwarteten Dank, stattdessen war die Rede von Eigenmächtigkeiten des Stellvertreters.
Es wäre wahrscheinlich bei einer Gardinenpredigt geblieben, hätte nicht der Erzengel Gabriel noch einen weiteren belastenden Punkt angeführt. Ein Indianer-Engel aus Südamerika hatte nämlich von einem neuen sechsbeinigen Tier berichtet, das Pirjeri Ryynänen geschaffen hatte. Die Geschöpfe, drei an der Zahl, hatten zur Verwunderung der anderen Tiere im Dschungel herumgetollt. Der Indianer hatte um Rat gefragt, wie er sich zu den Wesen verhalten sollte. Auf diese Weise

war das Geheimnis der Neuschöpfung ans Licht gekommen.

Das war zu viel für Gott.

Er wünschte die neuen Wesen sofort zu sehen, und so musste Pirjeri ihn wider Willen in den Dschungel am Amazonas führen.

»Trek, trek, tsuit!«, schrien Pirjeris Geschöpfe und kamen herbeigerannt, um mit ihrem Schöpfer zu schmusen.

Ihr liebevolles Gebaren stimmte Gott allerdings nicht milde. Im Gegenteil, er hielt sie für Missgestalten. Vor allem kritisierte er die sechs Beine. Er selbst hatte es seinerzeit für wichtig erachtet, die Lebewesen vierbeinig zu machen, einzige Ausnahme waren die Menschen und die Vögel, für die zwei Beine reichten, da sie ja Arme oder Flügel hatten.

»Verehrter Herrscher, Sie haben doch immerhin den Tausendfüßler geschaffen. Außerdem kann ich viele Wesen Ihrer Schöpfung ebenfalls nicht als gelungen bezeichnen. Besonders misslungen ist Ihnen vor allem der Mensch«, erkühnte sich Pirjeri zu erwidern.

Die kleinen Wesen witterten Gottes Feindseligkeit. Sie begannen zu knurren, und als Gott sich ihnen näherte, bissen sie ihm in die Wade und pinkelten ihm ans Bein.

Gott tobte. Er stürzte sich auf die Tiere und packte sie. Pirjeri rief:

»Nicht töten!«

Der Ruf ließ Gott innehalten. Er wandte sich Pirjeri zu und verkündete mit ruhiger Stimme sein Urteil:

»Pirjeri Ryynänen. Ich muss dir eine Mitteilung machen. Ich breche meinen Urlaub ab. Du bist nicht länger mein Stellvertreter auf Erden. Amen.«

Pirjeri fand Gottes Urteil unangemessen. Seine Arbeit hatte nur vom Herbst bis Weihnachten gedauert, viele große Vorhaben blieben nun unvollendet. Irgendwie war er jedoch auch über seine Kündigung erleichtert. Er hatte gelernt, dass Gutes seine Zeit brauchte und dass der ständige Kampf gegen das Böse undankbar und ermüdend war. Also sagte er:

»In der Kürze liegt die Würze.«

33

Pirjeri Ryynänen las Eija Solehmainen das Matthäusevangelium vor. Es war Weihnachtsabend, der Tisch in der kleinen Zweizimmerwohnung war mit den traditionellen finnischen Weihnachtsgerichten gedeckt, Kerzen brannten.

Pirjeris Ton war ein wenig bitter, als er die Freudenbotschaft von der Geburt Jesu verkündete. Ansonsten war er andächtig, wie es sich gehörte.

An diesem Tag hatten sie viel geredet. Pirjeri hatte erzählt, dass sein Arbeitsverhältnis in dem internationalen Kranprojekt überraschend wegen Meinungsverschiedenheiten zwischen ihm und dem Chef beendet worden war. Er hatte, wie er behauptete, unerlaubt einen neuen Krantyp entwickelt, einen sechsbeinigen, wie es ihn noch nie auf der Welt gegeben hatte.

Das kurzzeitige Arbeitsverhältnis hatte trotzdem seinen Erfahrungsschatz außerordentlich bereichert. Er fühlte sich wie ein neuer Mensch, hatte Vertrauen in die Zukunft. Er erinnerte seine Freundin noch einmal daran, dass er im Sommer zum Glauben gefunden hatte, und empfahl auch ihr eine Erweckung. Das Leben eines gläubigen Menschen sei allerdings ein ständiger innerer Widerstreit der Gefühle, andererseits sei es auch sehr reich. Pirjeri sprach vom ständigen Kampf zwischen Gut und Böse, und er sagte, er wisse, dass es einen Himmel gebe und dass dieser näher liege als Eija sich vorstellen konnte. Auch die Tiere hatten ihren eigenen Himmel. So beschlossen Eija und Pirjeri, sich ein kleines Kätzchen anzuschaffen.

Zum Abendessen hatten sie Pirjeris alten Freund Torsti Rahikainen eingeladen. Der brachte dem Paar ein exotisches Geschenk, ein polynesisches Heiligenbild, mit. Es war eine heidnische Holzskulptur, aber Rahikainen behauptete, ein liberaler Mensch zu sein. Zwar hatte er auf seinen Reisen eine christliche Erweckung erfahren, dennoch mochte er die heidnische Volkskunst der Eingeborenenstämme in der Südseeregion nicht verurteilen.

Rahikainen erzählte von seiner Erweckung. Er hatte sie auf Rarotonga, einer göttlichen Paradiesinsel, erfahren. Seither gab es permanenten Aufwind in seinem Leben. Im kommenden Sommer würde er auf der Insel ein finnisches Missionshotel gründen. Die Finanzierung stand. Pirjeri und Eija waren jederzeit im Hotel willkommen, der Aufenthalt wäre für sie kostenlos. Jetzt, da Pirjeri seinen Job verloren hatte, wollte Torsti seinen alten Freund unterstützen.

»Wir Gläubigen müssen zusammenhalten, Pirjeri.«

Torsti Rahikainen erzählte ausführlich von seiner Weltreise. Er war in viele Gefahren geraten, hatte sich mehrfach geradezu heldenhaft verhalten, hatte die teuersten Getränke genossen und die Herzen vieler Frauen erobert. Das alles war vor seiner religiösen Erweckung geschehen.

Von Zeit zu Zeit war es ihm vorgekommen, als hätte er einen eigenen Schutzengel gehabt, der ihn vor Schicksalsschlägen bewahrt hatte. Das sei durchaus nicht zum

Lachen, das Gefühl sei sehr real gewesen. Pirjeri gab zu, dass Torsti durchaus Recht haben mochte. Der Mensch ist auf der Welt nicht allein, sondern ihn bewachen höhere Kräfte.

Die Weihnachtsnacht war ruhig. Rahikainen war gegangen, Eija Solehmainen schlief friedlich. Nur Pirjeri wachte allein bei Kerzenschein. Er hatte viel Stoff zum Nachdenken.

In tiefster Nacht erschien ihm Gott persönlich, begleitet wurde er von seinem einzigen Sohn Jesus Christus und dessen Freund Rutja. Gott legte Pirjeri die Hand auf die Schulter und sagte, dass er ihm die herbstlichen Eigenmächtigkeiten verziehen hätte. Moses und Obadja hatten erzählt, wie viel Gutes Pirjeri bewirkt habe. Er habe die Vernichtung der Menschheit verhindert, und die Situation in Afghanistan, im Nahen Osten, in Namibia und vielen anderen Krisengebieten sei besser als seit langer Zeit. All das war Pirjeris Verdienst. Die Welt war ein kleines bisschen besser geworden. Als Pirjeris besonderen Verdienst wertete Gott seine Auseinandersetzung mit dem Papst und versprach, den Mann über kurz oder lang aus dem Amt zu entfernen.

Der Allmächtige bedauerte sein heftiges Auftreten bei Pirjeris Entlassung und sagte, dass er sich nicht immer im Griff habe, er sei ein bärbeißiger Gott.

Rutja und Jesus erzählten von ihren Reiseerlebnissen am Rande der Milchstraße. Sie hatten viele großartige Abenteuer erlebt. Nach Meinung der Gottessöhne waren die Probleme der Menschheit letztlich klein, wenn man sie von ausreichender Entfernung betrachtete.

Gott der Allmächtige war gut gelaunt. Er hatte sich im Glockenturm der Kirche von Kerimäki bestens eingelebt. Die Arbeit der Engel ging im neuen Himmel flotter vonstatten, und die Schöpfung ließ sich mühelos von Kerimäki aus beschützen. Die Arbeit schmeckte Gott wieder, vielleicht lag es an der neuen Umgebung. Natürlich konnte es passieren, dass er irgendwann in den nächsten Jahren wieder müde wurde, alt wie er war. Konnten sie sich darauf verständigen, dass Pirjeri in diesem Falle wieder die Urlaubsvertretung übernehmen würde? Pirjeri war der einzige Mensch auf der ganzen Welt, der mit den administrativen Aufgaben der Engel und mit den Arbeitsbereichen Gottes Erfahrung besaß. Falls also ein Stellvertreter gebraucht würde, würde Gott sich als Erstes wieder an ihn wenden. Bedingung für den neuerlichen Arbeitseinsatz wäre jedoch das heilige Versprechen, den Himmel unbedingt in Kerimäki zu lassen, keinen zusätzlichen Himmel für Tiere zu gründen und auf keinen Fall neue sechsbeinige Tierarten zu schaffen.

Bevor Gott aufbrach, segnete er seinen Stellvertreter und sprach mit klangvoller Altmännerstimme:

»Ruhe in Frieden, Pirjeri.«

Im Frühjahr gebar Eija Solehmainen ein properes Mädchen, das bei der Taufe den Namen Jesusine Ryynänen erhielt.

»Arto Paasilinna, der Meister aberwitziger Komik.«

DER SPIEGEL

Arto Passilinna
VORSTANDSSITZUNG
IM PARADIES
Aus dem Finnischen von
Regine Pirschel
BLT
176 Seiten
ISBN 978-3-404-92159-1

Ein von der UN gechartertes Flugzeug verunglückt über dem Stillen Ozean. Die Passagiere können sich retten und aus dem Flugzeugrumpf jede Menge kupferner Verhütungsspiralen und einiges andere Notwendige wie Äxte und Messer bergen. Weit und breit ist keine Rettung in Sicht. Die illustre Truppe finnischer Waldarbeiter und schwedischer Hebammen muss sich zusammenraufen. Ein Jahr vergeht, bis ein phantasievoller SOS-Plan realisiert werden kann …

»Eine köstliche, augenzwinkernde Gesellschaftskritik.«

HÖRZU

Arto Paasilinna
DER SOHN
DES DONNERGOTTES
Roman
Aus dem Finnischen von
Stefan Moser
BLT
304 Seiten
ISBN 978-3-404-92082-2

Der finnische Himmel und seine Götter sind älter als die ganze Welt. Sie sehen mit großer Besorgnis, dass die Finnen seit vielen Jahren abtrünnig sind und an den christlichen Gott glauben. Höchste Zeit also, dass jemand zur Erde niederfährt, Menschengestalt annimmt und die Finnen zu ihrem alten Glauben bekehrt. Und wer könnte dafür besser geeignet sein als der junge, tollkühne Rutja, der Sohn des Donnergottes?

Der stille Antiquitätenhändler Sampsa Ronkainen ist der von ihm auserkorene Mensch für den Rollentausch. Nachdem der Sohn des Donnergottes zwar Sampsas Gestalt, nicht jedoch seine Charakter angenommen hat und sich auf der Erde auch nicht besonders gut auskennt, ist für Wirbel und Aufregung gesorgt …

BLT